雪本无东，有谁真见过香雪苦苦追寻，只是因为它难得勇者不惧，知其不可而为之这便成了向君他们的死穴

题赠《香雪文丛》 壬寅 锺叔河

锺叔河先生为"香雪文丛"题词

替父亲献上一束鲜花

——陈白尘与他的师友们

陈虹 ◎ 著

山西出版传媒集团 北岳文艺出版社

·太原·

图书在版编目(CIP)数据

替父亲献上一束鲜花:陈白尘与他的师友们/陈虹著.--太原:北岳文艺出版社,2024.6
(香雪文丛/向继东主编)
ISBN 978-7-5378-6838-9

Ⅰ.①替… Ⅱ.①陈… Ⅲ.①散文集—中国—当代 Ⅳ.①I267

中国国家版本馆CIP数据核字(2024)第065289号

替父亲献上一束鲜花:陈白尘与他的师友们
陈 虹 著

//

出品人
郭文礼

选题策划
谢 放

责任编辑
关志英

书籍设计
张永文

篆 刻
李渊涛

印装监制
郭 勇

出版发行:山西出版传媒集团·北岳文艺出版社
地址:山西省太原市并州南路57号
邮编:030012
电话:0351-5628696(发行部) 0351-5628688(总编室)
传真:0351-5628680
经销商:新华书店
印刷装订:山西人民印刷有限责任公司

开本:787 mm×1092mm 1/32
字数:210千
印张:9.75
版次:2024年6月第1版
印次:2024年6月山西第1次印刷
书号:ISBN 978-7-5378-6838-9
定价:78.00元

本书版权为本社独家所有,未经本社同意不得转载、摘编或复制

总　序

香雪是广州地铁6号线的一个终点站名。近几年，常往返于6号线上，每每听到这个报站，总觉得有味。有时拿起一张地铁线路示意图，一个个站名过一遍，唯觉得香雪这名儿富有内涵，让人遐想。

记得还是二十世纪八十年代，曾参加一次文学讲座。一位诗人教导我们如何作诗，他顺口溜出几句写雪的诗："江山一笼统，井上黑窟窿。黄狗身上白，白狗身上肿。我就去打酒，一脚一个洞……"显然，前四句是唐人张打油的《雪诗》，后面恐怕是他随意发挥的。他说这首诗，好就好在全诗没有一个"雪"字，却把"雪"惟妙惟肖写了出来。作为一个客住之人，我对粤文化所知有限，不知当地是否有咏雪的诗篇遗存；即便有，也不会太多吧。

广州是个无雪之城。每年冬天，要看雪，只有北上远行。市郊有广州海拔最高的白云山，冬天偶尔也会飘几粒雪花，但落地即融化。香雪之名缘何而来？后来才知道是萝岗有一香雪公园。旧时，广州也有"羊城八景"之说，香雪自然名列其中。

羊城人喜欢雪，就因为无雪吧。

由广州人好雪，我联想到一个有趣的问题：凡生活中没有的东西，人们总是越想得到。譬如一个美好的愿望，其实就是一种精神诱导，或叫一种心理安慰剂，尽管如镜花水月，而有，总比无好。画饼还是要的。未来是美好的，现在吃苦受累，就是为了将来。天堂并不是虚妄的。然而，经验却告诉人们，越是根本不存在的事儿，越是大张旗鼓，堂而皇之，煞有介事，以期达到望梅止渴……我是个过了耳顺之年的人，河东河西，一生也算见过不少，如要追溯这传统，恐怕比我辈年长，只是觉得于斯为盛罢了。

香雪之所以拿来做了丛书名，也是一时想不到更合适的。至于能做到多大的规模，还真不好说。唯愿读者开卷有益，也愿香雪能带给人们不一样的遐想。

是为序。

向继东

二〇二二年三月于广州

目录

替父亲献上一束鲜花
　　——纪念田汉先生120周年诞辰 ……………………………1

南国魂 …………………………………………………………9

永远的"C.C."
　　——贺陈鲤庭叔叔百岁华诞 …………………………………14

一次难忘的采访
　　——深切怀念秦怡阿姨 ………………………………………20

牵　手
　　——在丁聪叔叔墓前 …………………………………………29

深深的怀念
　　——我的老师刘厚生叔叔 ……………………………………34

生死相随师生情
　　——记《小城之春》编剧李天济 ……………………………41

他叫鲁绍先……………………………………………47

咬定青山不放松

　　——电影剧本《阿Q正传》背后的故事 …………56

匡亚明校长

　　——读父亲的日记……………………………………70

范用先生与《牛棚日记》……………………………82

寄往天堂的信

　　——写给敬爱的杨苡老师……………………………86

历史的碎片

　　——抗战中的上海影人剧团…………………………95

重庆，我们来了 …………………………………114

不该忘记的名字

　　——记巴山蜀水间的友人们…………………………126

《华西晚报》的故人故事……………………………140

镜头背后的故事………………………………………151

追求历史的真实

　　——历史剧《大风歌》的诞生………………………164

我家曾住"大酱园"…………………………………175

寻人启事………………………………………………192

戏比天大

　　——献给中华剧艺社…………………………………206

编后记…………………………………………………298

替父亲献上一束鲜花
——纪念田汉先生120周年诞辰

那是1927年"四一二"反革命政变之后,父亲在文章中这样回忆道:"在悲观失望甚至是绝望的心情之下,我和当时绝大多数的青年一样,总想找个栖息灵魂的处所。于是我在暑期招生的广告里,一眼发现上海艺术大学的文学科主任是田汉先生,便有似荒郊黑夜里发现了一丝灯光,不顾一切地向他扑去了……"

田汉先生是个什么样的人?长的什么模样?第一次见到他时,还真让父亲颇感意外。——于无人之处时,常常紧锁眉头,但是只要和学生们在一起,便笑逐颜开。年仅十九岁的父亲情不自禁地想走近他的身边,走进他的心灵。第六感觉告诉父亲,田汉先生不仅与同学们年龄相近,而且思想也相通,都是被那场大革命裹挟进去而最终又被甩了出来的人。

然而,能够成为田汉先生的入门弟子,这究竟是有幸,还是不幸呢?一开始父亲还真的说不清楚,无论从性格作风上讲,还是从为人处世上说,师生二人都存在着明显的不同。

比如说录取新生吧,陈凝秋(塞克)、左明、唐叔明等人,报名时分明都是身无分文，竟然还理直气壮，非要进来不可。田汉先生便微微一笑，不仅免去了他们的学费，而且还免去了他们的食宿费。至于父亲自己，虽说勉强凑足了学费，但其他的所有开支同样是靠田汉先生"施舍"——父亲被批准为"半工半读生"，替学校刻钢板，印教材，当会计，管伙食……就这样，让一贫如洗的他终于完成了学业。田汉先生的解释是："他们都有一种特色，就是他们都是'辛苦人'，他们在懂得艺术以前都已经多少懂得生活，这也是我们这私学所以能建立起来的原因。"为此，田汉先生提出了自己的办学主张："培养能与时代共痛痒而又有定见实学的艺术运动人才以为新时代之先驱。"这在当时，颇令父亲琢磨了好久好久。

再比如说上课吧，田汉先生要么不带课本，口若悬河，信马由缰，可以从文学起源讲起，一扯又能扯到历史上去，而从历史又能扯到哲学，但话题一转，又说到了莎士比亚，再转则又是易卜生、梅特林格……要么，干脆不讲课，带领大家一起排戏，甚至拍电影。虽说同学们一个个都是南腔北调，吴语、粤语、川调、京腔，大杂烩，但他一概不问，他要的只是真情和投入。结果，堂堂的一个文学科在田汉的主持下竟不由分说地变成了"戏剧科"……又要么，索性到校外请来一批文艺界的名流，如徐悲鸿、郁达夫、徐志摩、洪深、欧阳予倩、周信芳、万籁天等等，每隔半个月开一次座谈会。这种座谈会又是没有主题的，清茶一杯，香烟数支，从随随便便的聊天中引出不同的题目，然后各抒己见，自由论争，渐渐形成一个百家争鸣的场面。这时所有的同学均围坐在外圈旁听，这可真叫闻所未闻、见所未见的授课方式。父亲一开始适应不了，这能学到什么知识？然而渐渐地也习惯了起来——那种"十八扯"式的讲课，可以各取所需；那种实践性质的排演，可以熟悉舞台；而别具一格的座谈会，则可令大家开阔眼界拓展思维……到后来，只要是田汉先生的课，不管哪个科的学生都要跑过来旁听。父亲形容他，就像是一块磁石，就像是一丛篝火……

田汉先生膝下有一女，名叫田野，在南京工作，每逢见到我的父亲，开口闭口都称"叔叔"，她说这是因为南国社时期父亲

1949年9月第一届文代会后留影。右起：田汉、洪深、阳翰笙、黎莉莉、陈白尘、郑君里

和她爸是并肩作战的战友。父亲无论如何不肯接受,他始终叫她"师妹"——辈分不能错啊!

要说"并肩作战",这确实高抬了他的弟子们。对于那段历史——跟随田汉先生读书的那段历史,父亲给我讲过两个故事:

其一,来自苏北小县城的土得掉渣的父亲,虽说操着一口极浓的淮阴土话,却被田汉汉先生所看中,屡屡分派他在戏中扮演一个小角色。先生说了,父亲的相貌不错,适合扮演心地善良的人物。于是父亲战战兢兢地上台了,先后在《咖啡店之一夜》《父归》《苏州夜话》《江村小景》等剧作中留下了不同的身影。最终获得了老师的夸奖:认认真真,一丝不苟。就拿《咖啡店之一夜》中的那个顾客甲来说吧,把该说的台词说完之后,便默默地坐在角落里喝咖啡。尽管此时的父亲还从未品尝过咖啡是什么味道,但他却将想象中的那杯东西喝得有滋有味。

其二,后来,父亲没有继续演戏了,而是做了编剧,要说媒缘,同样来自田汉先生排戏中的"身教"。20世纪20年代,话剧刚刚传入中国,许多戏的首场演出往往是连剧本都没有的。田汉先生也同样如此,他只是告诉大家一个故事梗概,一切均由学生上台后自由发挥,大胆创造。最后再经过他的推敲和比较、思考和提炼,而形成定稿。

晚年时父亲在回忆录中这样写总结道:"年事稍长,才悟出我演的那些配角,正是一门戏剧入门课,而参与《苏州夜话》和《江村小景》的两次演出,则应该说是我从田先生那里学到了

'编剧法'。"

父亲始终视田汉先生为自己的恩师，而非"战友"。跟着他，不仅学会了如何编剧，更学会了怎样做人——他那令人敬佩的品节和令人刮目的风格，深深地影响了父亲一辈子。

从外表来看，田汉狂放不羁，属于浪漫主义的艺术家，而父亲则沉稳坚实，追求现实主义的道路，二人差距确实很大。尽管当年父亲和他的同学们也曾一起仿效过先生——"或者长发披肩，高视阔步；或者低首行吟，旁若无人；或者背诵台词，自我欣赏；或者男女并肩，高谈阔论。他们大都袋中无钱，却怡然自得，作艺术家状。"然而这些都属于表面现象，父亲真正从田汉先生那里继承下来的则是骨子里的东西——田汉乐观豪爽，从不知道什么是失败，什么是忧愁，父亲也豪爽乐观，从不知道什么是忧愁，什么是失败；田汉把话剧当成了他的生命，父亲也把生命献给了他的话剧事业；还有，田汉纯正率真，待人像水晶般的透明，透明到连自己都不会保护，父亲呢，也是如此，既无害人之心，也无防人之心，乃至二人于后来的历次运动中均惨遭厄运，这真是"有其师必有其徒啊"！

这到底是因为潜移默化，还是因为着意效仿，我搞不清楚。但是作为恩师，田汉留给他的学生们的精神财富实在是太多太多了。就说他的穷干加苦干的奋斗精神吧——一文不名，硬要拍摄电影《断笛余音》，去圆他那银色的梦；家徒四壁，硬是举办起中国现代戏剧史上有名的艺术鱼龙会，大大地震惊了朝野；两手空空，更是勇敢地挑起了上海艺术大学校长的重担，而且后来更于筚路蓝缕之中创办起了南国艺术学院……

就拿拍电影来说吧，既无摄影棚与水银灯，又无必需的服装和道具，但他无所谓，场景全部利用校园内的一切——画室、课堂、走廊、草坪……服装道具也一齐来个"自然主义"——有什么穿什么，有什么用什么：反正是自己演自己嘛！灯光呢，一律采用自然光，再不够，就用马粪纸糊上锡纸，做个反光镜……不管怎么说，《断笛余音》是拍起来了，因为田先生说了："艺术运动是应该由民间硬干起来，万不能依草附木！"他可真有魄力！

再拿艺术鱼龙会来说吧，这是为期一周的师生同台演出。虽说田汉先生也请来了不少名角，但是"剧场"呢？那竟是上海艺大的一个大客厅！舞台以通向隔壁饭厅的两扇大拉门作台框，下面垫高尺许，做成个平台，有人称它是"窗户式的舞台"，还真是一点也不过分。观众席呢？找来五六十张藤椅，排排整齐也就"滥竽充数"了。然而，无论是最早的剧目《生之意志》《画家与其妹妹》《父归》《未完成的杰作》，以及《苏州夜话》和《江村小景》等等，还是后来田汉新创作的话剧《名优之死》，以及欧阳予倩新问世的京剧《潘金莲》，可都是通过这个"剧场"轰动了整个中国南部的！

父亲真是打心底里敬佩他的老师！这不，当上海艺大的校长周勤豪终于露出了他那"野鸡大学"校长的嘴脸——侵吞了同学们的学费，而使学校陷入岌岌可危境地之时，全校师生以巴黎公社投票的方式，一致选举田汉为新的校长。没有候选人的提名，没有幕后者的暗示，百余张选票上竟然写着同样一个名字：田汉！再后来，那是1928年之初，周勤豪又卷土重来，光天化日之下抢走了学校的所有财产。这时的田汉索性袖子一捋，在西爱咸斯路371号的大门口挂上了南国艺术学院的招牌！那时，绝大多数的同学都紧紧地跟随他而去：再穷，也不愿意离开自己的老师田汉先生！

父亲说了："在田汉老师的身教下，我才懂得与大家共甘苦、和时代共呼吸的道理，我才跟随着他走向革命。总之，向他学习到怎样做人。"的确，当初父亲投考上海艺大，完全是为了"钻进象牙之塔里，将养这受伤的灵魂"，没想到短短一年的时间，他那"受伤的灵魂"，不但没有得到"将养"，反而被田汉的热情重新点燃，他笑着，唱着，投入伟大的"南国事业"中去了！

父亲一直到晚年都没有忘记那首由田汉填词、借用《伏尔加船夫曲》的曲调而谱写的《棹歌》：

划，划，
划，划，
绿波春水走龙蛇，
问西湖毕竟属谁家？
南国风光，
新兴机运，
等闲莫使夕阳斜……

它既是南国艺术学院的校歌，更是当时同学们在田汉先生的带领下以其私学的身份向着官学公开挑战的战歌。父亲告诉过我，当年南国艺术学院的牌子，其实就是一张写春联的红纸，堂而皇之地贴在了被人们嘲笑为"三等理发店"的门框上；父亲还告诉过我，这时的他才真正明白了什么是被压迫者的傲骨，什么是在野者的自尊与强大。

五音不全的父亲，唱起《棹歌》来是那么的高亢——他以他是田汉先生的门生而骄傲，他以他是田汉先生的嫡传而自豪！

2018年9月

为纪念田汉先生120周年诞辰而作

南国魂

说实在的,一年前(1995年)儿子和他的同学们在南京师范大学校园内成立"南国剧社"时,他并不知道在中国近九十年的话剧运动史上也曾有过一个名叫"南国社"的团体。面对记者的采访,他坦诚相告:"只因为听说北师大成立了一个'北国剧社',我们便一心要与他们抗衡。"

而我,在高校的讲台上教授了近十年的中国现代文学史,当讲到20世纪20年代末的那个在田汉的领导下为左翼戏剧运动立下汗马功劳的南国社时,油然而生的也仅只是对上一辈人的崇敬和怀念,因为随着话剧运动由巅峰而跌入低谷,它给人留下来的便只有时不再来的悲戚和哀叹。

的确,南国社对于今天的人们来说,它只是一段历史了,一段永不复返的历史了;至于南国精神——那种曾令田汉大师的母亲毫不犹豫地当掉自己的铺盖全力支持儿子演戏的精神,那种曾令田汉大师白手起家创办起南国艺术学院的精神,同样也随着他们那一辈人的离去而永远地消逝了。

近日为了筹备南国剧社的公开巡演,我这个挂着"艺术总监"头衔的人的妈妈,四处奔走,为他们延请导演。不料,就在那个苛刻到几乎不近人情的"条件"之下——不仅是一分钱报酬没有,而且还得自己倒贴车马费——竟然走来了田野和张辉!他们自带干粮,也自带为演出而准备好的道具、服装和油彩……作为自20世纪50年代起就活跃在舞台上的话剧明星,他们的名字早已是家喻户晓;而作为田汉大师的后人,他们的特殊身份更是为众多的观众所熟知。

儿子情不自禁地沾沾自喜起来,他一口咬定这二位"大腕"完全是奔着"南国剧社"的名字而来。的确,田野老师在电话里说过,"南国"二字令她想到了很多很多,甚至于想得要哭。那是后来,即排练完毕准备正式公演的当天,她还在动情地遐想:"要是南国社的老人们都还健在,他们一定会手拉手地坐在观众席里……"

然而,仅仅一周之后,当这些在台上连手脚都不知往哪儿放的孩子们,把二位老师累得喘成一团时,儿子再也不谈"缘分"了。——他和他的同学们亲眼看到,每次都是这两位年近七旬的老人最早来到排演场,在料峭的寒风之中等候着姗姗来迟的后辈学子;他和他的同学们更亲耳听到,面对中文系领导的盛情宴请,两位可敬可爱的艺术家竟一再谢绝,并诚恳表示,愿将这笔花费转赠给南国剧社!

他们两人的身份,不仅是闻名遐迩的表演艺术家,而且身居高位(张辉曾经担任江苏省文化厅厅长)。但是每次来南师大指导时,总是自带着两桶方便面,被他们称作是"鲜香可口"的方便面。——就在那座空荡荡的大礼堂内，同学们都去吃午饭了，他俩向人要来一瓶开水，有滋有味地咀嚼起那一根根弯弯曲曲的面条。能好吃吗？"越吃越想吃"毕竟是厂家诱惑顾客的广告。面对二位的固执，我急得一个劲地跺脚。后来，那是数月之后，剧社再度排练时，可能是不愿让我太负疚吧，二位老人终于同意中午不再单独留在礼堂内，而是随我到校园内的宿舍里去就餐。然而又哪里知道，他们人虽坐在了我家的餐桌旁，但是手却依然伸向了提包，掏出来的依旧是两桶康师傅方便面！"请给我一点开水……"提出的来还是那个同以前一样的请求。

排练结束，每每已近黄昏。二位老人不仅从未向公家要过车，而且也坚决拒绝我们为他们叫出租车，而是互相搀扶着向数百米外的公交车站缓缓走去。那是开往东郊的11路汽车，他们要乘坐十几站路才能回到自己的家中。望着渐行渐远的背影，融进了暮色，融入了人群，剧社的孩子们伫立在学校门口不忍离去。望啊，望啊，默默的，静静的，没有一点声音……

儿子和他的同学们似乎一下子长大了，而我也似乎一下子寻找到了在讲课之中曾久久寻找不到的东西。——这就是南国后人！这就是我们曾经仰慕过的南国精神！

那天，儿子掏出早已准备好的笔记本，请二位长辈题字留言。

人生就像一幕戏，
全靠自己去驾驭。

可美、可丑、可悲也可喜，

看准方向，脚踏实地，

坚定、沉着、多思、多记，

争取美好前途全在自己！

张弛侄勉之

张辉　田野　1996年12月9日

儿子始终是称他俩为"爷爷""奶奶"的，但他俩却又一直称呼我为"大妹子"，于是乎，我的儿子便成了他们的"侄"。这

田野、张辉一家邀请儿子张弛（右二）前去做客

一乱了辈分的称呼，只有我们心里明白。——父亲是田汉先生的弟子，"一日为师，终身为父"，理应要降低一辈的；但田野阿姨坚持说，南国时期双方的父亲是并肩作战的战友。于是乎，两家的关系便彻底乱了套。然而，"孙子"也好，"侄子"也罢，这则题字被小心翼翼地收藏了起来，不仅在纸上，更在心坎中。

一天，又有一位年逾八旬的老人——著名导演严恭先生，将电话打到了排练场。他一开口便埋怨事先没有通知他，他说他也应该算是田汉的门外弟子，他说他下一次一定要亲自前来为南国剧社执导一个戏！面对着这位早在20世纪30年代就追随左翼剧联的老文艺战士，如今已是腿脚不便连外出都需要人照顾的老人，其拳拳之心终于令我明白了："南国"没有逝去，它的精神、它的风范已牢牢地铸入每一个南国后人的灵魂之中！

……公演终于结束了，面对着久久不愿离去的观众，田野阿姨激动地跳上台去。她大声地说道："在当今的大千世界里，什么诱人的东西没有？而这些可爱的孩子们竟独独选择了南国剧社！选择了话剧！"她泪花闪闪，声震屋宇。我的心剧烈地跳动起来，我急切地向四周寻找，寻找"南国"的孩子们，寻找他们投射出来的坚定与骄傲的目光……

写于1996年冬月
改于2002年初秋

永远的"C.C."
——贺陈鲤庭叔叔百岁华诞

今天面对话筒发言的本不应该是我,而是我的父亲陈白尘,可惜他离开人世已经十四个年头了,再也不能亲自前来向自己的老朋友献上一束鲜花,献上一份真诚的祝福。作为晚辈,我又怎么能够代表得了他呢?毕竟我对鲤庭叔叔的了解是那么的少,又是那么的肤浅。

记得第一次从父亲的口中得知他和鲤庭叔叔曾经被人们戏称为"C.C."时,我忍不住笑了。——"C.C."者,那可是国民党要人陈果夫和陈立夫组织的一个派系,用的是他们兄弟俩名字的英文缩写;不承想,在抗日战争的大后方,陈白尘和陈鲤庭竟然也因为同姓陈,而获得了这样一个绰号。父亲没有做更多的解释,他似乎很高兴,也很欣慰。然而我对这一称呼的理解,却是经过了很长的一段时间。

一开始我只是知道,父亲对鲤庭叔叔一直心存感激。他说过,他在话剧和电影事业上的起步,无不得力于鲤庭叔叔的相助。——以前者而言,父亲从1929年起就开始写剧本了,但是直到1937年才被正式搬上舞台；而这部名为《太平天国》的大型历史剧之所以能够在上海的卡尔登大戏院获得演出，正是缘于鲤庭叔叔的大力推荐。是他代表上海业余剧人协会，将长途电话打到了闭塞的苏北小城淮阴。父亲说，这才从此奠定了他戏剧创作的道路。以后者而论，父亲对电影更是一窍不通，他之所以能够成为一名编剧，同样是来自鲤庭叔叔的鼓励和帮助。那是1947年，已经在国民党的中央电影摄影场工作的鲤庭叔叔找到了父亲，并不由分说地向他下达了一个任务："赶快给我写个本子，抢在厂方拍摄'戡乱'影片之前占领摄影棚！"就这样，父亲的处女作《幸福狂想曲》诞生了，它不仅使父亲从此跨入了电影界，而且还取得了一定的成就。

然而，"C.C."的内涵并非仅仅如此。那是在20世纪90年

参加鲤庭叔叔的剧本《放下你的鞭子》的演出。舞台正中鞠躬者为陈白尘

代,为了写作的需要,我专程来到上海拜访鲤庭叔叔。就在复兴西路34号六楼上的那间洒满阳光的房间内,就在四溢着浓浓的咖啡的香气里,我第一次知道了他和父亲之间的许多故事:为了中国的话剧事业,他们曾风雨同舟,患难与共,于筚路蓝缕之中一起参与组织过两个剧团,从此成为生死之交——第一次是在抗战的初期,父亲将上海影人剧团带到了成都,接着又与后期到达的由鲤庭叔叔担任理事的上海业余剧人协会合并在了一起。然而仅仅过了半年,也就是正当他们二人雄心勃勃地为剧团的发展绘制蓝图的时候,大多数的成员竟在国民党的某个摄影场的诱惑下,一夜之间各奔东西了。这些人带走了剧团中所有值钱的东西,包括全部的灯光器械,留下的只有一笔高达七千元的欠款。但是,鲤庭叔叔没有走,父亲也没有走,他们同仅剩的几位理事们一道,默默地背负起了这笔债务,并咬牙处理完了溃散后的一切事宜。不为别的,只是为了这面抗战剧团的旗帜和观众们的一片厚爱。第二次是在1941年"皖南事变"之后,这时的大后方一片白色恐怖,文化界的进步人士也纷纷撤退了,或是去了根据地,或是去了香港。但是父亲和鲤庭叔叔没有走,他们在周恩来同志的领导下,成立了中华剧艺社,不仅顽强地坚守着大后方的话剧舞台,而且还带领着其他的剧团于山城重庆掀起了演剧运动的高潮。然而"中艺"是民营的,没有固定的工资,没有自己的剧场,团员们无不在艰难困苦中挣扎,不少人甚至献出了生命。父亲在一篇悼念其前台主任沈硕甫的文章中这样写道:"七十二行,哪行不能发财?但你我却挑定了这穷困劳碌的行当。七十二行,哪行不受人艳羡?但你我偏选定了这'与娼妓同伍'的职业。挑选了这种行当,安于这种行当,身受这种行当所特有的虐待,却又死而无怨,这难道不是你我命中注定的悲剧吗?"但是鲤庭叔叔和父亲也同样的无怨无悔,同样地接受下这一"命中注定的悲剧",他们高举着"中艺"的大旗,一直坚持到抗战的最后胜利。

然而,"C.C."的内涵似乎还不仅仅如此。因为他俩都是艺术家,都是将艺术视为生命的人。父亲曾经说过这样的话:"导演当中,唯有鲤庭同我最默契。"我不懂得导演的艺术,但我知道父亲的特点是认真,鲤庭叔叔的特点是不苟;父亲的追求是完美,鲤庭叔叔的追求是无瑕。于是他们成了黄金搭档,愉快地合作了一部又一部的作品:《结婚进行曲》《岁寒图》《幸福狂想曲》《鲁迅传》《大风歌》……特别是1978年《大风歌》刚刚完稿时,面对着第一个跑上门来的珠江电影制片厂,父亲竟摆了摆手回答道:"来晚了,已经交给上影厂了。"其实他是在说谎——他正在等待鲤庭叔叔,在他的心里,只有"C.C."组合才能圆满无憾。

然而,正如古话所说:"祸兮福所倚,福兮祸所伏。"父亲和鲤庭叔叔同样是既共过无尽的欢乐,也共过无穷的悲伤——《结婚进行曲》,因为深刻揭露了国统区的黑暗与腐朽,最终在国民党中央图书杂志审查委员会的棍棒下,被迫停演了;《岁寒图》,因为只歌颂了知识分子的"忠贞自守",而没有指出"抗争"的道路,最终被来自延安的批评家们狠狠地指责了一通;《鲁迅传》,则是因为没有"大写十三年",硬被当年的上海市委下令禁拍了（后来才知是张春桥在中间做了手脚）；《大风歌》呢，其下场更加凄惨，居然没有提出任何理由，就活生生地被打入了冷宫……今天的人们都知道著名演员赵丹因为演不成鲁迅而痛苦万分，但是又有谁知道作为编剧和导演的他们俩，心中吞下了多少悲凉！《鲁迅传》前后修改过六稿，《大风歌》一共反复修改了十一稿。那天，父亲当场含服了硝酸甘油，鲤庭叔叔又是如何面对这一"宣判"的呢？我不知道。

后来，父亲在文章中写下了这样一段话，我边读边流下了眼泪。他说："真正被打入冷宫的还不是我，而是老导演陈鲤庭同志。他和全体美工人员花费三年时间经营的汉代宫廷建筑、服饰、道具都已制作出来了，他孜孜不倦搞出来的那个极为细致的镜头本也已定稿了，不承想，竟然全被无端地报废了。他被冠以的罪名是'慢'。"后来，我出差到上海，特地去看望鲤庭叔叔，当九十多岁的老人颤巍巍地将一摞又一摞有关《鲁迅传》和《大风歌》的资料交到我手上时，我再次流泪了。他说："孩子，你的父亲不在了，我也年老了。这些东西转交给你，留作纪念吧……"

这就是"C.C."的故事——父亲与鲤庭叔叔的故事。其实他们的遭遇，代表的正是那段坎坷的历程，那段中国的艺术家们共同走过的道路。但是我想告诉大家的是，他俩的故事并没有结束，还有更令人泪下的"后续"：那是"文革"结束后不多久，上海电影局准备重新组织人马拍摄《鲁迅传》。一位领导找到父亲，希望仍然由他来执笔；赵丹叔叔听说后，更是连夜登门，恳求父亲一定帮他圆了这个扮演鲁迅的梦。但是父亲没有答应，什么原因，他始终没有公开提过。但是母亲悄悄地告诉我了，那天在上海东湖饭店，父亲清晰地回答了那位领导："不行，这样做对不起鲤庭……"

是啊，怎样才能对得起鲤庭叔叔呢？那是1985年，为了纪念抗战胜利40周年，重庆举办了一个雾季艺术节。这时父亲已年近八旬，但他仍精神抖擞地走上舞台，扮演了一个连名字都没有的群众角色。是什么力量让他这样去做的呢？更何况他不是演员，根本不懂得怎样表演。原来这个戏不是别的，正是鲤庭叔叔执笔的《放下你的鞭子》！他是在用这样的方式来告慰自己的老友，来纪念他俩长达半个世纪的友情。

永远的"CC"——陈白尘（前）与陈鲤庭（后）

……父亲走了，他应该不再有遗憾。但是我站在这里却忐忑不安——我不知道我的发言能否代表父亲的意思；作为晚辈，我只能给敬爱的鲤庭叔叔深深地鞠一躬，祝他老人家健康长寿，艺术常青！

发言于2008年陈鲤庭艺术人生学术研讨会

一次难忘的采访
——深切怀念秦怡阿姨

那是五年前的一天——2017年的10月8日,我随《戏剧大师陈白尘》摄制组来到位于上海浦东的东方医院采访秦怡阿姨。她因前些日子不小心摔断了腿骨,正在这里住院治疗。

《戏剧大师陈白尘》是南京电影制片厂为纪念父亲110周年诞辰而制作的一部电视纪录片,其中最重要的一段内容,便是展现抗战时期山城重庆的戏剧运动——1941年"皖南事变"之后,大后方一片白色恐怖,原本轰轰烈烈的话剧舞台顿时陷入沉寂,就在此时,一个名为中华剧艺社的民营剧团宣告成立了。中共南方局和周恩来同志的指示是:以话剧为突破口,继续坚持斗争。

当时父亲是剧团的领导人之一,而秦怡阿姨则是剧团的主要演员。为此,片中这段历史的讲述非她莫属,尤其是当时的健在者已经寥寥无几了。

电话是前一天打的,约好了次日上午10点见面。医院严禁采访!——几天前去华东医院看望黄宗英阿姨时,就碰了一个大钉子。门卫一见我们扛着大大小小的机器,不容分说地硬是将我们拦在了大门外。于是这次的采访便改变了计策——大家"化整为零",将机器一一拆散,分别装在各自的提包中,待一个个顺利通过安检后,再于楼梯拐角的隐蔽处"化零为整"。

秦怡阿姨的女儿斐斐姐已经在病房门口等候我

于医院采访秦怡阿姨

们了,她抱歉地说道:"请稍候,妈妈需要化一下妆。"这的确是秦怡阿姨的性格——她永远都是将最为美丽的一面展露在大家面前。

进得病房,我一下子愣住了。不是因为她的消瘦,而是因为她的虚弱。——一床白色的薄被盖在她的身上,秦怡阿姨静静地躺在那张四面围着栏杆的病床上。她在对我们笑,却不能抬起身来……我急忙扑上前去,除了内疚,还是内疚,真不该在这个时候来打搅已经九十五岁高龄且伤痛在身的她!

论起父亲与她的关系,除了故交,还是邻居。那是20世纪50年代初,我们两家同住在上海复兴西路44弄,我家是7号,她家是2号,我与她的儿子小弟同龄,从小一起长大。秦怡阿姨看见我,立即伸出手来,我知道她想起了那段相邻而居的往事,为了不引起她丧子的悲痛,我急忙打断了她的话头。

秋日的阳光洒满了整个病房，也洒在了秦怡阿姨的身上。我定定地望着她，依然是那样美丽、那样端庄，整齐的白发如银丝般闪亮，慈祥的面容如孩童般清朗。

"开始吧，咱们抓紧时间……"秦怡阿姨微笑着向大家点了点头，她明白了我的心意，便直接转入了正题。

"中华剧艺社是民营剧团，其目的就是为了摆脱国民党政府的束缚。筹备期间虽说周恩来同志以军事委员会政治部副主任的身份拨了三千元的开办费，但依然是穷啊，只能在重庆南岸的苦竹林找了个农舍暂时住下……"秦怡阿姨开始了她的讲述，缓缓的，轻轻的，但字字清晰。

"用破板子钉起来，隔成一个个小房间。每个房间里放上十几张竹床，竹床与竹床之间只留下一条窄窄的缝。人呢，只能侧着身子慢慢挤进去；行李呢，也就是几件衣服，裹成个小包袱放在身边。我记得，我是放在了左边，脚的左边……"病房里静悄悄的，只有摄像机在轻轻地转动。秦怡阿姨双眼凝视着窗外，思绪将她带到了七十多年前。

"至于吃饭，那就更简单了。——大锅饭，大家围在一个桌子上。我动作慢，等我端起饭碗时，别人早已噼里啪啦吃完了，就剩下一点菜汤。不要紧，菜汤泡饭同样好吃，咕噜咕噜一口气吞了下去……"她边说边比画起来，兴奋的红晕渐渐漫上了她的面颊。

"你们觉得苦吗？"我小心翼翼地提了一个问题——一个很幼稚的问题。

"你们帮我把床摇起来!"她没有马上回答,而是对我们提出了这样一个请求。

"这……"我不敢答应,她毕竟重伤在身,医生能够允许吗?

"吭事体,吭事体!"秦怡阿姨一着急,连上海话都冒出来了。我们不敢"违抗",只得乖乖地将病床的上半部分摇了起来。

"日子是苦,而且苦得不得了,但是我们高兴啊……"身子刚刚坐直,她便迫不及待地回答了我的问题,双手也跟着舞动了起来。

"有一个叫熊辉的女演员,我们两人是好朋友。怎么面对这饥肠辘辘的日子呢?终于想出了一个办法——两人交流时不许说话,只许唱,把要说的话都变成歌唱出来,谁要是忘记了,就算输了。输者,罚什么呢?想来想去,什么都没有,总不能脱衣服呀,就用手绢吧。我输了,我的手绢给她;她输了,她的手绢给我。结果唱唱唱,一直唱到晚上,不晓得她怎么打了个愣,我马上抢过她的手绢,我赢了!"

多么有趣的画面,多么生动的讲述,摄制组的小伙子们也都跟着一起笑了起来,我更是紧紧抱住秦怡阿姨的胳膊,忘记了她还是个病人。

窗外的阳光将树影投射在天花板上,晃动出一圈圈的光环。它们也在笑,它们也在听,它们也成了今天拍摄中的一名成员。秦怡阿姨接过我递上的茶杯,轻轻地抿一口,"还要听吗?好,那就再讲一个……"

多么熟悉的声音啊！——以前都是在电影里听到的，如今却真真切切地不需通过任何话筒和屏幕。标准的普通话，略带一点南方口音，既亲切又温柔，既甜美又醉人。

"我们十多个人既是编、导、演，又是炊事员、采购员，还要兼管化妆、服装、道具。每天清晨4点，值班的就要挑起担子到四五里地外的镇上去买菜，回来后还要烧饭、洗涮、打扫房间。但是每到晚上，便是我们最愉快的时候，坐在木板房的前边，读书，念剧本，分析角色，互相出点子。白尘同志最擅长讲故事，借此把许多知识传授给了我们……"

摄影师悄悄地移动了机位，他发现秦怡阿姨的眼中闪烁出了光亮。是的，我也看见了，这个光亮使她美丽的面庞更加生动起来，带着骄傲，带着自豪。

"……有一天辛汉文来看望我们，见大家太苦了，丢下一些钱，让我们打牙祭。第二天轮我去买菜，天不亮就出发了。走走走，下雨了，那时我还小，只有十几岁，挑个担子，把买来的肉放在里边。哪知道田埂又湿又滑，一不小心，摔了一个大跟头，那些已经被切成一块块的肉，也不知道飞到哪里去了。我一屁股坐在了地上，大声地哭了起来，怎么办，怎么办啊？我不死心，卷起裤腿下到水田里去摸去找，结果居然让我给找到了！一块，两块，三块……回到家，厨艺精湛的程梦莲大姐烧出一碗油汪汪的红烧肉，那个香啊，闻着闻着，口水就流出来了……哪知就在这时，咚咚咚，日本飞机来轰炸了，大家慌忙钻到桌子底下，头进去了，屁股还在外面……"

"那碗红烧肉呢?"导演小解已经忘记了拍摄,忍不住开口问道。

"落满了尘土,成了一碗黑泥团了!"

笑声回荡在病房内,久久没有散去。斐斐姐在我耳边悄悄地说了一句话:"妈妈好久没有这么开心了!"是啊,抗战期间的艰苦卓绝,在她的嘴里变成了不值一提的往事;话剧运动的筚路蓝缕,在她的口中变成了甜蜜美好的回忆。——"中华剧艺社就是我们的家,我们的阵地,我们抗战的武器,我们的艺术理想!"这是秦怡阿姨的总结,也是她对那段难以忘怀的历史的总结。

经过几个月的筹备,中华剧艺社终于宣告成立了。它的开锣戏,便是由父亲编剧、应云卫导演的《大地回春》。说到这里,秦怡阿姨的回忆再次如潮水般汹涌了起来——"我在这个戏里扮演黄树蕙,一个努力挣脱封建家庭束缚的女青年……"她笑了,露出孩子般的天真与纯洁,"那个时候我才十九岁,从没穿过高跟皮鞋,也没穿过时髦的旗袍,结果不会走路了。一上台,要么两只脚一齐蹦跶,要么同手同脚一边顺。我央求应云卫,你换个人好吗?我演不了。哪知他不住地摇头,不换,永远不会换,这个角色就是你了!"

这就是秦怡阿姨走上舞台的第一步,也是她走向成功的第一步。后来她和舒绣文、白杨、张瑞芳一起,被公认为大后方话剧舞台的"四大名旦",其艰难曲折的第一步便是从这里开始的。

门外不时地有白大褂的身影在晃动,值班的医生和护士们也都跑来偷听了——"不准拍摄""不准采访"的禁令,早已被抛到九霄云外去了！秦怡阿姨捂着嘴偷偷地笑："×医生，是要来查房吗？"她开始"演戏"了，一本正经，像模像样。

最初的病容已经不见了踪迹，容光焕发的脸上洋溢着幸福的微笑。秦怡阿姨的声音越来越响，她滔滔不绝地讲着，说着，那些沉睡多年的往事，那些尘封已久的回忆被娓娓道了出来。——这里有民营剧团所遭受的重重剥削，各种苛捐杂税多如牛毛，几乎是票价的百分之百，作为演员的他们每天只能吃上一碗担担面；这里有国民党政府的迫害和压制，所有的演出必须得到中央图书杂志审查委员会的批准，许多已经排演好的剧目被活生生地枪毙掉了。不久，中艺的成员们一个接一个地病倒了，有的甚至献出了生命。但是中艺的这杆大旗没有倒掉，在那段最为艰难的日子里，他们紧紧地跟随着周恩来同志和中共南方局，将重庆的话剧舞台重新装点，将大后方的戏剧运

秦怡阿姨在中华剧艺社饰演的第一个角色——《大地回春》中的黄树蕙（左）

动推向了空前未有的高潮。

但是作为其中的一名重要成员，立下了汗马功劳的中坚分子，秦怡阿姨并没有讲到自己。在我们的一再追问下，她笑了，只是轻描淡写地讲述了这样一个故事——

"那次是演出由陈白尘编剧、应云卫导演的《结婚进行曲》，我扮演女主角黄瑛。台下黑压压的一片，都在坐等着大幕拉开。但这时的我却在后台急得转圈子——嗓子突然失声，无法上台了。喝了一杯又一杯的胖大海，还是不见效，我哭了。'老应啊，只能让观众退票了……'我对导演说。但他坚定地摇了摇头，'要相信自己，哪怕用气声，也一定要坚持演完。记着：观众是冲着你来的，是冲着中艺来的！'就这样，我用沙哑的、几乎是听不清的声音，将戏从头到尾演完了。真没想到，观众是那么的可爱，不仅没有一个喝倒彩的，整个剧场安静得连我自己的心跳都能听得见……"

秦怡阿姨的声音是那样平静，就像是在讲别人的故事一样。周围没有一点声响，连摄影师也忘记了手上的操作。我偷偷地拭去了眼角的泪水，我明白了什么叫"精神"，什么叫"理想"。望着她那优雅而圣洁的面容，我终于懂得了，秦怡阿姨的美为什么会打动那么多人，是因为这里面包含着坚韧与顽强。

那天的采访，足足进行了两个小时，我们一同笑，我们一同哭，笑完哭完之后，又一同深深地思索与忖量。告别时，我紧紧地拥抱着秦怡阿姨："多多保重，早日恢复健康，我们等着看你的表演，那一定是璀璨夺目，光彩耀人！"她笑了，笑得那么甜，那么美……

然而,这一天却没有等来,等来的竟是让人难以相信的噩耗——2022年5月9日的凌晨,秦怡阿姨走了!带着一百年的沧桑,一百年的奋斗,静悄悄地走了!天国里有她的亲人,有她的朋友,也有中华剧艺社的同仁们:应云卫、陈白尘、陈鲤庭、贺孟斧、项堃、耿震、张逸生……他们聚在了一起,他们一定会再次排演出惊天动地的大戏,一定会再度创造出中国话剧的辉煌!

秦怡阿姨,我想你!成千上万的观众都想你!

2022年5月12日泣成

牵 手
——在丁聪叔叔墓前

那天,在枫泾,在丁聪叔叔的墓前,我对小一说:"咱们牵着手拍张合影吧。"小一将手伸了过来。这时,雨停了,下了整整一夜的雨停了。

小一的手很大,很有力,像他的父亲吗?我不知道。但是就在这一瞬间,我的眼前仿佛出现了七十多年前的那次牵手——他的父亲与我的父亲的牵手,也是这般庄重,这般真诚。

那是1943年,父亲在成都主编《华西晚报》副刊《艺坛》。他说,他有一个坚强的"班底",其干将之一便是"漫画家丁聪"——"他不仅为《艺坛》画了许多刊头,而且以《阿Q正传》的插图等画稿供我随时使用,为副刊增色不少。"这是一份由中共地下党领导的报纸,读者称它为"民主堡垒""文坛中心",郭沫若则题诗道:"五年振笔争民主,人识华西有烛龙。今日九阴犹惨淡,相期努力破鸿蒙。"烛龙指的是屈原《天问》中写到的那条衔烛照明的飞龙,以它来喻"华晚",足见其在华西一带所发挥的作用了。

当年父亲和丁聪叔叔都借宿在位于五世同堂街的《华西晚报》编辑部的后院里。住房紧张，人满为患，丁聪叔叔不慌不忙地将脑袋一晃，指了指庭院一侧的那个干枯了的池塘以及上边的那座废弃了的凉亭："就是它了！"——几块演戏用的布景片将四周一围，居然"美不胜收"！八平方米的"雅居"，整日高朋满座；八平方米的陋室，诞生出了名垂青史的画作。父亲的"回报"，则是亲笔致信茅盾先生，为其知交的画集约来了一篇不同凡响的序文。

与小一牵手于丁聪叔叔墓前

"大姐，那个水阁凉亭什么样子，我想做个模型收藏起来。"小一拉了拉我的袖子，双眼充满了期待。

"这……"我语塞了，"当年我也没有出生，只是听上一辈人说起过。"

——"冬暖夏凉"，肯定不对。夏凉是有的，但冬暖只是调侃而已。那堵所谓的"墙"，用布景片子围出来的"墙"，怎能抵挡得住凛冽的寒风，"雅居"成了名副其实的冰窖。

我从挎包中取出了一个笔记本——这是我为此行而特意准备的。"小一,你来看,这是当年丁聪叔叔为我儿子亲笔题写的赠言……"我翻到了其中的那一页:

岂能尽如人意,
但求无愧我心。

小一没有说话,轻轻地抚摸着那个硬皮笔记本;我也没有开口,静静地凝望着那熟悉的字体——笔迹是那样的苍劲,含义是那样的深刻。这是丁聪叔叔的座右铭,也是丁聪叔叔一生的追求。

那是1945年的春天,《华西晚报》公开发表了由上百人签名的《对时局献言》,要求废除一党专制和个人独裁,报馆遭捣毁,报纸被停刊,父亲本人也失去了行动的自由。这时的他被转移到了一座偏僻的庄园中——即被他戏称为"准囚室"的"觉庐"楼上。他奋笔疾书,一天三千字,终于以二十天的时间完成了他的"怒书"——剧本《升官图》。但他明白,要想演出,必定得冒极大的风险——其笔下的所有角色,不仅都带有"长"字的身份,而且汇集了官僚集团中的全部劣迹,以及彼此之间的错综复杂的关系。

这时,又是丁聪叔叔胸脯一拍站了出来:"舞台设计交给我了!"——仅仅几天的工夫,他便拿出了一幅画稿:整个台框是一张中央银行的1000元钞票,舞台正中则是一枚硕大的铸有"太平通宝"字样的铜钱,所有的演员——即那些大大小小的官

《升官图》演出剧照，舞台设计丁聪

员们，就在这个充当大门的方孔钱眼里钻来钻去。台口两端悬挂的是两盏有似"升官图"棋具中骰子形状的灯笼，但它的四面不是原有的"德""才""功""赃"四个字，而是清一色的——"赃"！

父亲惊呼道："此乃画龙点睛之笔！"他不住地点着头："只有小丁兄懂得我的心意。"

后来，《升官图》演遍了全国各地，包括延安，包括上海，甚至是台湾。但是所有的演出，其舞台设计无一不是模仿丁聪叔叔的构图，他的"点睛之笔"已经成为绝版。

枫泾的雨淅淅沥沥，说来就来，说去就去。初次见面的小一告诉我:"我爸一生豁达坦荡,唯一的遗憾是病重后不能再创作了。"我的心头一紧,想起父亲曾经说过的话:"一个作家到了不能执笔,比死还痛苦!"

我握紧小一的手:还有我们。

他点点头:担子很重很重。

陵园一片宁静,丁聪叔叔的雕像静静地矗立在我们身后。他笑着,灿烂而开怀,他一定听到了,也一定看到了……

书于2017年7月,同小一老弟分手之后

深深的怀念
——我的老师刘厚生叔叔

刘厚生叔叔是父亲的学生,他在文章中这样写道:"陈白尘先生是我的亲授教师。虽然我自愧不是他的好学生,对他学习很浅,理解不深,但我仍以是他早期的学生之一而自豪。"

如今,我同样要这样写道:厚生叔叔是我的老师,虽然从未拜过门,认过师,但我始终以一个学生的心态敬重他,爱戴他。

此话要从1997年说起。那一年是中国话剧运动90周年,我所任教的南京师范大学的学生们组织了一个剧团——南国剧社,以父亲的经典之作《升官图》的演出,参加了江苏省暨南京军区政治部举办的纪念活动。作为一支业余的演剧团体,是根本无法与专业剧团相提并论的,但孩子们的认真与执着深深打动了诸多的前辈们,江苏省人民艺术剧院和南京军区前线话剧团纷纷援手,或以化妆和服装,或以灯光和音响,给予无私的支持和襄助。此时身为中国戏剧家协会领导之一的厚生叔叔不知从哪儿获知了这一消息,竟然和著名的表演艺术家李默然先生一道,带领着一支由北京、上海、重庆、沈阳等地专业人士组成的团队,前来南京师范大学观看南国剧社的演出！

没有剧场，临时安排在学生的大饭厅里；没有座席，全部用长条板凳来代替。这是我第一次近距离地接触厚生叔叔——年逾古稀的他，端坐在那个破旧而简陋的大厅里，那条既无靠背又无扶手的硬板凳上，兴致勃勃地观看了整整两个小时。那么的专注，那么的认真，时而仰天大笑，时而热烈鼓掌，毫无一丝的倦怠与疲顿。我不敢相信，他们千里迢迢来到南京，就是为了这群孩子，这群完全不懂表演却又痴迷于话剧艺术的孩子！演出结束后，我带着儿子和其他几位主演去看望这些专家们，厚生叔叔这才知道南国剧社的创始人及剧中主要角色的扮演者原来是陈白尘的外孙。他张开双臂，一一拥抱了大家，并当即拿起笔来，在儿子的纪念册上题写了这样一段话：

努力学习

热爱艺术

干好校园戏剧！

刘厚生

1997年5月16日

校园戏剧始终是话剧运动的重要一翼，厚生叔叔的题字，给了孩子们巨大的鼓舞和前进的动力。作为母亲，以及该剧的艺术总监，我当场流泪了，我感受到了一位长者对后辈的殷切期望和对话剧运动的忠贞不渝。

也就是从这一刻起,我在心里默默地尊他为师——他和父亲一样,将终生的追求奉献给了话剧事业。那是一种什么样的情怀啊:1984年,中国作协召开四大,父亲在会上高呼:"我们这一代剧作家人还活着,话剧却濒临灭亡,我死也不甘心!"1985年,日本戏剧家代表团访问中国,父亲对其团长尾崎宏次说:"我是一个死死抱住话剧不低头的人!"在吉林,父亲为同道们题词:"吉林剧作者是好样的,希望为振兴话剧而奋斗到底!"在上海,父亲为同仁们鼓劲:"上海是中国话剧的发源地,在话剧不景气的今天,你们负有光荣而重大的责任!"他的学生们将他比喻成逆水行舟的纤夫、衔木填海的精卫,并称赞他"老而弥坚,至死不渝"。他们还告诉过我这样一件事情:"陈老每看完一次演出,都要站起身来向该剧的作者深深地鞠一躬,哪怕对方只是一位小年轻……"我的心头一阵阵地发热,只为厚生叔叔也是这样一位"老而弥坚,至死不渝"的人,他是我的老师,是和父亲一样将毕生心血奉献给了戏剧舞台的人!

转眼到了2008年,这一年父亲冥寿一百岁,江苏省委宣传部、文化厅及文联与剧协为他举办了一个纪念活动。时年已经八十七岁高龄的厚生叔叔风尘仆仆地从北京赶来参加活动,并于会上发表了激情昂扬的讲话:"在同白尘师几十年的接触和共事中,我对他的创作才华、工作能力、言传身教等方面的领会和学习逐渐加深,而更使我感佩乃至震动的,则是他那多年一贯而且越老越强烈的正直心胸、正义感、疾恶如仇、战斗到底、光明磊落的精神。……我想即使一百年后,在文学史、戏剧史上,陈白尘仍将是一个光辉的名字。我深深地怀念我的老师。"

散会后,厚生叔叔慢慢地挪动着脚步,他在四处张望,四处寻找,我忽然明白了什么,飞步跑上前去。"在这里,在这里……"我将身边的儿子推到他的面前,"在这里呢!"

厚生叔叔上下端详了一番:"认不出来了,真的认不出来了!已经长成了大小伙子!"是啊,又是十几个年头过去了,当年舞台上的稚嫩学子,如今已经成为文艺队伍中的一名小兵。但是厚生叔叔没有忘记他,没有忘记这个曾经被寄予过深切期望的后生小子。他一把拉住儿子:"来,咱俩拍个照,我要留作纪念!"

儿子兴奋地退后一步,紧紧地拥着这位如同自己外公一般亲切的老人。镜头记下了这一瞬间,也记下了厚生叔叔那澎湃的心声——他在努力传承父亲那一辈人的精神,同时又将这一精神完完整整地传承到下一代的身上。我在心里悄悄地喊了一声"老师",多么让人敬重的老师啊!

那是2017年,转眼又是九年过去了。为了拍摄传记片《戏剧大师陈白尘》,我

在父亲百年诞辰纪念会上,刘厚生叔叔与儿子张弛合影

1985年重返重庆。前排左4陈白尘,右1刘厚生

带领摄制组前往北京采访。这一年厚生叔叔已年届九旬,身体非常虚弱,当我推开房门时,仍不敢相信眼前的一切。当时已近夏末,但天气依然炎热,我身着短衣仍是大汗淋漓,但厚生叔叔却穿着厚厚的外套,腿上还盖着毯子。我后悔了,后悔不该来打扰他,不该透支他那需要保护的珍贵的健康。不料,他颤颤巍巍地喊着我的名字说:"不碍事,不碍事,咱们开始吧!"

摄像机在缓缓地转动,厚生叔叔在慢慢地讲述:"抗战开始的时候我十八岁,跟着国立戏剧专科学校来到大后方。白尘老师教我们戏剧概论课,与此同时他写下了著名的剧本《魔窟》。我们在学校排演这个戏,这是老师的第一个在学校演出的作品,我记得首先是到重庆的各个学校,比如中央大学、复旦大学,以及沙坪坝的许多院校去演出,很是受欢迎,非常非常的轰动……"

那天,他没有讲自己,我知道当年的厚生叔叔已经是地下党员了。没有他和地下支部的努力,《魔窟》的演出是不会获得成功的,但是他没有讲,一句也没有讲。只是在采访的最后,不经意地提到了这样一件事情:"我们刚从学校毕业时,我一个,还有姓刘的和姓叶的两个同学,非常想去陕北,去延安。我们想来想去,估计白尘老师可能有关系,我们就去找他,请他给我们想办法。但他再三劝我们,说重庆同样有着重要的工作,你们不要一下子都走掉,我们要占领重庆的舞台,这是周恩来同志交下的任务。"

那天感动我的,不只是他的讲述,更是他那一声声的喘息。我知道,厚生叔叔完全可以拒绝我们的采访,但他要讲,要把这段历史告诉给后人。我再一次地在心底里呼唤了一声"老师",令我终生为楷模的老师。

临走前,我请摄影师为我和厚生叔叔拍张照片。我慢慢地蹲

赴京看望刘厚生叔叔

了下来，蹲在厚生叔叔的身旁，我扶着他的手，那只曾经写下过多少文章的手，那只和父亲一样令我感到温暖、感到慈爱的手。

我上前拥抱了他，这是学生对老师的拥抱，这是女儿对父辈的拥抱。紧紧的，紧紧的，许久舍不得放开。我答应他，一旦有空就来北京看望他，望他多多保重。可哪里知道，这个拥抱竟成了永诀——两年后厚生叔叔驾鹤西去，我失去了又一亲人，又一恩师。

厚生叔叔，我永远永远怀念你！

厚生老师，我永远永远敬仰你！

2021年10月

为纪念刘厚生百年诞辰学术研讨会而作

生死相随师生情
——记《小城之春》编剧李天济

著名喜剧作家李天济是我的堂姐夫,但是数十年来他始终要我称呼他"师兄";同样,对于我的父母亲,他也从来不叫"叔叔""婶婶",而是一口一个"老师""师妈"。年幼时不懂其故,直到长大后方明白:他是将他与我父亲间的师生情谊远远地放在了亲戚关系之上。

他掰着手指头告诉我:在剧校读书时,交不出伙食费,是老师替我掏的腰包;毕业后到剧团工作,丢三落四对不上账,又是老师替我补上了缺口。我的第一套西装,是老师给我拼凑来的;我的第一条领带,也是他手把手教会我怎样打的……

他最爱说的,是第一次与父亲相见时的情景——也就是父亲给他们上的第一堂课:

> 1938年秋天,熊佛西校长在成都创办了"四川省立戏剧教育实验学校"。开学不久,听说陈白尘先生要来教书了,全班都极为兴奋,一则他是名作家,二则《太平天国》《群

魔乱舞》数月前刚在成都上演过。那天上课，我个子矮，坐第一排。其时尘师年方三十，穿套藏青西服，倜傥蕴藉，不紧不慢地踱了进来。他拿下唇间的香烟，点点头，开口第一句话就是："我叫陈白尘……"说着自己也笑了。刹那间，大家对师长名人的凛惧之情全都化为亲切之感，于是七嘴八舌，一致要求尘师讲他的《群魔乱舞》是怎么写出来的。老师略略犹疑，接上支烟："故事来源于报纸上的新闻，人物是我肚子里的……"第一课，尘师就在平淡中接触了创作的基本规律——材料可以搜集，人物在于积累。他从自己的剧本讲到了作者的社会责任，要与大众的苦乐相通……

那时的师兄只有十七岁，父亲教会了他如何编剧，如何写作，时隔半个多世纪之后，他依然记忆犹新：

> 尘师教我们编剧课，一进教室，就在黑板上写上"主题"二字。就这个"主题"，每周六小时，足足讲了四个星期。从夏衍到契诃夫，从鲁迅到高尔基，围绕中外大家的作品中的人物、语言、情节等等来解释主题的意义和内涵，更由此阐述作者的爱憎和愿望、追求和理想……再后来，就不是由他一个人讲了，而是引导我们都来"编剧"。他要大家讲出自己最感动的或者最难忘的事，最爱的或者最恨的人；又或是干脆讲讲自己，从分析自己来学习分析别人、分析社会，进而引导大家一起来发展故事，丰富人物，探讨主题。

我笑了,"这是真的吗?"——父亲有轻微的口吃,一旦被卡住,只会望着天花板:"这个,这个……"

师兄眨了眨眼睛,既没点头,也没摇头,而是微笑着避开了话题:"你可知道,当年我们为什么与老师的感情那么深厚?"见我一脸茫然,他便直接回答道:"就是因为他始终同我们战斗在一起!"

他又开始讲故事了——那是针对学校中的训育主任而展开的一场斗争:

这个家伙是国民党教育部派来的,为了镇压学生们的爱国行动,竟然下令清理图书馆,并公开检查学生们的信件。为此血气方刚的李天济、刘沧浪等几名学生便赤膊上阵了,由于没有斗争的经验,一下子即被对方抓住了把柄,硬逼着熊佛西校长开除他们的学籍。"是白尘先生拍案而起,以他的去留保护了我俩的学籍。时至今日,许多细节已淡若云烟,唯有老师那脸红脖子粗的一身正气历历在目。"这是师兄给我讲的第一个故事。

第二个故事,则是1946年的春天在重庆演出《升官图》。这个剧本被父亲称作"怒书",他以无比的愤恨揭露出国民党官僚集团的种种罪恶,并用喜剧的形式将其大白于天下。然而当时的大后方没有一个剧团敢于排演,最终是由"现代戏剧学会"——也就是由原省立剧校的师生们所组成的团体,和中华剧艺社联手,才将其搬上了舞台。

"你知道吗?"讲到这里,师兄的劲头来了,"票子是卖出去了,但国民党特务对它骚扰不休,不是向剧场的屋顶扔石头,就是向演出的场地撒沙子；再或是铰断电线，令台上一片漆黑；又或是敲锣打鼓，让你根本听不清台词。更有甚者，他们竟在观众排队买票时，公然往售票处的窗口泼大粪，甚至当着女观众的面脱下裤子大小便……为了保护演员们的安全，前台与后台均派出了专门人员望风把守，一有情况，迅速撤离；为了保证舞台上的演出能够正常进行，剧组特地购置了一台发电机，这一任务，便是交给了我——舞台监督李天济！"一脸的骄傲，一脸的自豪。

感叹自己生得太晚，没能亲眼看到师生二人是如何并肩作战的。但是，不知怎的，在我的脑海中却总是浮现出这样一幅画面：那是上海刚刚解放，受共产党的委托，父亲带着天济师兄一同去接管某个单位。大街上空荡荡渺无人迹，但一轮红日喷薄欲出，驱散了雾罩般的晨霭。这个故事是父亲讲给我听的，我从他那激动的声调里，仿佛感受到了他们二人当年的心跳，更聆听到

师生二人在文代会上

了他们二人那整齐如一的步伐声……

"文革"中我长大了,也终于亲眼见到了他们师生之间的那种休戚与共乃至相濡以沫的情谊。作为"文艺黑线"的"干将",父亲与师兄都未能逃脱暴风雨般的批斗。然而就有这么一回,天济师兄竟然瞒过了"造反派"的眼睛,于一个周六的晚上,偷偷换下了白天拉板车时穿的工作服,混上了由上海开往南京的火车。父亲冒着凛冽的寒风,在深夜的南京车站迎候他,他们久久地拥抱在一起,没有一句话。

第二天他俩躲在家中的小厨房里谈了整整一个白天,烟蒂塞满了烟缸,烟雾弥漫了房间。或许是回忆过去,或许是展望未来……就在当天的深夜,师兄又悄悄地乘上了返沪的火车,在昏暗的街灯下,我看见他们的眼角都闪着晶亮的泪花。这是一次多么不寻常的会面啊,凡是从那个年代过来的人,都会懂得信任与关怀要比金子还珍贵!

"文革"结束后,父亲和师兄又都重新握起了笔,他们彼此不断书信往来,相互鼓励着写出一部又一部的作品。那是1980年,年逾古稀的父亲将鲁迅先生的名著《阿Q正传》改编为电影剧本,没有想到师兄竟主动请缨,要求在影片中扮演狱中看守红眼睛阿义。当那个于破毡帽下压着一张纸片的既丑又恶的形象出现在银幕上时,引来了观众一阵又一阵的笑声。然而我却深深悟出了,这是花甲之年的师兄,以他全身心的热情,在支持着父亲的创作,在投身于戏剧艺术的锤炼。就像1949年为迎接全国的解放,他在父亲执笔的《乌鸦与麻雀》中扮演那位人见人恨的侯义伯一样。

李天济在电影《乌鸦与麻雀》中扮演侯义伯

师兄总爱自豪地称呼自己是嫡传的"陈门弟子",众所周知,他与父亲一样都擅长写喜剧。但是作为"师承",我觉得他更多的是承继了父亲的乐观精神、坚强性格和对艺术的孜孜不倦的追求——他同样是个乐天派,不会被困难吓倒的乐天派,永远相信未来的乐天派。

他写《今天我休息》,让马天民给观众送去了欢快的笑声;他写《小城之春》,让男女角色为观众指明了春天的方向……万万没有想到,当马天民还活在广大观众的心目中时,当《小城之春》被誉为中国电影史上的经典之作时,天济师兄竟因血栓之疴而悄悄地离去了,那么早地离去了。南京的许多朋友都于私下里这样说道:"天济先生真是陈老的好学生,他怕老师寂寞,紧紧地又追随他而去了……"

是的,前后不到一年,师生二人便都告别了人世。不,冥冥之中我却感觉到,这时他俩一定又相聚了,又在一起畅怀大笑,又在一起联手合作了,他们一定又将那曾经带给人间的欢乐一齐带到了天上!

1996年5月为参加李天济追思会而作
2022年8月修改于南京秦淮河畔

他叫鲁绍先

那是20世纪60年代初,即全国人民吃不饱肚子的困难时期,小学刚刚毕业的我,仍旧是懵懵懂懂,不谙世事。但是有一件事却刻入了脑海,至今记忆犹新:那是与吃有关,真真切切的与吃有关。——一天,父亲不知从哪儿搞到了一只羊腿,而且是黄羊的腿,他告诉我们,次日将有一位远方的朋友要来家中做客。

客人长什么样,我没有见到,那天中午我被弥漫于厨房的腥膻气给吓跑了。有人喜欢吃羊肉,且称其为奇妙无比的美味;而我偏偏对它充满抵触,哪怕是饥不择食的当口,也要拒之于千里之外。为此,我远远地逃走了,一整天都没有回家。于是这位"贵客"是谁,我不知道;父亲为何要通过多方关系去想方设法招待他,我也不知道。

一晃三十年过去了,在1990年的冬天,一个意外而又惊喜的机会降临到我的头上——四川省社科院召开有关抗战文学的研讨会,作为研究者之一,我被邀请前往参加。成都是父亲曾经工作和战斗过的地方——1943年的7月,在周恩来同志和中共南方局的安排下,他和应云卫等人率领中华剧艺社由重庆转战成都,开辟新的战场。在这里,他被推选为中华全国文艺界抗敌协会成都分会的理事;在这里,他担起了主编《华西晚报》副刊的重任。

车辐先生是父亲的老朋友、当年《华西晚报》的老同事,听说我的到来,兴高采烈地充当起了向导,带我游遍整个蓉城——杜甫草堂、武侯祠、青城山、都江堰……最后一站是春熙路,他让我美美地享受了一顿有名的成都小吃。那天在餐桌旁,他笑眯眯地看着我,有似猜谜般地说道:"明天带你去个地方,带你去见一个人……"

第二天上午,车辐先生的儿子亲自驾车带我们来到了郫县。这是位于成都西北方向的一个小县城,尚未开发与建设。城内街道狭窄,建筑拥挤,汽车七转八弯终于开到了县政府的大门前。一位身着中山装、满脸笑容的老人立即迎了上来,看样子,他已经站在朔风中等候我们多时了。

"我叫鲁绍先。"他自我介绍说,同时伸出了双手。

——这,就是车辐先生要带我见的那个人;这,就是当年来北京家中做客却又与我未曾谋面的那个人。而我却一片茫然:茫然于他对我的到来所持的那份期待与热忱,茫然于车辐先生瞒着我事先所做出的这一安排。

鲁绍先的家就在政府大院的后边,刚刚坐定,车辐先生便掏出一张报纸——1985年5月27日的《四川日报》,上面刊登着车辐先生以笔名"杨槐"发表的一篇文章《张天翼在成都》。报纸已经泛黄,但没有丝毫的破损,我迫不及待地读了起来——

作家张天翼同志最近病逝于北京，终年七十有九。1945年，张天翼患三期肺病，陈白尘托巴波为他找个安身养病之所，提出两个要求，住地在政治上要安全可靠，还要有人在生活上给予照料。……端阳节前几天，一乘滑竿抬了病势垂危的张天翼，由陈白尘、巴波从城内五世同堂街《华西晚报》白尘的临时住地，送到两路口。那时，鲁绍先正准备结婚，他把光线充足、空气流通的新房让给患病的张天翼，而他自己结婚时则搬进了一间小小的没有窗户的房子里……

这个故事我听说过，这个名字我也听到过。但是没有想到，今天，在远远的四川郫县的县城里，二者竟然重合在了一起。望着眼前这位身材瘦小的老人———一副宽边玳瑁框的眼镜，一脸温和而谦逊的笑容，刹那间，我如同入梦境般地走进了那个遥远而又真实的年代。

那一年，鲁绍先只有二十三岁，正是风华正茂、意气风发的年纪，从事报纸杂志的校对和发行工作。父亲由衷地感谢他，是因为在他的帮助下，拯救了一位著名作家的宝贵生命，为此父亲要千方百计地报答他，而当年的那只区区的羊腿，又怎能抵得过这一救命之恩；鲁绍先真心地感激父亲，是因为父亲让他结识了一位文坛巨匠，一位于后来带领着他走上革命道路的前贤先驱。

我在郫县政协的官网上查到了有关他的一些事情。

"张一之"先生在鲁家疗养了一段时间后，鲁绍先才知道这位张先生原来就是著名的左翼作家、曾亲为鲁迅抬棺下葬的张天翼。当时张天翼是国民党特务重点关注的人物，鲁家收留他，是一件很危险的事情。鲁绍先得知真相后，不仅没有改变主意，反而还在其后的几年里，陆续收留曾巴波、张漾兮等十多位敏感人士避难。在安靖乡的河心地，这些在中国革命史和文学史上熠熠生辉的人物，乔装成本地农民耕作劳动，避过了国民党的政治迫害。

也就是在这一时期，年轻的鲁绍先开始大规模接触革命思想，他参与了《自由画报》的创刊和发行。这是一份在反内战、反独裁运动中诞生的报纸，报纸实际上是中共地下党领导的，发刊词仅六个字："不自由，毋宁死！"革命的氛围点燃了鲁绍先的生命激情，也从此指引了他的人生道路。他和张天翼、程西虞、曾巴波、张漾兮在安靖成立了五人小组，学习共产党最新的方针

1960年陈白尘（左）和张天翼（右）在八达岭长城上

政策,在国民党的白色恐怖中展开斗争。1948年,鲁绍先正式加入民盟,他的人生终于融入了波澜壮阔的革命斗争之中。

那天,坐在鲁绍先家的客厅里,我嗫嚅许久,说不出一句话来——替父亲表示感激,我没有这个资格;替张天翼伯伯表示感谢,我不具备这一身份。我只是在脑海中搜索着那段历史的背景,那段连当年的鲁绍先都不知晓的历史背景,想尽快地将它还原——

抗战爆发之后,由于日寇的大举入侵和奸商们的贪婪剥削,更由于国民党政府多如牛毛的苛捐杂税,大后方作家们的生活窘迫万分。因贫而病,因病而更贫,终使不少人挣扎在死亡线上。1940年《蜀道》编辑部首次召开座谈会,讨论如何保障战时作家们的基本生活。《新华日报》及时发表了《给文艺作家以实际帮助》的社论,强调:最实际的帮助,应该是"提高文艺工作者的政治地位","在法律上保障文艺工作者言论出版自由和不受恶势力的袭击"。1942年中华全国文艺界抗敌协会召开茶会,再次商讨如何提高稿费与版税的问题,中共南方局通过《新华日报》的短评明确指出:关键的问题,是必须"请求政府尽量予出版物审查和寄递上的便利"。——这"便利"二字的内涵,明眼人无不知晓:这是对国民党文化专制主义的抗议。仅以重庆地区为例,1941年至1942年间,共有一千四百种书刊遭到查禁;1943年,又有一百一十余部剧本遭到禁演……为此,1944年7月,中华全国文艺界抗敌协会终于面向全社会发起了一场规模巨大的

"筹募援助贫病作家基金"的运动,并使它有计划、有步骤地汇入国统区声势浩大的民主运动之中。

在此期间,《新华日报》每天都刊登大量的读者来信,给予这一运动有力的声援——"人类文化的工程师们今天已经不仅到了在死亡线上挣扎,而且到了非救济就不能活命的程度。这种耻辱不能怪罪作家朋友们,而要怪罪国家的无确切办法与社会漠然视之的心理。""我们晓得黑暗是不会长存的,而现在即是黎明前最黑暗的时候,愿你们能够更大胆地正视黑暗,揭发黑暗。"……这一封封来信代表着《新华日报》的声音,它们揭示出造成作家贫病交困的真正原因,指出只有彻底推翻这一切,广大的作家以及全国的百姓才能真正摆脱受压迫、受奴役的命运。

文协成都分会也一马当先地行动起来,在理事会的领导下,以多种渠道为贫病作家募集钱款。很快,叶圣陶便代表分会向总会的负责人老舍发出喜讯,告知成都分会将有可能募得五十万元!

也正是于此期间,已被宣判为肺病三期的张天翼,千里迢迢来到成都,投奔早在左联时期就已结识的老友陈白尘。身为文协成都分会理事的父亲,立即在他主编的《华西晚报》副刊上披露了这一消息。一时间,关注的信件如雪片般飞来,而投稿者们无不在稿件末尾注上"稿费移赠"四字,以尽自己的绵薄之力。

然而,这一笔笔雪中送炭般的钱款,对于医治肺结核来说,可谓杯水车薪。不因别的,只因当时在国内,根本没有有效的药物能够医治,尤其是到了第三期,那就等于被宣判了死刑。仅以剧坛为例，此前活跃在舞台上的著名演员施超、江村等人，便都因为罹患肺病而撒手人寰；我的母亲金玲以及中华剧艺社演员项堃的夫人阮斐，也都因为此病而命悬一线。父亲在《哭江村》一文中这样写道："肺结核需要的是良好的营养，良好的休息，你说在我们这'衣不求暖，食不求饱'的生活条件下，是可能的么？肺结核需要到高原地带和空气干燥的地方去休养，如今我们已经寸步难行，还能迁地疗养么？肺结核需要的是良好的心境，而我们终日生活在苦闷、流亡和呼吸窒息的天地中，又从哪儿来愉快的心境？"他焦急，他忧心，他知道必须想出新的办法，才能保证病人能够有"良好的营养""良好的休息"，特别是"良好的心境"。

巴波就是在这样的情况下，受命于自己的老师陈白尘，亲自去为张天翼寻找养病之所的。——他选中鲁绍先，是因为二人堪称莫逆；他相信鲁绍先，是因为鲁绍先具备这样的条件：其一，鲁家的祖上是当地的首富，在经济上具有一定的实力，完全可以担负起这一使命；其二，鲁家的上一辈中，有人身为袍哥中的龙头大爷，又称舵把子，这便成为一把政治上的保护伞；其三，亦是最重要的一点，鲁家具有乐善好施的家风，其父母二人不仅热衷于平民教育，而且多次救助过患病与饥饿的难民。巴波在文章中这样写道："我相信，我所托付的人是符合白尘老师的条件的。起初他也曾不放心，亲自跑到两路口去查看，见情况属实，终于安下心来。"

就这样，鲁绍先被选中了。而这位二十三岁的年轻人，听完巴波所提出的一切要求之后，竟然没有丝毫的犹豫，一口便答应了下来，毫无芥蒂地将一个陌生的肺病患者接到自己家中。——此病极易传染，他心知肚明；此病需要精心调养与护理，他一清二楚。他对家人谎称张先生是自己中学时的老师，于是顺理成章地将其安顿在了位于安靖的老家中。

他所做的第一件事，是将已经装修好的准备结婚用的新房腾让了出来——据巴波介绍，屋内铺有地板以隔潮，房顶盖有茅草以保温，长长的一面南墙，全部装上玻璃窗，不仅清洁明亮，而且冬暖夏凉。他所做的第二件事，是专门饲养了一头奶羊，以供

依依惜别 右三鲁绍先，右四车辐，左一的我手中拎着主人赠送的郫县豆瓣酱

病人充足的营养，他亲自挤奶，亲自消毒，亲自端到病人的卧榻旁……仅仅一年的时间，在无任何特效药品的情况下，张天翼奇迹般地恢复了健康。鲁绍先笑了，他终于圆满地完成了任务！

就这样，鲁绍先不仅完成了陈白尘交给他的这一使命，更于不知不觉中加入到了这场由共产党领导的"筹募援助贫病作家基金"的运动之中，加入到了这场于国统区内发动的声势浩大的民主运动的洪流之中。

那天在鲁绍先家做客，我颇感尴尬与内疚，因为事先没有准备，竟空手而去。然而作为主人，他却捧出了一包郫县豆瓣酱，对我说："这是我们家乡的特产，当年白尘先生在成都时，亦是他的最爱……"

面对他的这片真诚，我无以回报，那是他对父亲的思念，那是他对历史的回望。淳厚而文静的他少言寡语，短短几个小时的会面，竟基本没有开口——既无一言的表功，亦无半句的夸耀，好像车辐先生那滔滔不绝的讲述，说的是别人，是与他毫不相干的别人。我站起身来，恭恭敬敬地接过他递上的这一份礼物，我的眼眶湿润了，向着他，向着这位义薄云天的老人，深深地鞠了一躬。

他叫鲁绍先，当年只有二十三岁。我牢牢地记住了这个名字，也要让历史牢牢地记下他的名字。

完稿于2022年寒衣节

咬定青山不放松
——电影剧本《阿Q正传》背后的故事

1

1980年的年初,父亲陈白尘应上海电影制片厂的邀请,赴沪修改剧本《大风歌》。一天,赵丹叔叔突然来访——他不知从哪得到了父亲住在东湖饭店的消息,迫不及待地找上门来了。

"明年是鲁迅先生一百周年诞辰,白尘,咱们再继续拍摄1960年没有完成的那部《鲁迅传》吧!"他开门见山,两眼中流露出令人震颤的迫切与渴望。

父亲愣住了,对于这一不速之客的来临,他毫无准备;但是对于他所提出的要求,却既在意料之中,又在意料之外。他摇头,拼命地摇头——针对二十年前的那次合作,他的态度非常坚定:"罢了!罢了!那个本子先后六稿,最后却被掐死在摇篮中!"

父亲与赵丹叔叔是多年的老搭档了,他们的友情,要追溯到1937年的春天:因为话剧《太平天国》的演出,他俩相识与相交了——一个是剧本的作者,一个是主要角色之一的扮演者。一年后，抗战爆发了，他们再次合作——父亲亲赴汉口，经阳翰笙的同意，将赵丹叔叔所在的上海业余剧人协会接到成都，与先期到达那里的上海影人剧团合并，在蓉城掀起了一场抗战戏剧的演出高潮。抗战胜利后，他俩的关系更加密切了——在由地下党领导的上海昆仑影业公司中，二人多次联手，拍摄出了名垂青史的故事片《幸福狂想曲》和《乌鸦与麻雀》。

但是电影《鲁迅传》的创作，却是父亲此生最大的心病——他忘不了，那是1960年的初春，老友张骏祥代表上海电影局飞抵北京，向他传达了一项任务："为了纪念即将到来的鲁迅先生八十诞辰，上海市委决定拍摄一部传记故事片。为了保证影片的质量，已经成立了由沈雁冰、周建人、许广平、杨之华、巴金、周扬、夏衍、邵荃麟、阳翰笙、陈荒煤等人组成的顾问团；创作组，则由你和叶以群、唐弢、柯灵、杜宣、陈鲤庭六人组成；至于剧本的执笔，就请你来完成！"

《鲁迅传》剧组在绍兴。左起：谢添、杜宣、叶以群、于是之、于蓝、周扬、赵丹、陈鲤庭、陈白尘、石羽、蓝马

《鲁迅传》剧组在讨论剧本

就这样,父亲仓促地接下了这一任务,仓促得竟让他忽略掉了当时的政治气候。在这期间,《鲁迅传》六易其稿,甚至连夏衍都参与修改了。二稿完成后,发表在《人民文学》1961年的一、二期合刊上,《人民日报》亦于同时摘发了其中的两个章节;之后第五稿又再次发表了,刊登在1961年第六期的《电影创作》上;至于第六稿,则印成了单行本,1963年由上海文艺出版社出版,只是题目中删去了一个"传"字,以减少一点传记片的色彩。

那天在东湖饭店,父亲面对着自己多年的老搭档,频频地摆手,他想起了剧本后来的命运,不忍心再去提起那段辛酸的往事——

剧本通过之后,摄制组亦准备就绪,即等开拍了。哪知就在此时,上海市委传达下来一个通知:《鲁迅传》摄制组立即解散。据说,这是时任上海市委宣传部部长张春桥的命令。理由为:"摄制组已经腐烂!""腐烂"者何?众说不一,传到父亲耳朵里的是:剧组中竟然有人跑到乡下去打狗吃肉,这可是全国人民都在勒紧裤腰带的困难时期！……直到"文革"结束之后，才明白这是张春桥做贼心虚——1936年的春天，他化名"狄克"，针对鲁迅的文章《三月的租界》，向其发起了进攻。如今的电影剧本《鲁迅传》，反映的正是当年的那段历史，他怕露馅，他怕"狄克"的真实身份大白于天下，于是这个剧本便遭了殃，白白地葬送了它的性命。

那天，父亲看着赵丹叔叔那凄楚与失望的眼神，嗫嚅再三，将已到嘴边的话又生生地吞了下去。是啊，当年的剧组还能重新恢复起来吗？——除了赵丹的鲁迅外，蓝马的李大钊、于兰的许广平、于是之的范爱农、石羽的胡适、谢添的农民阿有……都是当时最高标准的人选，而当年的导演——被"四人帮"斗得几乎丧命的陈鲤庭，对此又是如何设想、如何打算呢？

那晚赵丹叔叔是如何离开东湖饭店的，我不知道。我翻看了父亲的日记，这次见面，是在1980年的1月20日。

2

1980年的春节，父亲没有回南京，上海的老友们设宴，邀他一起欢度新春。席上，他听到了这样一个故事——

两年前的今天，上海市举办了一个电视广播联欢大会，没有想到，赵丹叔叔化装成鲁迅与广大观众见面了：……雪花漫天飞舞，灯光渐渐黯淡，鲁迅身着长衫，手撑雨伞，慢慢地走上台来："唔？都是电影明星嘛，大家好啊！"他操着一口绍兴方言。"啊，我怎么跑到电影界来了？噢，对了，大概是因为我写过一篇《阮玲玉之死》吧……"说完，又撑起雨伞，迎着茫茫大雪，渐渐走远了……顿时，台下掌声雷动，观众沸腾了起来。

"怎么样？观众认可了！我能演鲁迅，我要找白尘重拍《鲁迅传》！"赵丹叔叔是醉翁之意不在酒，而在这一次的演出之外。

那天是1980年的3月2日，他第二次破门而入了，带着他的期待，带着他的热望。

对于自己的这位老朋友，父亲是深深敬佩的。"明星算什么？只不过是一颗'星'而已，转瞬即逝；真正了不起的是艺术家，是将艺术化为神奇的艺术家！"从小父亲就这样告诫我们。

"赵丹叔叔呢？能称得上是中国第一流的表演艺术家吗？"我曾问过父亲。他点了点头："那个《乌鸦与麻雀》中的'小广播'，真让他给演活了！"后来他甚至不止一次地同赵丹叔叔开玩笑："那个'小广播'可比你演的林则徐和聂耳来得真实，来得自如！"赵丹叔叔嘴上不服——他不愿让自己花费了众多心血塑造出来的形象受到非议，但心底里却又不无自豪与骄傲——法国与日本评论界一致盛赞："《乌鸦与麻雀》比意大利'新现实主义'更早地开创了电影艺术的新时代！"

还有一件事，是我亲眼看到的。那是"文化大革命"刚刚结束不久，一天赵丹叔叔由上海来到南京，就在我家吃饭的那个小屋里，他悄悄地告诉父亲：敬爱的周总理在病重期间，为了减轻疼痛，让他的秘书调来一些旧片子观看。"你知道吗？其中就有《乌鸦与麻雀》！……"当时他们这两位曾经的合作者抱头大哭了起来，站在门外偷窥的我，也忍不住泪水滂沱。我知道，这里面不仅有莫大的欣慰,更有对坚持为此片颁发金质奖章的周总理的深切怀念。

今天,面对着这位二次登门的"不速之客",父亲再一次哑然了。他定定地望着面前的老友,心头止不住阵阵发热——他自己曾经说过这样的话:"一个作家到了不能执笔,比死还要痛苦!"而赵丹叔叔也同样说过这样的话:"一个演员不能演戏,跟死掉又有什么两样!"

"十年浩劫"终于结束了,父亲与赵丹叔叔一起从炼狱中逃了出来。那是一种什么样的心情呀?父亲站在鼓楼广场上,面对着蓝天白云高声呼喊:"春天来了,又何惧春风会遗忘于我!"赵丹叔叔又何尝不是如此呢?他要演周总理,要演鲁迅,要演闻一多,还要演李白……他到处写信,到处呼喊:"各位领导同志,赶紧让我拍电影吧!我快要饥不择食了,可怜可怜我这个饿煞鬼吧!"遗憾的是,演员不同于作家——作家拿起笔来就能写,而演员一定先要有本子;作家的写作不需要别人来批准,而演员的角色分配却操纵在别人手中……结果,周总理没有让他演,李白没有拍出来,闻一多更是连剧本都没有能够通过……

3月2日的这次见面,二人沉默了许久许久,也谈了许久许久。

"白尘呀……"赵丹叔叔炯炯有神的双眼渐渐黯淡下去,"我盼望着演鲁迅,盼了整整二十年了!"

可不是吗,为了能够塑造好银幕上的鲁迅形象,赵丹叔叔将胡子蓄了起来,将头发留了起来,将长衫穿了起来,将自己的一举一动都化入当年的鲁迅的神采之中。记得创作组刚刚成立时,作为编剧的父亲曾为鲁迅的扮演者提出过自己的意见："金山最合适。"——他认为金山演戏沉稳内在，符合鲁迅的性格；而赵丹叔叔比较外向花哨，有一定的距离。这个意见不知怎么传到了赵丹叔叔的耳朵里，他一声不响，终于倔强地以自己揣摩出来的不仅形似而且神更似的形象，堵住了父亲的嘴："阿丹不光是会演'小广播'吧？"他向父亲反攻了。父亲当时没有吭声，他为赵丹叔叔的刻苦精神深深感动。

当年少不更事的我，也能清楚地记得，《鲁迅传》摄制组下榻于北京西郊的西颐宾馆。每逢周日，母亲便会带着我去看望寄宿在那里的父亲。赵丹叔叔活泼得像个孩子，到处都有他的声音，到处都有他的身影。每次见到我，脚跟一碰，手臂一挥，高喊一声："三道头！"——那时我是少先队的大队长，臂上戴着三道杠的标志。众人在一旁大笑，不明就里的我也跟着傻笑。后来

赵丹化装照

才知道,"三道头"是指旧时上海租界里的外国警察头目,他们的制服臂章上有着三条横线。

"阿丹叔叔真坏!"我扭过头去不理睬他。

"来,来,来,让我看看,你的这件衬衫真漂亮……"他又开始"讨好"我了,"可惜的是,这种花格子布做裙子更好看!"

有一天,他悄悄地问我:"在家里,爸爸最喜欢谁?"

"当然是弟弟啦!他是典型的封建家长——重男轻女!"我向他"告状"。

"好,咱们一起来斗争他!你看我——阿丹叔叔,可是出了名的'重女轻男',在家里最喜欢的是女孩,而不是那几个调皮捣蛋的臭小子!"

那时的他是多么的开心啊,现在回忆起来,是因为有戏要演,有片子要拍,他的生命也因此充满了活力。

但是1980年3月2日的他,却再也没有了当年的生气,他低垂着眼帘,痛苦地喃喃自语道:"香港的报纸上都在传说我死了,是啊,'文化大革命'结束已经三年了,可我还没拍过一部片子,又怎么能够证明我还活着呢?"他双手紧紧扳住父亲的肩膀:"白尘啊,我多么希望能在摄影机前拍完最后一个镜头,然后欣慰地与世长辞……"

父亲的心猛地一跳,这难道不是同自己"将来一定要死在写字台前"的愿望相一致吗?他慌乱了,也震惊了。"一代名优!一代名优啊!想演一部得意之作留给后人,这可是一个真诚的艺术家对人民的最大心愿啊!"父亲忍住泪水,在心里喊道。——这段话,他后来写在了文章里,他太理解眼前这位老友的心情了。

"想想,再想想……"就在东湖饭店的那间并不宽敞的客房内,两位同样将艺术视为生命的朋友努力地设想着一个又一个的方案。

"你来演我《大风歌》中的陈平……"

他摇了摇头。

"你来演……"

他还是摇摇头。

这可又是一个"咬定青山不放松"的人啊!父亲想起了赵丹叔叔曾经书赠予他的那首郑板桥的诗——"咬定青山不放松,立根原在破岩中。千磨万击还坚劲,任尔东西南北风。"

"要纪念鲁迅先生,是拍摄他的传记片好呢,还是拍摄他的代表作《阿Q正传》更有意义?"父亲突然间萌生出了一个新的想法:"新中国成立三十一年了,作为国人骄傲的这部名著却始终没有搬上银幕,这难道不是中国电影界的耻辱吗?"

"说,快说!接着说下去……"赵丹叔叔来了精神。

"当年你演《武训传》时,难道没有从阿Q身上汲取灵感?……怎么样,来演阿Q吧,你应该是当今最合适的人选!"

赵丹叔叔一跃而起:"好,我演!——那么,你改编吗?"生怕是再一次会被落空,他将父亲的肩膀紧紧抓住不放。

"只要你愿意演,我一定亲自为你改编!"父亲这时也热血沸腾了。他伸出一只手去:"君子一言,驷马难追!"

二人击掌为盟,兴奋地拥抱在了一起。

3

那天,赵丹叔叔走后,父亲同样兴奋得彻夜未眠。他当即给上影厂的领导徐桑楚和石方禹打电话,约他们3月4日见面。

于是,就在与赵丹叔叔"击掌为盟"后的第三天,上影厂接受了父亲的想法,并准备将《阿Q正传》列入他们的拍摄计划之中!

那是后来,我读了赵青大姐写的《我和爹爹赵丹》一书,才得知赵丹叔叔在与父亲签订了这一"君子协议"之后,同样兴奋不已。他迫不及待地邀来好友钱千里,告诉了他这个好消息,而且当即与他一起设想起场景的安排、镜头的切换,以及角色的内心情感和形体的动作来了。再往后,二人干脆站起身来,自编自演了几段:"先来过把瘾吧!"

读到这里,我忍不住心头阵阵发酸——赵青大姐,千万别怪我父亲啊!不是他不抓紧时间,回到南京后他要先将《大风歌》的剧本最后定稿,以交上海电影制片厂通过;然后再打报告,辞去南京大学中文系系主任的职务,以一心从事写作;这时偏偏又碰上了江苏省第四次文代会召开,作为省文联与省作协的名誉主席,他得准备发言;而此时的他又被选为民盟江苏省委常委、江苏省政协常委和全国政协委员,有着开不完的会;更难推辞的是,四川人民出版社的一位编辑坐等家中,频频催促他赶紧确定下《陈白尘剧作选》的篇目……

就这样,直到暑假开始的7月20日,父亲才得暇进入创作。

为了求得安静,他住进了南京中山陵招待所,夜以继日地苦战了起来——阅读原著,查找资料,设计场景,刻画人物……短短二十天的时间,即于8月10日便完成了初稿,9月初上海电影制片厂为之打印完毕。其速度之快,在父亲的创作史上堪为奇迹。

一次周日,我去位于东郊的招待所看望他。他无暇抬头与我说话,更无暇陪我好好地吃一顿饭。他将所有的认真都倾注在了稿纸上,而稿纸上的字迹清晰工整,很少有涂抹和改动。不知怎的,我忽然想起了当年父亲写《鲁迅传》时的一件往事——

那是最后一稿了,即交由上海文艺出版社出版的单行本。面对着涂涂改改难以辨认的原稿,父亲有些赧然。当年只有十四岁的我,胸脯一拍:"爸,我来帮你誊抄!"没想到他同意了,可能是见我这个初中生的字还算可以吧。

哪知一向仔细的我,不知怎的,把一个"氢气"的"氢"抄成了"氧气"的"氧"。那一章正是描写鲁迅从日本归来,于家乡绍兴府中学堂担任化学教员。可能是那时的我还没有学过化学吧,这一错误竟让鲁迅在课堂上所做的那个"氢气试验"大大地闹出了一个笑话。——那时父亲成天忙得不亦乐乎,他很相信我,对我的抄写竟然没有再检查一遍;而出版社的责任编辑,可能也是出于信任吧,同样没有认真地校对。结果这一错误,便一直带到了读者的面前!

当年的读者真是可爱啊,更准确地说,是对这部片子怀有深切的期望。一时间来信堆成了山,内容均为一个——认真而又详尽地将氢气与氧气的不同讲述给作者陈白尘听,就像他是个什么都不懂的科盲似的。那个暑假我可真懊恼，尽管抄稿抄得手臂抽筋，也没能得到父亲的一句夸奖——他还从来没在自己的读者面前犯过如此之大的错误呢！

那天，在招待所的食堂吃饭时，父亲竟也不约而同地想到了这桩往事。"放心吧，丫头！这次我写得非常顺手，不需要再去誊抄了……"瞬间我明白了，自由自在的写作与"奉命文学"有着天壤之别啊！——父亲说了，

《阿Q正传》电影剧本

改编《阿Q正传》，是为了兑现对自己老友的一个承诺，也是为了给鲁迅先生一百周年诞辰献上的一份薄礼。他的快乐，从每个字上，每页稿纸上，都清晰地透露了出来。

然而，又哪里能够想到呢，春节期间还是活蹦乱跳的赵丹叔叔，这时却因胰腺癌晚期已濒于弥留之际了！收到电报后，父亲悲痛得仰天长啸："阿丹啊，阿丹，你就不能再等一等吗？"他哭了，哭得很伤心，他说他不能去北京同阿丹作最后的诀别——"我实在找不出一句恰当的话来使他安然瞑目！"

10月10日那天，赵丹叔叔走了，带着说不尽的遗憾走了。父亲找来一个大信封，将打印好的《阿Q正传》剧本寄到北京他的灵前。"阿丹啊，阿丹，你若有知，或许会报以苦笑的吧？我

这后死者可真想同声一哭啊!"他流着泪写下了他的悼文。

在剧坛或是影坛内,某个作家为某个演员"量体裁衣",专门写一部戏,这是经常有的事情。但是父亲自踏入戏剧界足足半个世纪以来,却还是第一次,也是唯一的一次。赵丹叔叔去世以后,他对谁来演阿Q再也不关心了,就连那个剧本也好像是跟他再也没有任何关系了一样。

一次谢添叔叔深夜来访,坐了许久仍无告辞之意。我们在一旁都已猜测出了他的目的——他想演阿Q啊!但父亲就是不把话题往那上面引。是谢添不能胜任吗?完全不是。父亲后来在他的文章里曾经提到过,于是之、谢添,以及故去的石挥、蓝马,都是扮演阿Q的最佳人选。还有一位名叫刘子枫的电影新秀,也来过一封自荐信,父亲仍然没有表态。我知道,在父亲的心中,阿Q就是赵丹,赵丹就是阿Q,他不可能再接受别的选择了。后来,电影中阿Q的扮演者严顺开,是黄佐临大力向导演推荐的,父亲知悉后置若罔闻。赵丹叔叔的故去成了他心中滴血的伤口,他不愿再去触动它。

《阿Q正传》搬上银幕后,好评如潮,之后又在法国戛纳国际电影节上获得了盛誉,《人道报》称它为"中国电影未来的令人鼓舞的开端"。

但是不管怎么评价,我却总也忘不了父亲对赵丹叔叔的那一片深情。如果赵丹叔叔还活着,由他扮演的阿Q又将是什么样的呢?……

在许多朋友写的悼念文章中,大都提到阿丹的最后遗憾,就是他未能扮演《鲁迅传》中的鲁迅。这些作者的用意也许是别有所指,但刺痛的却是我的心!我能说什么呢?除了向他灵前寄去一册打印的《阿Q正传》电影文学剧本外,我什么也没有说……

——这是父亲写下的文章,亦是父亲心中久久流淌的泪水。

2022年4月于南京

匡亚明校长
——读父亲的日记

南京大学老校长匡亚明于"文革"之后的"大刀阔斧"办教育与"不拘一格"聘人才已经成为美谈，成为口碑，载入了高校的史册。仅中文系而言，"右派分子"程千帆、"大叛徒"陈白尘等等，均被他毫无顾忌地礼聘为教授，并担任了重要的职务。

作为陈白尘的女儿，我多次读到各路记者争相撰写的有关匡校长"三顾茅庐"的报道，绘声绘色，可圈可点。为了证实与补充其中的细节，我将父亲的日记翻找出来，再次去寻找那段不同凡响的足迹。

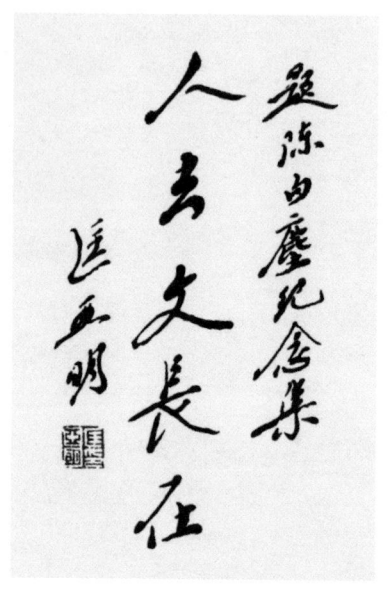

匡亚明校长的题词

那是1978年的夏初,被"中央专案组"审查了整整十年的父亲,仍然没有摘掉"叛徒"的帽子,以不清不白的身份屈辱地生活着。申诉无望,平反无期,工资被冻结,职务被罢免,只剩下了一个令人唏嘘的"公民权"。

1978年5月9日

> 下午收玲信,匡亚明同志7日来家中访我,拟约我去南大任中文系主任,大出意外。同来者包括党委副书记共四人,是正式聘请,非私下探询意见。

——这便是匡校长的"一顾茅庐"。

当时父亲正在苏州写剧本,接到母亲自南京发出的家书后,写下了这则简短的日记。"大出意外",是他当时的真实心情,能不"大出意外"吗?身为"油漆未干"的他,无论如何也不敢相信自己的眼睛。

对于匡亚明校长,他并不陌生,二人之间还有着一段颇具传奇色彩的交往。——那是1934年,他俩以"难友"的身份相识于苏州反省院。那是一个小到"三步两回头"的双人囚室,不仅没有任何的行动自由,就连同囚者也被不停地调换,以便院方实现其互相监督且又互相提防的目的。

多年来,匡校长的确没有忘记父亲。他在一篇文章中这样写道:"我俩被关在一间'斗室'之中,虽然失去了行动的自由,但铁窗锁不住我们的心。起初,互相不够了解,不敢直接地深谈现实的政治问题，但在历史故事里我们找到了共鸣点。为了寄托、交流、抒发那满腔的悲愤之情，也为了排遣那与世隔绝的令人窒息的寂寞，我们在谈论历史人物的兴奋中度过了漫长的日日夜夜，而其中谈得最多的，就是石达开。……白尘同志似乎也很有同感。他说，将来一定要写一部关于石达开的历史剧。果然，后来他出狱不久就写了《石达开的末路》，之后又写了反映太平天国前期革命斗争的历史剧《金田村》（又名《太平天国》），并将《石达开的末路》改写为《翼王石达开》（又名《大渡河》）。当我在解放区看到这些著作时，回想起我们在狱中的那段交往，心中窃喜：'此公言而有信，朋友之谊深厚！'尽管他写这些戏并不是为了我，但我却不禁把这些戏看成我们患难之交的纪念了。那时我们已经天各一方，我不时从报刊上得知他在革命戏剧运动中时有建树，快慰之意尝溢于心！"

看来，匡校长是深深念及这段"朋友之谊"的。那是后来——父亲接受了聘请同意"出山"之后，他们之间有过这样一段对话——

"你不怕别人说你是'招降纳叛'吗？"父亲笑问道。

匡校长大手一挥："我在自己心里早就给你平过反了！——我不是叛徒，你也不是叛徒！"

这就是他的信任，建立于四十多年前的信任；这就是他的立场，一定要"拨乱反正"的立场。于是他开始"一顾茅庐"了。——日记中标明的时间是1978年的5月7日，距离"文革"结束仅仅一年半的时光。百废待兴，百业待举，他有他的蓝图，他有他的愿景。

没隔多久,匡校长"二顾茅庐"了。这天中午父亲刚刚从苏州返回南京,匡校长便急不可待地于当晚匆匆登门了——

1978年5月16日

> 中午11时半到南京。晚,匡亚明同志与夫人、公子同来,谈一小时去。说将与许家屯商谈我去南大事。

许家屯是当年的江苏省委书记,匡校长决定下来的事情,无疑是"无坚不摧"了。

又是一周之后,匡校长终于"三顾茅庐"了——

1978年5月21日

> 上午匡亚明同志来,说已访许家屯,同意我去南大,但要研究方式。

匡亚明校长与父亲交谈

匡劝我去信问夏衍同志,争取赴京找中组部早日解决结论问题。

匡校长的焦虑与急迫丝毫不亚于当年的父亲,他明白这顶"帽子"的分量,更亲身尝受过平反昭雪所经历的曲折与艰难。

一个月之后,父亲去了北京,并且顺利地见到了当年的中组部部长。这时的部长正在为平反大量的冤假错案发出了"我们不下油锅,谁下油锅"的誓言;他更对自己住宅的警卫人员下达了命令:"找我申诉的上访人员,一律不准阻拦!"那天,他抓着父亲的手一再强调:"只管安心写作,你的问题一定会解决,也一定能解决的!"父亲向他请示,自己能不能接受匡亚明校长的聘请前去南京大学任教。部长哈哈大笑起来:"可以,可以,完全可以放心地去教你的书!"

回到南京后,才过了几个月,父亲便收到中国剧协负责人刘厚生的来信。刘是父亲于抗战初期教过的学生,他也一直在关心着老师的平反问题。当天,父亲在日记中这样写道:

> 收厚生来信,喜出望外!信中抄录了中组部部长的讲话记录:"江苏有个陈白尘,匡亚明同志办了个好事,给他教书。但这个人的帽子还没有摘,我四个月前就批了,有人对我说他确实是个错案。你们(刘注:大约指江苏省委的同志)找几个人证明一下,不就纠正过来了嘛!"

没过多久,这段讲话又在父亲的好友、著名画家郁风的来信中得到了印证。这是父亲当天的日记:

> 收郁风信,告知:"前天听了传达——中央某领导人的一个报告,在谈到要加速处理冤案错案时,他说:'匡亚明做了件好事,把陈白尘请去主持中文系。他的问题我四个月前就批了,可拖延至今没有办好……'"这与厚生所告一致。

"匡亚明同志办了个好事。"这是中组部部长对匡校长的肯定,也是匡校长从他那里获得的"尚方宝剑"。于是之前与之后的一切,便水到渠成般地顺畅与迅速起来——

1978年8月30日

> 南大送来教师表格嘱填写,是发聘书之准备工作也。

1978年9月3日

> 8时去南大访匡公,说已决定聘我为中文系主任及教授,聘书即发。

1978年9月9日

> 下午南大以车来接,赴中文系召开的欢迎会。校长匡亚

明同志、党委书记章德同志,及副校长范存忠同志等出席,连九十一岁的陈中凡老教授也到场了,令人感动。发言者除匡、范外,还有陈瘦竹、陈中凡等教授十余人。

日记很简单,需要补充的是,在欢迎大会上,父亲表态了:"即使我是一块药渣,也要再挤出点药汁来;即使我是一支蜡烛,也要将两头同时点燃。"颇有些"士为知己者死"的悲壮之气。匡校长也发言了:"你培养出来的学生,今后如果超不过你,就是你的失败!"颇有些咄咄逼人,却又信心满满。

又过了半个月,匡校长登门来访了——

1978年9月24日

匡亚明同志来访,对我寄托甚重,颇惶恐。

能不惶恐吗?直到这时父亲才真正明白了,匡校长之所以执意聘请他来南大,其真实目的——即他亲口所说的:"颇有些经院习气的大学文学系,是需要吹进一点新鲜活泼的空气的。外国的不说,单就中国而论,鲁迅、茅盾、田汉、老舍、郁达夫、洪深等等有成就的作家,不是都曾任教于高等学府吗?"——这个使命如此之庄重,令父亲不敢等闲视之。

父亲郑重其事地别上了那枚红色的校徽,豪情万丈地走马上任了!他理解了匡校长的良苦用心,领会了匡校长的谆谆嘱托,带着一股"新鲜活泼的空气",开始了他的教学生涯与教书历程。

这一年父亲七十周岁。

1979年1月23日

> 匡公偕夫人丁莹如同志来访，谈了戏剧研究所及系主任等问题。

这是父亲出任中文系主任后所进行的最重要的一项改革——建立一个戏剧研究所，专门培养戏剧创作与理论研究方向的新生力量；他提议，由自己亲任所长，将系主任的担子交给中青年教师去接任。

那天，他交给匡校长一份精心思考过的名单——被分散在各个教研室中的有关戏曲与戏剧方面的骨干力量：陈中凡教授，他是中国高校中第一个开出《中国古代戏曲史》的学者；钱南扬教授，他是著名戏曲大师吴梅的入室弟子、享誉海内外的宋元南戏专家；吴白匋教授，曾任江苏省文化厅副厅长，领导过江苏戏曲改革，并创作和改编过多部戏曲剧本；陈瘦竹教授，对西方戏剧历史及中国话剧运动具有深透的研究，且成果丰富；年轻教师吴新雷、董健，均为陈中凡教授亲自培养的研究生，正年富力强……"如果把这些力量集中起来，成立一个研究所，再附上一个小型的实验剧团，则一定能为振兴和发展中国的戏剧事业做出一定的贡献。"他把心中的蓝图，原原本本地捧了出来。

匡校长当即拍案叫好。父亲是如何表态的，日记中没有记载，但他后来在文章中写下了这样一段话："粉碎'四人帮'之后，白尘成了一个教授兼作家即脚踏教育与文艺两条船的人物。这个使他颇为难处的境地是我造成的，因为1978年我邀请他到南京大学任教，主持中国语言文学系的工作，并建立了戏剧研究所。不知他是否怨恨过我，但我至今不悔，因为颇有些经院习气的大学文学系，是需要吹进一点新鲜活泼的空气的。"

很快，这个戏剧研究所（当时叫戏剧研究室）在匡校长的鼎力支持与协助下建立起来了，并且获得了教育部的批准，这于当时来说，实属全国的首例。

有了匡校长的不遗余力，父亲大刀阔斧地干了起来。第一件事，便是招收研究生，也正因为此举，让南京大学于全国综合性高校中第一个建立起了戏剧学的博士点。他提出了这样的要求："宁稚嫩而不俗，勿老成而平庸。"翻译过来就是：有见解，有灵性，热爱生活，勇于探索。"我们培养出来的必须是有思想的、与时代和人民血肉相连的剧作家，绝不是躲避生活的暴风雨、单纯追求雕虫小技的编剧匠！"

然而，被他选中的考生，有许多因为外语成绩而

破格录取的研究生李龙云

落榜了。特别是有一位名叫李龙云的大学生,不仅因为错过了报名的时间,更因为写了一个颇有建树的剧本,遭到错误批判,甚至停发了工资。父亲非常欣赏他的才华,尤其是他那反映现实的勇气,于是他亲自去找匡校长"开后门"了——

1979年7月2日

> 下午3时到校,见匡亚明同志。……我在发言中提及中文系研究生的外语考试,致许多人才被排斥在外。匡说,你可以用指导教师身份提出意见,破格参与复试。又说李龙云事已呈报教育部,且已同意补考,但得派人去哈尔滨,与黑龙江大学当面交涉,大喜!

匡校长的态度,是那样的明朗;匡校长的支持,是那样的有力。于是父亲明目张胆地大开"后门",招进了这名研究生。就像当年匡亚明校长"开后门"聘请"叛徒"陈白尘以及"右派"程千帆等人担任中文系的教授一样,他是坦然的,心中只有"大喜",只有伯乐选中了千里马之后的欢悦,只有和匡校长心心相印后的由衷感激。

没有匡亚明校长,就没有南京大学于"文革"之后的崛起,也没有陈白尘于人生道路上的最后一段拼搏。可惜的是,父亲辞世于匡校长之前,没能为他写下一篇发自肺腑的文章;但匡校长却提笔了,为父亲留下了这样的文字:

>白尘同志到南京大学以后,虽然工作上困难很多,但他还是在创作上、教学上做出了不少成绩。不仅有好的作品问世,而且经他培养的研究生已经引起了戏剧界的关注和好评。最近又听说他接受了国家任务,主编《中国现代戏剧史稿》,我祝他创作、研究双丰收!

主编《中国现代戏剧史稿》,是父亲担纲戏剧研究所后所干的第二件大事。为此他亲自出马,邀请了国内的许多专家学者参与讨论,提出意见。夏衍、于伶、葛一虹、赵铭彝、柯灵、石凌鹤等昔日的老友纷纷前来,为重修"文革"之后的这一首部戏剧史而献计献策。该书的骄傲就在于,一扫以往的框框条条,坚持自己的观点和立场;父亲的骄傲就在于,"我们编写的是大学教材,必须具有独立的精神和自由的思想"。这是他的原则,更是匡校长对他寄予的希望——"颇有些经院习气的大学文学系,是需要吹进一点新鲜活泼的空气的。"

作为国家的"六五"哲学社会科学重点研究项目,《中国现代戏剧史稿》实至名归地获得了充分的肯定与一致的赞赏——不仅荣获了由江苏省政府颁发的哲学社会科学优秀成果一等奖,更被国家教委授予了全国高等学校优秀教材特等奖,且数十年来一直使用至今,再无其他教材能够取而代之。

匡校长念念不忘父亲的这一贡献,父亲也念念不忘匡校长给予他的全力支持——没有他,就没有当年的戏剧研究所;没有当年的戏剧研究所,也就没有后来的《中国现代戏剧史稿》的出版，以及李龙云、姚远、赵耀民、胡星亮、陆炜、吕效平、马俊山等等当今剧坛上的英才们的诞生。他们无不来自南京大学戏剧研究所的培养，无不来自匡校长那高瞻远瞩的蓝图设计。

这些便是"三顾茅庐"故事的后续，这些便是当年中央相关领导人所说的"匡亚明同志办了个好事"的补充。父亲的日记留下了当年的时光，虽说是星星点点；父亲的墨迹记下了匡校长的汗水，虽说是零零星星。

戏研所的重要学术成果

2022年8月书于酷暑之中

范用先生与《牛棚日记》

范用先生的名字早已在父辈们的交谈中熟稔于耳,见到他却是去年(1994年)的事情。那是8月底的一天,亦即父亲去世后三个月,我陪母亲去北京办理安葬事宜。范用先生不知从哪儿听到父亲在"文革"期间留下了上百万字的日记,且于摘抄之后被国内的某家编辑部退了稿,于是便迫不及待地想要见到我。最终通过多方联系,总算通上了电话,哪知就在这天的上午,他不幸被自行车撞断了腿骨。

范用先生与父亲的交往是在五十多年以前,但我来到他的家中——准确地说,是来到他的床边,却是在他受伤之后的第四天了。房间里很安静,弥漫着淡淡的药水味道。炽热的暑气被阻挡在了窗外,迎面而来的是沁人心脾的清爽与舒适,伴随着墙上的

三联书店总经理范用先生

书画,伴随着柜中的酒香。老人静静地仰卧在自己的床上。腿上被裹住了石膏,如同上了刑具般不能动弹。他招了招手,没等我走上前去,便呜呜地抽泣了起来,像孩子般地抽泣了起来,泪水顺着脸颊流淌到枕头上。

"白尘先生是我的恩师……我那时才十四岁,他用自己的钱为我买书,订杂志,亲自寄到镇江,给我这个素不相识的孩子看……"老人已届七旬,满头的白发如同银丝一般,在我这个晚辈的面前,他没有丝毫的羞怯,任凭泪水肆意地流淌,任凭思绪将他带到那遥远的1936年。我慌了,一是慌于老人的真情流露,二是慌于这些故事我从不知晓,父亲生前是不会向我们夸耀这一切的。

我将由我亲自誊抄好的书稿以及父亲生前撰写的前言交给了范用先生,他双手将它们紧紧抱在胸前:"你放心,我一定想办法让它出版!一定!……"那天见面的时间不长,一是怕影响老人的休息,二是不敢相信这位早已离了休的前出版社社长还能有什么"特权",更何况如今连翻身都不可能的他又将如何去为此事奔波……

12月初,也就是我告别范用先生还不到四个月的一天,一个来自千里之外的长途电话打到了我南京的家中:"我是北京三联书店,陈白尘先生的《牛棚日记》已列入我社的出版计划……"我实在不敢相信电话里的声音,但我立刻就明白了,在幕后勇敢地站出来操持这一切、承担这一切的,只有范用先生。

今年(1995年)4月,我收到了范用先生寄来的悼念父亲的

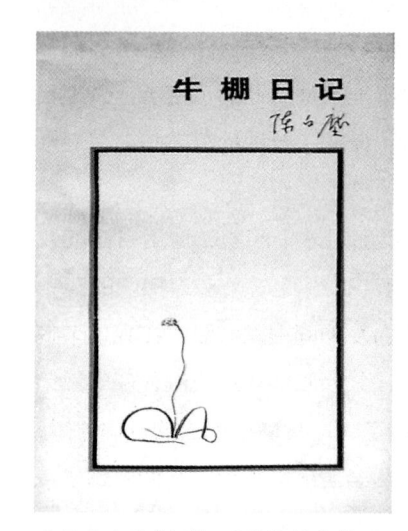

范用先生为《牛棚日记》设计的封面

文章《一个小学生的怀念》。他充满感情地写道,自己多年来学文不成,学戏又不成,深感愧对自己的老师,但是有一点颇为自豪:"在做人方面没有丢老师的脸!"我深深地受到了感动,而且也才真正地理解了他——这位可敬又可爱的老人!

5月25日,中国现代文学馆在北京为父亲举办了"陈白尘生平与创作展览"。就在开幕式即将开始的当口,范用先生拄着双拐艰难地来到了远在西郊的展览大厅。身边是他的儿子,气喘吁吁地扛着一包还在散发着油墨清香的《牛棚日记》。他告诉大家,该书的正式出版还要两个月,这是他请印刷厂特意为今天的开幕式而赶制出来的样本……我的眼眶湿润了,迫不及待地当着数百名前来参观的朋友,拉开了摆放父亲作品的展柜上的玻璃,恭恭敬敬地将这本来之不易的小书放在了其他作品的旁边……

舒乙馆长激动了,他在开幕词中反反复复地说道:"希望大家都去读一读这部在非常岁月中写下的日记,这是一位老作家坦诚的心灵,也是一位出版家真挚的情谊……"我颤抖着翻开了这本书的封面,却没有在应有的地方找到范用先生的名字。他微微笑了笑，指了指封面设计一栏中的"叶雨"二字，他说这是他的化名，即"业余"之意。我看到了封面上那一株亭亭玉立的苇草，潇洒、傲然……没有更多的装饰，没有更多的渲染，简洁而又凝练。这是父亲的性格，也是范用先生的写照。

他默默地站在一旁，静观着蜂拥而至的人们扑向《牛棚日记》。忽然他用极平静的口气对我耳语道："再为老师编一部回忆录吧，题目就用他曾经定下的《对人世的告别》……"他的眼里闪动着真诚的光芒："相信我，并非所有的出版家都是一心盯着金钱，都是浅识之辈……"

范用先生拄着双拐蹒跚地走了，我竟一时语塞，望着他那矮小而又苍老的背影，情不自禁地向他深深地弯下腰去……

书于1995年6月17日

改于2022年8月30日

寄往天堂的信
——写给敬爱的杨苡老师

多年来,你始终称我为"小友"——在书信里,在文章上,甚至在公开的场合中;而我却不敢造次,不敢称你为"大朋友"——你分明是先生,是作家,是父执,是长辈。

当年你在祭奠我父亲的一篇文章中这样写道:"我真喜欢坐在他的客厅里,一坐下来就不想走,好像有许多有趣的也有令人伤感的回忆……"后来我成了你家的常客,久而久之竟然有了相同的感受——我也想这样说:"我同样喜欢坐在你家的客厅里,一坐下来就不想走,听你讲故事,听你讲人生,听你讲细细咀嚼过的历史,听你讲深深思索过的当今……"

然而,今天——2003年1月29日,当我再次走进你的客厅,却再也看不见你的身影;屋内堆放着花圈,令人悲痛的花圈!——你走了,在两天前的那个寂静的晚上;你走了,没给我们留下一个告别的瞬间。

书桌前边的那张高背座椅还在,每次推门进来,都会看见你笑容可掬地坐在那里等候着客人的到来;书桌对面的长沙发还在，每次与你谈心时，都会惬意地依靠在它的上面，就像是回到自己家中一样亲切和舒坦。

就在这间小小的客厅里，排满了书橱与书柜的客厅里，充溢着温馨气息的客厅里，我美美地享受着一次又一次难以忘怀的交谈，或是阳光明媚的上午，或是彩霞灿烂的傍晚。

那是两年前的一天，立春刚刚过后，我有幸聆听了一百零二岁高龄的你向我讲述的那个被你描绘成"朦胧得像罩上一层轻纱般的梦"。

你曾经在文章中告诉过读者："我是一个好做梦的人。"巴金先生回复你："有梦的人是幸福的。"于是你写"梦"——《梦萧珊》《梦李林》《梦回武康路》《碎梦难拾》……篇篇情深意长；于是你讲"梦"——童年、少年、青年……直至老年，有苦难，有欢乐，段段扣人心弦。

那天，你向我讲述的是与话剧结缘的"梦"——八岁登台演出，扮演圣母玛利亚，深得校长的赞许；十六岁撰写剧评《评中国旅行剧团〈雷雨〉的演出》，刊登在天津的《庸报》上，足足占了小半个版面；高中时，你参演李健吾创作的剧本《母亲的梦》；大学毕业后，你在曹禺的名作《日出》中扮演了一个角色……当年的你，久久地痴迷于这一令人陶醉的舞台艺术；如今的我，深深地沉迷在你的讲述当中。"难道您是无师自通？"面对着你的这一珍藏多年的舞台之梦，我不禁脱口相问。那天你是这样回答的："梦不是编造出来的，是编织出来的。那时候年轻的学生们都会编织梦想，编织着自己美好的未来……"

时针在嘀嘀嗒嗒地转动,整整两个小时过去了。你累了,将头靠在了身后的椅背上。周围寂静无声,静得似乎能听见你的心跳。我默默地看着你,看着你那依然充满着梦想的双眼,看着你那依然洋溢着青春的白发。窗外的树枝在轻轻地晃动,屋内的光影随之摇曳与聚散。我忍不住俯下身来,在你的面颊上轻轻地吻了一下,就像以往每次和你告别时一样。我想对你说,却又悄悄地咽回到肚里:"杨先生,放心吧,散落的碎梦一定不会遗失,它永远存活在你的心里。——'有梦的人是幸福的',这是巴金先生对你说过的话!"

位于北京西路2号新村的这栋小楼,给我留下了太多的回忆。客厅里始终悬挂着巴金先生的照片,他是你最最敬爱的先生;相册里悄悄珍藏着各个时代的留影,它是你的历史,你的足迹。对着它们,你讲述自己的梦想,自己的追求,也讲述你的闺

听杨先生讲故事

蜜，你的朋友，尤其是懵懂之年曾经结下的一段难以忘却的友情。

那是在你的文章中——那篇悼念我父亲的文章《你不会寂寞》中，我读到了你写下的一个遗憾："我一直想跟他谈谈当年的中国旅行剧团团长唐槐秋和他的女儿唐若青，但似乎从来没有时间把话题转到三四十年代……"父亲从事话剧运动数十载，应该说他是你最为合适的谈话对象。但是他早早地过世了，这段历史——准确地说，应该是你的这一难以解脱的心结，竟让我成了听众。

那是距离上一次讲"梦"大约两个月之后，你打来电话，我便马不停蹄地赶往你的住处。初春的天气乍暖还寒，房间里开着取暖的油汀，不冷不热，温度非常适宜。

一本稍有些破旧的老式相册平放在沙发前的茶几上，一张张带着时代印痕的照片呈现在眼前。"这就是唐若青。"你指着一个稚气未脱的女孩子的倩影告诉我，语气很平静，但平静中却又隐藏着如鲠在喉的急切与期盼。

你为什么一定要讲这个故事？你为什么将它藏匿在心中将近一个世纪？随着你的讲述我渐渐明白了——你曾经被她的演技深深折服："你能想象得出么？只有十七岁的唐若青竟然主动要求在《雷雨》中求扮演年近半百的老妇人鲁侍萍！……在那个雷雨交加的夜晚，她逼着自己的女儿起誓，从此不再和大少爷周萍来往。这究竟是一种怎样的感受力，使她能够体会到饱经忧患的母亲心中那种无法言说的隐痛？又是一种怎样的表现力使她能够准确有力地把这种隐痛展露在观众的面前?"你告诉我,你亲眼看见她是如何化装的:头发上抹了些白粉,脸庞上画出些皱纹,再后来又剪下了一小块黑纸,直接贴在了门牙上……于是乎一个豁着牙齿、枯了头发的老妇人便活生生地出现了!你感动于她为艺术做出的牺牲,做出的贡献。

年龄相仿的两位少女很快便成为知交,但让你心痛的是,没过多久却又断绝了交往。你那长长的一声叹息我永远不会忘记:"我不敢相信,更不能相信啊!她送给我的那张照片——剪着齐耳的短发,没有任何的修饰,就像是纯真朴实的中学生一样!难道刚刚有了一点名气就张狂了起来?我不相信,我不相信啊!"

当年只有十六岁的你不知该如何劝说自己的闺蜜,"后来,我又给她写过好几封信,劝她好好演戏,劝她一定要忠实于自己的表演事业,可惜都没有回复……"你的痛苦写在了脸上,"伤心啊,我真的好伤心!我恨自己没有能力,恨自己最终也没能改变得了她"。

窗外寒风阵阵,作为听众,我的心头如同压上了一块大石头。那天,你讲累了,你的心更加的累了。你反反复复地念叨着:"我伤心,我真的好伤心,我始终没能阻止她踏入歧途,没能改变她的选择……"

我起身走过去,拥抱了你这位慈祥的老人。我不知道应该如何去安慰你,却想起了巴金先生曾经赠予你的一段话:"我们每个人都有更多的爱、更多的同情、更多的精力、更多的时间,比用来维持自己生存所需要的多得多,我们必须为别人花费它们,这样我们的生命才会开花。道德、无私心就是人生的花。"

我明白了——明白了你的痛苦，也明白了你的善良；明白了你的爱，更明白了你终于能够一吐为快后的忏涤与释然。你深爱的"巴老师"会知道的，天上的唐若青也一定会知道的……

位于2号新村16舍甲楼的这栋老式住宅，渐渐成了我每隔一段时间必去的"家"——你来电话了："我想你……"我去电话了："等你来……"仅仅几个字，却让我感动不已，激动不止。你曾经写下过这样的文字："人已老朽，往事皆如过眼云烟，云烟有的自然散去，有的却凝成一堆堆沉重的记忆埋在心底。要想重新翻腾出来说给世人听，恰似讲故事：讲故事的人很难描绘青少年时代的欢笑与哭泣，听故事的人也很难想象当时年轻人的执着与追求……"你更说过这样的话："现在我已到了碎梦难拾的年龄，如落英散落在地上，无法俯身拾起。"

我不能不去，为了当听众，为了当"听故事的人"，更为了帮助你"俯身拾起片片碎梦"。而我自己——仅仅带着耳朵去的"听故事的人"，又哪次不是满载而归？

温馨的客厅

哪次不是经历了一场时代的洗礼？

那是初夏的一天,你在电话中说:"快来,快来,我连题目都想好了,这次就谈'后台'——剧场中的后台。"

临出门时突然下起小雨,淅淅沥沥,毫无止意。我不能爽约,准时推开了房门。果然,你已经穿戴齐整,笑眯眯地坐在那张高背椅上等候着我了。一切照旧:先吃糖,再喝茶,还有天津寄来的山楂糕、上海送来的桃酥饼……

那天你的兴致非常高,连比带画地给我讲述了从小到大你亲眼见过的各种各样的后台——有老式戏院的嘈杂的后台,有新式剧场的神秘的后台,有抗战时期简陋不堪的后台,也有当今赫然标示着"观众止步"的后台……你说,在后台你清楚地明白了什么是演员;你说,在后台你真正懂得了什么是艺术;你还说,在后台你被那些为抗日宣传而赴汤蹈火的剧人们感动得热泪滚滚;你更说,"如今通往后台的这道门被紧紧地关上了,它阻断的不是一条普通的路,它阻断的是艺术家们和人民大众的亲密联系"。那天,你突然颤颤巍巍地站了起来,声音洪亮,字字清晰:"如果你真爱他们,就不要糟践他们!"我被震住了,被牢牢地震住了——这句话才是你今天的主题,这句话才是你心中的呐喊!

你告诉我,那是1939年的暑假,已经是西南联大外语系二年级学生的你,和同学们一起到昆明的滇池去游玩,正巧碰上了中央电影摄影场在那里拍摄故事片《长空万里》。这是一部讲述一群爱国青年先后走向抗战前线,最终献身于航空战线的片子。导演是孙瑜,演员有金焰、高占非、白杨、王人美、魏鹤龄……"我的好奇,并不在于白天的拍摄,而是在于晚上的演出。可能是为了宣传民众吧,天黑以后剧组的全班人马,便借用附近的一个寺院,搭起台子演起了话剧。"你告诉我,这是一个让你一辈子都忘不掉的被称作"后台"的后台——"那是一块露天的空地,就在大雄宝殿的前边。没有化妆间,没有休息室,只有几张凳子散放在院中的松树下,树干上挂着几面残缺不全的镜子。演员们就坐在那个摇摇晃晃的凳子上,对着镜子一丝不苟地化着装,没有一点嘈杂,没有一丝声响。"

"他们可都是大明星啊!谁人不知,谁人不晓?"你激动了起来,"《十字街头》《马路天使》《渔光曲》《大路》……这些片子迷倒了多少观众,震撼了多少国人!他们无一不是当年的影帝与影后,可是为了抗战,为了艺术,他们竟然忍受着这样的艰苦,却怡然自得,却坦然相对!"

"为什么?他们为什么能够这般吃苦?"我的问话刚到嘴边,你的回答已经脱口而出:"因为他们并没有把自己当作明星,只是一个普普通通的戏剧工作者,一个抗敌战线上的文艺小兵!"那天,就在那个苍天为顶、大树为墙、月光做灯、星星做伴的"后台",早已名闻遐迩的大明星白杨接过了你递给她的纪念册,亲笔题写下一句话:"打回老家去!"仅仅五个字,足以让你——当时年仅二十岁的大学生明白了一切。

小雨仍在下着,我行宁在回家的路上;我没有撑伞,任凭它打湿我的头发,打湿我的衣衫。我的心无法平静,我的泪无法中止。一百零二岁的老人啊,怀着一颗炽热的心——你爱他们,爱他们的事业，爱他们的追求，爱他们的理想；你要保护他们，保护他们的意志，保护他们的精神，绝不允许不懂得他们的人去糟践他们！

记忆在不断地闪现，通过你那熟悉的声音，通过你那熟悉的身影。还有那间客厅——再熟悉不过的客厅，依然像往常一样在静静地等待着：等待着它的主人，等待着主人悄悄打开一扇扇历史的窗户，里面神秘诱人，里面深邃悠长……

但是今天，它却再也等不来了！——那张高背座椅上从此没有了你的身影，对面的沙发上从此没有了"听故事的人"。没有身影的房间是那么空旷，没有声音的院落是那么寂寥。

作为你的"小友"，我默默地朝着这间客厅鞠躬，再鞠躬；我流泪了，为了你那慈母般的笑容，为了你那师长般的讲述，更为了你赠予我的这一称呼——我珍惜，我专爱，我受之有愧，但我绝不玷污！

泣于 2023 年 1 月 30 日

历史的碎片
——抗战中的上海影人剧团

在抗日战争的烽火之中,曾经有过这样一个剧团:它的存在仅仅有一年的时间,但它却是抗战初期大批戏剧团体入川的第一支队伍。为此它经历了后来者所不曾经历的苦难,遭受了后来者所不曾遭受的屈辱;它以自己的顽强和努力为大后方戏剧运动的发展打开了局面,奠定了基础。这便是上海影人剧团。

然而,它的历史却成了碎片,需要将其拾起,需要将其缀合。

告别上海

"八一三"沪战爆发之后,聚集于上海的戏剧工作者按照党的指示,组成了十三个抗日救亡演剧队,奔赴前线与敌后,进行广泛的宣传和演出。然而,与他们堪称姊妹的另一支队伍——电影从业人员,却一时显得群龙无首。日寇的炮火使得电影公司关门停产,影人们陷入了失业的困境。首先想到这批进退无据的人群的是蔡楚生,他决定组织一个剧团,就像那十三支救亡演剧队一样,让这批失业而不失志的影人们,改用话剧的形式为抗日救亡服务。

他从华联、明星、艺华、新华四大影片公司中动员来了三十四人——女士十二名:白杨、刘莉影、燕群、周曼华、袁竹如、胡瑛、卓曼丽、杨露茜(路曦)、吴茵、刘致中、严皇、陈碧华;男士二十二名:沈浮、陈白尘、孟君谋、王献斋、龚稼农、徐莘园、高步霄、王徵信、王庭树、谢天(谢添)、施超、田珲、恒励、梁笃生、谢云卿、董湘萍、马瘦红、王仲康、汤杰、曹藻、孙敏、任冰。这里不乏早已是家喻户晓的老牌明星,也更拥有着一大批热情奔放、积极上进的年轻人。唯有陈白尘,不属于"影人"行列,蔡楚生找到他,只为邀请他担任剧团的编剧,更希望他能够代替自己率队出征,其本人因某些原因不能离沪。

——这是陈白尘的回忆:

> 面对这支庞大而复杂的队伍——论人才,那是首屈一指;论立场,却又良莠不齐,我不能不顾虑重重了。自己的年龄还不满三十,他们能够服从我的指挥吗?我找到党的负责人于伶同志,他此时正在主管救亡演剧队的工作。于伶的态度十分明确:"正因为有一批老牌明星参加,才需要更多的年轻人进去掺沙子。抗战是全国人民的事情,能把这批明星们动员起来做救亡演出工作,其本身就是一件有意义的事情,你应该去!"一席话使我豁然开朗:原来这一剧团也同样是在我党的安排与部署之下,具有同其他十三个演剧队一

样的性质和任务。

——这是孟君谋的回忆：

我原被分配在救亡演剧四队，出发前被阳翰笙留下，希望我带领这支影人的队伍撤出上海。但国民党方面的要求是：必须提出到达的目的地，并携带足够的旅途经费，否则不准离沪。他甚至以战争三个月即可结束，不必大惊小怪的说法麻痹人心，多方留难。我们这群人欲行不得，恰逢此时以取得"联华"影片西南专映权而起家的夏云瑚正拟返蜀，见我们这一队颇有号召力，愿垫出资金，接我们入川，在他所属的戏院范围内演出。于是我们只得放弃救亡演剧队名

上海影人剧团出发前

影人剧团十姊妹。前右路曦，二排右一白杨，二排左二吴茵

义，改为"影人剧团"。

于是，一个为特定人物所设计的特定方案，就这样被确定下来。

1937年9月23日，上海影人剧团在由陈白尘、沈浮、孟君谋三人组成的常务理事会的率领下，跟随着夏云瑚上路了。

——这是吴茵的回忆：

> 一行三十六人勉强爬上了连脚也插不进的火车，伴随着拥挤的上海逃难群众到了南京，住在下关的一座饭店里等船。不料敌机像长了眼睛一样，紧追到南京，一天连续轰炸五六次，投弹二百多枚。胆大一些的人，站在门口观战，亲眼看到一个警察被炸得半个脸飞上了天，掉下来贴挂在树枝上，惨不忍睹。后来听说，就在我们的饭店后墙角有个炸弹失灵了，没有炸开，否则我们这一群人也早就完蛋了。……

夏云瑚担心第二天敌机再来捣乱，连夜找到一只大木船，把我们运到芜湖，再等船去汉口，继而转至重庆。于是我们这群人连同行李把个木船装得满满的，每个人只能前胸贴后背地站着，把船压得水都齐船沿了。

到了武汉，仍然空袭不断，谢添的文章中记录下了这一场景——

> 那天，我和沈浮正在街上走着，突然响起了空袭警报。我反应快，拉着沈浮一头钻进了一家铺子。等到眼睛适应了屋里暗淡的光线后，才发现这是一家棺材铺。沈浮慌张起来："怎么跑这儿来了？"我打趣说："这儿好哇，房子要是塌了，咱们还能往棺材里钻！"

一路的担惊受怕，一路的死里逃生，目的地终于日渐临近了。但是在几位领导者的心中，却开始不安与沉重起来：等待剧团的将会是个什么局面呢？此时国民党的势力虽然已经伸进夔门，但也仅仅是在重庆设立了一个蒋介石的行辕而已，整个四川基本上还处于封建军阀的割据之中。从典型的半殖民地的上海，来到这典型的半封建的四川，其凶险是难以预料的。

——这是白杨的回忆：

> 当轮船即将到达重庆时，夏云瑚面对十二名女团员说：

"四川的军阀官僚横行霸道,专门玩弄女性,不好对付。请各位衣着朴素,外出要结伴而行,不要单独行动,以防万一!"当时只有十七岁的我,心中惴惴不安,因为由我主演的《十字街头》等影片已经入川放映过,担心他们会……吴茵看到我的脸色不对,赶忙走到我身边,亲切地对大家说:"我们都是姐妹,出门就像一家人,只要我们团结一致,集体行动,谁也不敢拿我们怎么样!——请大家报一下年龄,让我们结成十二姐妹!"当时吴茵二十九岁,排行老大,大家就叫她大姐;我排行第九,大家就叫我九妹。

理事陈白尘

三位理事商议,决计拟定出一个对策,以应付将会发生的一切。经过谋划,一个以保护每位团员安全为宗旨的《生活守则》制定出来了,其中最重要的一条是:"除集体行动外,任何人不得单独参加任何社交活动"。

抵达重庆

1937年10月15日,上海影人剧团历经千辛万苦,终于到达了目的地——重庆。在夏云瑚的安排下,全团下榻在苍坪街一处半地下室里，未等大家洗净征尘，一场声势空前的欢迎活动便开始了。

这毕竟是头牌影星第一次光临四川，更何况人数又是如此之多，山城重庆有如掀起了一场狂澜。每日的报纸上报道与花絮不断，苍坪街住地的来访者与宴请者更是络绎不绝。在10月18日上海电影公司及国泰电影院举行的招待会上，陈白尘不得不以负责人的身份请求大众："望四川同胞勿将我们的团员当明星看，应在剧情里求内容。"全团亦于该日一致通过了一项决议："因要求团员签名者过多，从今日起，每求签一名字，捐法币一元，交抗敌后援会。"10月19日，剧团不得已在《新蜀报》上刊登了一则启事："入川从事救亡演剧以来，辱承各界人士或宠予招待，或设宴欢迎，即日起加紧排练，对各界招待容有方命之处，请予原宥。"

在这一片欢迎与颂扬声中，重庆的土皇帝们也登台露面了。市长李宏坤派人送来一张名片，传呼白尘到其府中赴宴。这无异于旧社会召唤歌舞女的"条子"，全团无不为之气愤难平。

——这是白杨的回忆：

> 这时吴茵大姐站了出来，对来人说："我们剧团有条纪律，演员不得单独外出，只能集体行动！"弄得那个市长骑虎难下。

——这是陈白尘的回忆：

李宏坤不死心，当天晚上又派了一名身穿长袍马褂、头顶瓜皮小帽的科长径直来找剧团负责人。他一声不响地从袖管里抽出十二份大红请柬，摊在桌子上，每位的名字之下均是"女士"二字，无一"先生"。我怒不可遏，再次以《生活守则》为武器，严厉地回绝了这一心怀叵测的"邀请"。这位科长满面怒容，抄起请柬，咕噜了一句："不识抬举！"扬长而去。

恼羞成怒的李宏坤，不达目的誓不罢休。次日又派来一位官员，这次是夏云瑚亲自出面，经过一番斡旋，才终于改变了方式——邀请全体团员出席了。

当晚，大家被带进了一间客厅，赏了一桌饭菜后，李宏坤提出要请所有人去跳舞——狡猾成性的他终于"图穷匕首见"了！

——这是陈白尘的回忆：

众人的怒火再也按捺不住。"报告市长：我们都不会跳舞！"管理剧务的胡瑛女士霍地站起身来，抢先作了回答。我也忍耐不住，率领大家毅然离席："今晚我们要排戏，就此告辞！"李宏坤勃然变色，望着远去的我们跳脚大骂。最终只得把一家歌舞团的女演员们喊来，充当了替身。

10月27日，影人剧团终于正式公演了，剧场就设在夏云瑚所经营的国泰大戏院。首场演出的剧目是陈白尘的三幕剧《卢沟桥之战》和独幕剧《沈阳之夜》。其中"慰劳座"的票款收入，提取百分之二十五作为捐款，支援前线。

重庆的市民不少人是第一次观看话剧，更何况又有如此之多的明星作为号召，"国泰"的门前每天都是人头攒动，水泄不通。场内的气氛更是热烈，每当台上演员喊出"我们为民族而战"时，台下则掌声雷动，呼声四起。

11月2日，又轮换演出了陈凝秋(塞克)的《流民三千万》，以及屡演不衰的《放下你的鞭子》；一周后再次推出了陈白尘的新作《汉奸》。

——这是路曦的回忆：

> 我在《卢沟桥之战》里扮演一个农村姑娘，有一段姑嫂二人躲避汉奸搜捕的戏。原本的剧情是在汉奸进门之前，二人跳窗逃走。但是有一次演到这里，我实在觉得不解恨，一转身发现瓢中有水，便端了起来，向着刚上场的汉奸泼了过去。扮演汉奸的谢添被劈头盖脸的水泼愣住了，等他反应过来，我俩早已越窗跑掉了。观众席中一片喝彩声与鼓掌声，我也为自己的即兴发挥暗自叫好。

影人剧团终于为重庆的剧坛播下了抗敌的火种，拉开了大后方抗战戏剧的序幕。11月7日，《国民公报》发表了一篇题为

《从"全民文化"谈到影人剧团的演出》的长文,作者姜公伟对剧团的努力做出很高的评价。他号召一切文化工作都应该充分发挥"激发性与煽动性","成为一个具有伟大力量的引动的马达"。在此期间,关心影人剧团的朋友委实不少,有人提出应该再降低一些票价,以争取更多的观众;有人建议应该到农村和部队中去演出,以扩大宣传的范围。对于这些意见,常务理事们非常重视,但是囿于没有经济实权,又与夏云瑚签有合同,而难以成行。他们找来夏云瑚商量,最后的决定是:转移码头,另辟战场——向成都进发,去川西坝子里再次点燃一把抗战戏剧的烈火。

11月30日,影人剧团动身上路了,他们在《新蜀报》和《国民公报》上连登启事三天,鸣谢各界人士的大力支持与热情关怀。陈白尘撰文写下《告别重庆》——他们终于告别了这座难忘的山城,也同时告别了第一阶段的战斗。

转战成都

12月2日,影人剧团一行风尘仆仆地来到成都,各界人士的热烈欢迎,同样不亚于重庆。演出剧场选在智育电影院,在夏云瑚的帮助下,对舞台进行了一番改造与扩建。十天之后公演正式开始,剧目仍选用在重庆演出过的《卢沟桥之战》《沈阳之夜》和《流民三千万》,演出效果同样轰动了蓉城。

——这是吴茵的回忆:

成都观众都疯了,不但戏院门前像集市一样的热闹,就连我们的住处也是川流不息的人群。看化妆,认演员,加之访问与交谈,真是应接不暇,有时甚至影响到开幕,不得不婉言谢绝。

然而,成都是一个军阀统治更加根深蒂固的地区,其土皇帝们的威势也更要高重庆一筹。在剧团呈请租园演出的呈文上,成都市政府主任委员稽祖佑的批示竟是这样:"应与警局切商监视办法,并遴选监视人员。因时代不同,本市情形近来尤为复杂,须特别注意,万勿照平时手续,是为至要。"

警备司令严啸虎,更是不可一世,他三番五次地下条子,"邀请"白杨陪他喝咖啡。

——这是吴茵的回忆:

屡屡遭到拒绝后,严啸虎不甘失败,一次竟派当地川剧名角"四川胡蝶"到后台来,亲自陪同白杨一起前往,仍被碰了一个大钉子。这个恶魔大发雷霆,当我们上演《流民三千万》时,竟指着天幕上冉冉升起的象征着光明前途的红日,一口咬定是日本国旗,是在为敌寇作宣传。于是演出被迫停止,并限三日出境。

一出反映抗日的话剧,一个从事救亡宣传的剧团,竟被如此颠倒了黑白,混淆了是非,成为千古奇冤!

——这是孟君谋的回忆：

我们演出的戏院也被封闭了，我将团员迁出住所，分别隐藏，免遭侮辱。我独留团内，并向新闻界发表谈话："成都系中国的一部分，如果有汉奸嫌疑，被驱逐出成都，那还是中国的地方，正如在成都是汉奸，离开成都还是汉奸一样。我以剧团负责人身份，留团听候处理，接受应得处罚，全团决不离境。"舆论大哗，热情的新闻记者恐我遭军阀暗算，夜以继日地陪伴着我。

成都的文艺界、新闻界、教育界，以及广大的青年学生们听到影人剧团所遭受的迫害，纷纷前来声援。他们责问当局抗日宣传何罪之有，如果要将白杨等人拿办，大家便陪同剧团一道坐牢。严啸虎赶到某中学操场训话，愤怒的同学根本不予理睬，他们一遍又一遍地呼喊着白杨的名字，以此对严啸虎表示强烈的抗议。

专横跋扈的严啸虎不得不让步了，但是为了下台，又提出了两个极为苛刻的条件：一、剧团必须更换名称，否则不许在成都地区演出；二、所有演职员一律改名易姓，否则不允许刊登广告……剧团又一次遭受到了刻骨铭心的凌辱。

为了能够继续宣传抗日，为了能够报答成都的观众，大家只得忍气吞声，咬牙应允。从此，在中国现代戏剧史上，"上海影人剧团"不见了，代之而起的是"成都剧社"；观众所熟悉的剧人们不见了，代之而出现的是一些闻所未闻的名字。

——这是谢添的回忆:

　　面对着愁眉不展的众人我动起了脑筋。"严啸虎不是一口咬定你是日本人吗?"我对白杨说,"那么我建议你索性改个日本名字——'西门樱',谁让咱们的剧团住在成都的西门呢!"大家无不拍手称绝。紧接着什么"西门辣斐"(谢添)啦,什么"温慈"(吴茵)啦,一大堆古里古怪的名字相继出现了。

然而一波未平,一波又起。不知是由于剧团的名声大振呢,还是严啸虎又做了什么手脚,时隔不久,一批成都的地头蛇们便纷纷来到剧团,以月薪二百元的高价为诱饵,拉拢演员,收买人心。

自从入川以来,剧团的演出虽说一直很卖座,但是其收入大部分捐给了前方,每人每月只能领到十元的零用费。面对如此诱人的薪酬,原上海明星公司的一批老牌明星们抵挡不住了,王献斋、徐莘园、龚稼农等人纷纷动摇,或是去了沙利文剧场,或是去了春熙大舞台,剧团的原班人马一分为三了。

这似乎是早已预料到的事情了,随着抗战的不断深入,每个人的立场与态度都在经受着考验。留下来的人员虽说仅有十余个,但是成都剧社的旗帜没有倒下。他们是白杨、吴茵、杨露茜(路曦)、谢天(谢添)、施超、燕群、刘莉影、严皇、高步霄、董湘萍、沈浮、孟君谋和陈白尘。此外还有灯光师程默、木工师王元元，以及两位新加入的当地青年。大家同仇敌忾，同舟共济，以惊人的勇气和毅力排演出了大型话剧《日出》和《雷雨》。

——这是孟君谋的回忆：

> 由于演员不敷分配，演《日出》时所有人都上场了。导演沈浮自己饰演潘经理，负责行政的我，也上台扮演了黑三这一角色。

然而，等到排练《雷雨》时，又走了一批，人力更加紧张了。没有布景师，找来一个学美术的大学生，边学边干竟也搭起了一台颇具气派的公馆布景；后台人手不够，大家便身兼多职——上场是演员，下场管效果。

——这是吴茵的回忆：

> 做效果是很忙的，响雷要抖铁皮，闷雷要推木滚，下雨用竹匾滚黄豆，还得准确地配合着台上的表演。人手少，演员下了场就得帮忙，还得一边听着台上的对话，轮到自己上场了，连忙丢下手里的活儿，跑步上台。那心情是既紧张又有趣，大伙为了争口气，忙死也心甘情愿。

成都剧社胜利了，它终于经受住了重重的磨难与考验。对于上海影人剧团来说，这是它的第二阶段，也是最为艰难的一个阶段。

搬兵武汉

夏云瑚虽说不是剧人，但是却有着戏剧活动家与组织者的敏锐与果断。就在影人剧团离开重庆抵达成都的当日，他找来陈白尘作了一番秘密长谈。

——这是陈白尘的回忆：

> "剧团有分裂的可能！"他开门见山地说出自己的忧患。入川后那批原上海明星公司的老牌明星们一直令夏云瑚头疼，不是动辄摆出明星的架子，提出种种过分的要求，就是无端地同剧团负责人争吵，理由是偏袒年轻演员。至于说某些人的恶习，抽鸦片，玩女人，更是极大地损害了剧团的声誉。"看来，同他们是难以继续合作了。"夏云瑚不能不做出决定："为了挽救剧团，只有搬请救兵！"

夏云瑚的担心，后来果然被不幸言中。但在当时，他却提前萌发出了这样一个大胆的计划——此时由上海出发的救亡演剧队已大部分到了汉口，其中原上海业余实验剧团的人马都是昔日的战友；他希望陈白尘能够亲自去一趟武汉，邀请他们入川合作。

陈白尘二话不说，次日清晨便悄悄上路了。然而，抵达武汉后方知，由上海出发的救亡演剧队此时已大多解散；其中由上海业余实验剧团人员所组成的三队、四队也已一分为二：一部分人去了前线，一部分人恢复了左翼剧联时期"上海业余剧人协会"

的名称，在汉口做营业性的演出。

万般无奈的陈白尘想到了阳翰笙——此时的他正在遵循周恩来同志的指示，为筹建文艺界的抗日民族统一战线而忙碌。影人剧团的命运深深地牵动了他的心，特别是严啸虎一手策划的"成都风波"更是让他焦虑万分。于是他二话不说，当即拍板：两团立即合并。

1938年元月，陈白尘兴高采烈地陪同上海业余剧人协会的人们登船启航了。这是一支人才济济的队伍：沈西苓、赵丹、魏鹤龄、陈鲤庭、陶金、章曼萍、朱今明、钱千里、英茵……一共二十余人。陈白尘向成都发去了电报，此行终于大功告成。

4月中旬，业余剧人协会终于抵达成都。他们的到来，不仅使成都剧社转危为安，更让白杨等人的真实姓名重见了天日。由于两支队伍在人数上存在着明显差异，业余剧人协会坚持袭用他们的名称。至此，上海影人剧团进入了他们的第三阶段——合并与易名后的新阶段。新的理事会成立了，除了影人剧团原有的三位常务理事陈白尘、沈浮、孟君谋外，又加上了"业余"的陈鲤庭、赵丹、陶金和刘郁民四人。

这是一支实力空前的队伍——既有电影明星，又有话剧新秀；既有著名编剧，又有杰出导演……可谓人才荟萃，群英聚合，这样的演剧团体就是在后来——大后方进入了话剧运动的高潮时期，也是不多见的。

自4月25日起，业余剧人协会开始了轰轰烈烈的公演，十余台优秀的剧目令成都的观众耳目一新。除了有原"业余"曾经演出过的《民族万岁》《故乡》《夜光杯》《自由魂》，以及原成都剧社演出过的《雷雨》《日出》外，又排演了田汉根据鲁迅先生原著改编的《阿Q正传》、曹禺的《原野》、吴祖光的《凤凰城》、陈白尘的《太平天国》及新作《群魔乱舞》等等。公演一直持续到9月中旬，如此的盛况，无论是在以前的影人剧团，还是在以前的业余剧人协会，都是不曾有过的。

——这是燕群的回忆：

> 《原野》的导演是沈浮，仇虎的扮演者是魏鹤龄，我的角色是金子。魏鹤龄亲自为自己扮演的角色做人物造型：上齿是突出的假牙，腿是一瘸一拐的，脸上有一道刀疤，显示出在监狱里受过的酷刑。他尺寸的拿捏非常到位，将仇虎复杂的情感演绎得活灵活现；而我作为一名新手，也被他渐渐地带入了角色。
>
> 一天，发生了这样一件事情。一帮国民党士兵听说《日出》演得挺红火，死乞白赖地非让剧团给他们的弟兄们专门演出一场。恰巧那天扮演陈白露的白杨病了，剧团向这帮大兵们作解释，可他们蛮横不讲理："人不齐也得演，今天是非看不可了！"

——这是谢添的回忆：

> 这帮家伙可不好惹，闹下去我们就得吃亏。可是没有陈

白露,《日出》怎么演呀?好在这个戏我们都熟了,陈白露的好多台词,别人也能记住一点儿,就看我们几个老爷们在台上怎么折腾了——

逢到有陈白露上场的地方,别人就替代着说:"白露刚才说啦,怎么着……怎么着……"说了一堆陈白露的台词。

电话一响,"喂!找陈白露呀,告诉你,她不在,有事儿你就跟我说吧!……"又讲了一段陈白露的事儿。

就这样,我们演了一场没有陈白露的《日出》,本来是三个钟头的戏,我们只用半个小时就演完了。

这段回忆,虽说讲出了他们的机智多谋,却也充分体现了他们的高超演技。

易名后的业余剧人协会,在成都掀起了演剧的高潮。陈白尘与陈鲤庭一心一意地忙于剧团的发展与建设——为了摆脱剧场老板的控制与剥削,他俩四处奔波,找到一处名叫"沙利文"的小剧场,地点虽偏,租金却很低廉,于是在长期租赁的合同上签了字,并兴致勃勃地计划着将以《茶花女》作为1939年元旦新剧场开张的开锣戏。

哪知就在此时,业余剧人协会于一夜之间彻底瓦解了!团内的大批人员被国民党的中央电影摄影场暗中拉走,剩下的人员溃不成军了。

然而,它毕竟生存了一年,战斗了一年,它为大后方戏剧运

理事孟君谋　　　　　演员魏鹤龄　　　　　演员谢添

动所做出的贡献是不可磨灭的。它留下的诸多"碎片",将被一一拾起,缀合成一串串闪光的珍珠。

【衷心感谢孟君谋、吴茵、谢添、路曦、魏鹤龄的后人所提供的珍贵资料】

2022年5月于南京

重庆,我们来了

2021年4月4日,刚下飞机,我便情不自禁地对着这座美丽的山城高声呼喊:"重庆,我们来了!"

是的,我们来了!作为"戏二代",我们代表着自己父辈们来了!八十多年前,这里是抗战话剧的大本营,这里是他们生活与战斗的地方;遵循着周恩来同志的指示,他们将话剧舞台打造得五光十色,将话剧运动开展得如火如荼。

郭沫若的女儿郭平英深切地回忆道:"父亲的许多历史剧,《棠棣之花》《屈原》《虎符》《高渐离》《孔雀胆》《南冠草》……全都诞生在这里!"

石羽的儿子石小满激动地说:"皖南事变后,大后方一片白色恐怖。父亲要求去延安,周恩来同志亲切地对他说,这里也需要人啊,留下来好好干!"

路曦的儿子杨和平永远不会忘记《风雪夜归人》的演出:"周恩来同志先后看了七次,见到母亲后,不喊她的名字,直呼她扮演的角色:'玉春来了!'"

贺孟斧的女儿贺凯芬流下了眼泪:"视艺术为生命的父亲,

最终长眠在了这片土地上。那是1945年的5月,距离抗战胜利只有三个月的时间!"

……

感谢重庆市话剧院邀请我们参加抗建堂建成80周年的纪念活动——这个完工于1941年的由郭沫若提议为话剧演出而修建的剧场,被完整地保留了下来,并且在它的基础上建立了重庆抗战戏剧博物馆。于是,我们来了,从四面八方来了,怀揣着父辈们的心愿和梦想来了!作为下一代的我们,终于呼吸到了他们曾经呼吸过的空气,终于触摸到了他们曾经触摸过的土地。

那天,我被大家推选为代表上台发言,面对着数百名的观

重庆,我们"戏二代"来了

众，不知怎的，一下子想起了中华剧艺社的前台主任沈硕甫的故事。——这是一个在周恩来同志领导下建立起来的民营剧团，为了打破皖南事变后大后方所陷入的沉寂局面，他指示道：以话剧为突破口，继续坚持斗争。然而，要想生存，要想继续战斗，中华剧艺社承受了难以言说的苦难。被大家称作沈大哥的沈硕甫，更是冲锋在前独当一面：在剧场内，他要不畏强暴同地痞流氓斗勇，以抵御他们的肆意骚扰与破坏；在剧场外，他要千方百计跟官府衙门斗智，以获取国民党政府颁发的"准演证"……那天深夜，他终于倒毙在重庆的街头，一张破席裹着他那枯瘦如柴的身体，除了外面的一套为了虚撑门面的西装外，里面的衣裤破烂得如同乞丐。

今天的抗建堂

作为中华剧艺社的秘书长，父亲含泪写下了悼文：

> 七十二行，哪行不能发财？但我们都挑定了这穷困劳碌的行当。七十二行，哪行不受人艳羡？你我偏选定了这"与娼妓同伍"的职业。挑选了这种行当，安于这种行当，身受这种行当所特有的虐待，而又死而无怨，这不正是你我命中

注定的悲剧么？……我们尽管被某些"正人君子"之流视同泥污，但你我不都有着一颗纯洁的工作良心，为他们所缺少的么？

这是悼文，又不是悼文，它说出了抗战时期话剧界同仁们的生活，更道出了抗战时期话剧界同仁们的追求。

经济上所承受的各种苛捐杂税的剥削，政治上所遭受的种种独裁专制的压迫，使得他们的生活如同在水深火热之中。为了躲债，社长应云卫大年三十不敢回家，那个名叫"比期"的阎王债，利息高达百分之三十，一个月下来，一块钱的借贷就是九毛钱的暴利！为了宣传民主与自由的思想，他们的戏屡屡遭到禁演：《结婚进行曲》《风雪夜归人》《草莽英雄》……仅仅半年的时间，被国民党"中央图书杂志审查委员会"列入禁演名单的剧本就高达一百一十六部之多。

那天沈硕甫是为《翼王石达开》的演出而累死的。当晚的戏票已经售出，观众也已陆续进场，但"图审会"的准演证还是没有拿到手。沈硕甫竭尽全力去奔波，当他终于捧回那张"派司"时，另一纸命令却让所有人瞠目结舌：第一幕第一场被完全砍去，其他的各场也都被删得面目全非。

中华剧艺社为沈硕甫举行了隆重的葬礼。郭沫若走在队伍的最前面，剧社的两位领导应云卫和陈白尘手执横幅紧随其后。应大白——应云卫年仅六岁的儿子，手捧灵位充当孝子，孤苦伶仃的沈大哥身边没有一个亲人。重庆的戏剧工作者们几乎全都参加了葬礼，沿途的许多团体亦搭起台子进行路祭。幡旗猎猎，队伍蜿蜒，成为全城性的一次大示威。

我找不到一张沈硕甫的照片，也想象不出他长什么样子。他走了，默默无闻地走了，带着他的遗憾，带着他的悲愤，走了！……讲到这里，我已是泪流满面，几度哽咽。我看见台下坐着的"戏二代"们——郭沫若的女儿、魏鹤龄的女儿、张逸生的女儿、应云卫的孙女……她们也都掏出了手帕。

然而，中华剧艺社的同人没有被吓倒，他们仍在顽强地生活着，乐观地战斗着。——耿震整日"纸上谈兵"，向人们宣传维他命的重要，为此获得了"维他命耿"的绰号；张逸生无钱补养，只得大吃一分钱一斤的西红柿，于是获得了"西红柿张"的美名；项堃的妻子与陈白尘的妻子先后染上肺结核，他俩则于清晨蹲守在菜场的肉案前与野狗争抢被剔光了肉的骨头；吕恩等女演员们冬天没有棉衣御寒，便蜷缩在制作服装的棉花底下，抱团取暖……

这就是他们的骨气，这就是他们的信念。然而，贫穷带来疾病，疾病带来死亡，剧坛中的丧事一桩连着一桩——应云卫刚满周岁的幼女应蓓夭折了，中艺的成员彭波病故了，友团的杰出表演艺术家施超与江村亦先后客死于异土他乡……

江村是国立剧专的学生，他的演技，尤其是他那特有的诗人气质，征服了大后方的众多观众，成为戏剧舞台上的一颗璀璨的明星。尤其是他在《北京人》中扮演的曾文清，达到了艺术表演的至高境界，就连周恩来同志也不止一次地赞叹道："演曾文清，没有人能超过江村!"

然而,贫穷找上了他,疾病找上了他。1944年的5月23日,还差一个星期才满二十七岁的江村,终因罹患肺结核凄惨地离开了人世。那天安葬时,朋友们特地将他的脸朝向东方,愿他能够看到初升的太阳,愿他能够看到千里之外的故乡……

——什么是披荆斩棘?什么是宁死不屈?就在这一年的岁末,三十六岁的父亲完成了他的剧本《岁寒图》。他这样写道:"我知道冬夜还很长,我们还要艰苦耐心地度过。而在此时此地,号召耐寒的气节,为抗战作最后的支持,正是我们对于每一个抗战人民最高的也是最低的要求!"……窗外风雪交加,窗内青灯孤影,他在聆听空谷中的回声,他在寻找人世间的知音。

这部戏就演出于当年的抗建堂,就演出于当下我所站立的这个舞台上。两位主角分别由石羽和路曦扮演,他们二位的后代此时也正坐在台下的观众席上。剧中的黎竹荪大夫,是一个以人格

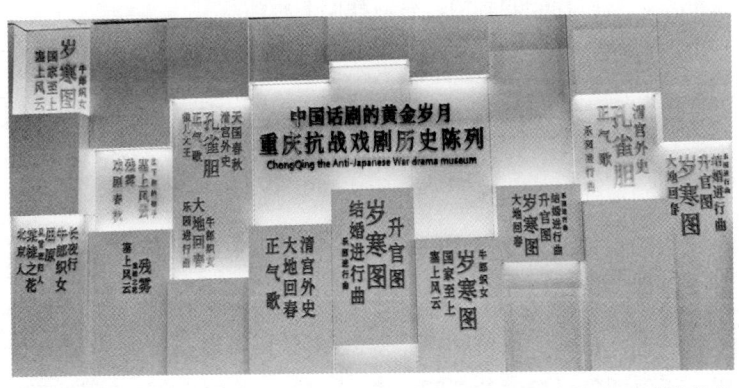

重庆抗战戏剧博物馆

力量震撼黑暗现实的人物,是一个"岁寒然后知松柏之后凋"的知识分子的形象。父亲从心底里赞颂他们:"这些无声的人物,才是真正伟大的英雄。是他们在维护着抗战,是他们为天地间留下点正气,是他们为这芸芸众生判明是非善恶,为今日立下道德标准。没有他们,这抗战将无从继续;没有他们,这抗战更无法度过这严冬!"

石小满和杨和平当晚一直默默无语,出生于20世纪50年代的他们,没能赶上那场演出,没能亲眼看到自己父母所塑造出的坚贞形象。他们在缅怀,他们更在追忆,那是一群英勇的前辈,那是一段不朽的历史。

……

重庆抗战戏剧博物馆,就位于抗建堂的二楼、剧场的旁边。门口几个熠熠生辉的大字——"中国话剧的圣殿",将我们引进了庄严而肃穆的展览大厅。那是抵达重庆的次日,天空飘洒着蒙蒙细雨,有似我们的心情,有似我们的思绪。

一张张照片,将我们带入了历史,带到了各自父母的身边;一件件实物,将我们带到了那个可歌可泣的年代,那个热血沸腾的岁月。

我们看到了《屈原》的剧照——为了增强舞台效果,为了配合屈原的长篇朗诵《雷电颂》,社长应云卫咬牙批准了导演陈鲤庭的建议:将观众席中的前三排座位撤掉,改成乐池,聘请乐队进行伴奏。这三排座位叫作"荣誉席",以筹募基金的名义而出售,不仅票价是普通戏票的十倍二十倍,更重要的是不用纳税。

这对于被五花八门的捐税逼迫得难以为继的剧社来说，无疑是一笔活命的钱！然而，为了艺术，应云卫牺牲了这笔收入；为了演出，他带领大家继续勒紧裤带。

我们看到了《家》的舞台模型——导演贺孟斧提出了这样的要求：一定要让《家》真正回到它的老家。为此，它必须是原汁原味的，带着浓厚的成都风情，也就是巴金原著中的风格。他带着自己的夫人亦即该戏的舞美设计方菁，亲自跑到巴金的老宅子里，将那里的所有建筑，小至窗棂的式样，一一记录了下来。他要求方菁：一定要让台上的所有装饰与道具，都具有地道的成都特色；而服装设计，也必须按照当地人的服饰剪裁和制作。

我们看到了《结婚进行曲》的海报——那是一次演出，主角秦怡突然失声，尝试了多种方法仍不见效。她急哭了："只能让观众退票了……"应云卫坚定地摇了摇头："要相信自己，哪怕是气声，也一定要坚持演完。记着：观众是冲着你来的，是冲着中艺来的！"于是她上台了，用只有自己能够听得见的声音演完了整场戏。剧场内静悄悄的，观众们屏住了呼吸，既无丝毫嘈杂，亦无一人退席，大家被她的真情表演深深吸引，为她的全力付出久久感动。

……

凯芬大姐是我们这一行中年龄最长者，当年的她经常跟着父母去剧场里看排演。于是我们聆听了她的回忆——这是大人们后来讲给她听的："中艺的红火，用轰动二字根本无法形容。所谓爆满，不是说所有的票都卖光了，而是连站票也不剩一张。走道两边，座位之间，没有丝毫的空当，观众将椅子拖了出来，一个挨着一个，连成一片。一次碰上停电，演出被迫中断。哪知观众们坚决不肯退票，一致要求点上蜡烛继续表演。"

张逸生的女儿张小之也忍不住讲起了她从自己父亲那里听来的一个故事：那是《屈原》的演出，散场后已是深夜，从沙坪坝赶来的大中学校的师生们无法返回数十里之外的校园，于是便逗留在剧场里，一边座谈演出的观感，一边等待着天明。演员们也都被他们的热情所感动，一个个也都不回自己的住处——当然也包括张逸生在内，和他们一起交谈，一起倾诉着由《屈原》激发起的昂扬激荡的心声。"你们滚下云头来！我要把你们烧毁！烧毁！"剧场内一遍又一遍地回响着齐声诵读《雷电颂》的声音。

展览大厅很静很静，让我们似乎穿越了历史的时空；厅内光线很暗很暗，仿佛担心我们吵醒了那段沉睡的时光。老一辈的剧人们，以自己的献身精神，赢得了大后方观众的一致赞誉。他们不仅是铮铮铁骨的战士，更是视艺术为生命的大师。戏比天大，是他们的宗旨；完美无缺，是他们的追求……我放慢了脚步，发现周围的人也都放慢了脚步，他们在静静地凝视，他们在默默地行礼。我不由自主地也摘下了帽子和围巾，向着大厅的深处弯下腰去。

……

刚刚退休的陈家昆，是重庆市话剧院的前院长，也是重庆抗战戏剧博物馆的策展人之一。听说我们的到来，特地设宴招待，而我们这些"戏二代"们，也极想听他讲述有关博物馆的筹建过程。于是第二天的晚上,我们一起乘车来到重庆南岸,来到那家颇有盛名的大酒店。

餐厅坐落在高楼的顶层,进得厅内,吸引我们的不是满桌的丰盛菜肴,而是窗外那迷人的夜景——耀眼的灯火,随着山城的起伏,层层叠叠,有如仙境一般。作为主人的陈家昆,似乎忘记了应有的礼节——招呼大家一一坐下,而是一把拽住我和凯芬大姐的臂膀,急匆匆地带到了门外的平台上。

平台又长又宽,是供人观景用的。"看,就在我手指的那个方向……"他的头已经伸出了护栏,他的手臂高高地指向了前方。放眼望去,那里同样是一片灿烂的灯火,伴着霓虹灯的闪耀,照亮了半个夜空。"那里就是瓦窑湾,四川籍作家刘盛亚捐献出来的墓地,当年沈硕甫、应蓓和贺孟斧先生安息的地方……"他的声音哽住了,哽了很久,再也没有说出话来。陈家昆是一个做事极其认真且重情重义的人,可以想象,为了考证这处遗址,他不知花费了多少心血。

我明白了,突然间明白了,今天他之所以选择这处地方来宴客,就是为了这个目的——要让当时尚处垂髫之年的凯芬大姐知道这个地方,记住这个地方;尽管它是伤心之地,尽管它早已被高楼大厦所吞噬,但当年的它是由相濡以沫的同人一铲一锹筑起来的,是由生死与共的战友们流着泪水筑起来的。"就是那个方向……"陈家昆反反复复地介绍着,面对着面目全非的旧址,了无踪迹的墓地,他的介绍也只能到此为止。

我的耳边响起了父亲的那篇祭文——

……你去了,妖魔鬼怪自然又要猖獗起来。我即使没有能力独善其身,但艰苦自守的耐性还是有的;我即使不能打退这些妖魔鬼怪,但起码是不会和他们妥协的。我将永远地记着你,警惕着我的工作:将如你宁愿饿着肚皮,也不与那些败类合作,去导演某一类的戏一样,我将永远把握住我的笔,不逢迎观众,不逢迎剧团老板,一直到我和你一样地倒下去。……孟斧,你去吧,不能继承你的遗志与遗言的,不配做你的朋友!

凯芬大姐已经是泪如雨下了,这是她成年后第一次回到重庆。她目不转睛地望着前方,那片闪烁着光亮的地方。她的父亲是当年中艺的顶梁柱,是抗战剧坛的翘楚,导演了一系列堪称绝版的话剧:《愁城记》《忠王李秀成》《风雪夜归人》《家》《桃花扇》《北京人》……走时还不满三十五岁。他辞世前的那天夜里,窗外同样是万家灯火,同样是不眠的星空。

"姐,"我拉了拉凯芬大姐的衣袖,"咱们一起喊,朝着那个方向喊!贺孟斧叔叔会听到的,长眠在那里的先辈们会听到的,所有献身于话剧的先辈们也一定会听到的!"

"贺叔叔,我们来了,来看望你们来了!"

"爸爸、妈妈,我们来了,来追寻你们的足迹来了!"

"重庆,我们来了,我们来了!"

……

凯芬大姐流着眼泪在喊,我哽咽着声音在喊,屋内的"戏二代"们也都跑了出来,扯开了嗓子一起喊。喊声此起彼伏,飘向了夜空,飘向了苍穹,飘向了天际,飘向了离我们远去的亲人们的身旁……

2022年深秋

不该忘记的名字
——记巴山蜀水间的友人们

1981年父亲陈白尘曾经写下过这样一段文字:"离开四川已三十六年了,我时时地、深深地怀念着它。除了少年时期居住的家乡以外,我在上海住过十年以上,在首都度过十五个春秋,遣返南京也达十六个年头了,但我还是怀念只住过八年的四川,忘不了巴山蜀水间的友人……"

他们是谁?大多是些幕后的默默无闻的名字。我开始去寻找,为了父亲去寻找,为了填补抗战话剧史上的这段不该遗漏的空白去寻找。

杨钟岫

见到杨小秀,已经是2018年的元月了。她不无遗憾地对我说:"你来迟了,我爸于几个月前刚刚去世。"

我只是在照片上见过她的父亲杨钟岫,但是这个名字多年来一直挂在父母的嘴边。我知道在他们心中,杨钟岫无疑是抗战时期大后方戏剧运动的功臣,更是中华剧艺社的恩重如山的朋友。

那是1941年皖南事变之后，大后方一片白色恐怖，随着一批批文化人士的撤退，重庆的话剧舞台也陷入了沉寂之中。就在此时，一个名为"中华剧艺社"的民营剧团宣告成立。这是周恩来同志的决策，也是中共南方局的部署：以话剧为突破口，继续坚持斗争。阳翰笙在他的回忆录《风雨五十年》中这样评价道："这支文艺队伍经受了考验，做出了贡献，……在大后方的戏剧运动中，起了核心与骨干作用。"

20岁的杨家大少爷杨钟岫，为了中华剧艺社几乎"败"光了祖上留下的全部家产

然而，作为一个民营的剧团，因为没有固定的工资，生活是难以保障的。没钱租房子，只能到乡下找几间茅屋栖身；没钱开伙仓，经常是吃了上顿没下顿。更为困难的是，演出的场地是在城里的国泰大戏院，从位于南岸的乡村出发，先坐船，再乘车，来往需要四五个小时。

见到小秀的那天，她终于答应接受采访了。面对摄像机，她缓缓地讲述了她的父亲是如何为剧社雪中送炭的——"我爸是重庆一家报社的记者，他喜爱话剧，称得上是铁杆粉丝。当他得知筚路蓝缕之中的中华剧艺社急需帮助时，便主动去找我爷爷商量。我家祖上还是比较富足的，在城里有着好几处房产；而且就在国泰的对面，恰巧有一栋房子空闲着。父亲恳请祖父将其腾让出来，白天让演员们在里面休息，顺带排练，晚上直接去剧场演出。祖父笑了，'不要再说了，干脆让他们直接搬进来住吧！'于是这幢小楼连带整个院子便全都送给了中华剧艺社。前后五年，不仅没有收过一分钱的房租，而且还保证了他们的伙食供应，特别是逢年过节，都会弄些香烟、酒水、糖果等等招待他们。"

那天，站在焕然一新的国泰大戏院门口，望着车水马龙的广场和行人如织的街道，我迫不及待地问小秀："那幢房子还在吗？"

她苦笑着摇了摇头："城市改建，早已拆得没有一丝痕迹了……"

作为"50后"，她确实没有亲眼见到过这段历史。好在当年中华剧艺社的成员们留下了清晰的回忆：

——这是秦怡的文章：

> 1941年11月，我们搬到重庆国泰大戏院对面的一幢古旧的、两上两下的楼房里。前面是一个茶馆、中间有个长长的院子。我们住在厢房的楼上，楼下就是排练场……每天吃过早饭，我们不约而同地集中到前面的茶馆里，探讨剧本，分析人物，揣摩台词。

——这是张逸生的回忆：

茶馆内的茶桌从大门一直摆到进后院的二门洞里，我们便把二门洞的两张茶桌占了下来，泡上几杯茶，全天都有人守在那里。于是这里便成了我们的自修场地，也是我们的会客室，朋友们来聊天，来探访，我们都在二门洞接待。就连郭沫若、夏衍、于伶、老舍，还有许多关怀剧社的知名人士，也都成了这里的座上客。有趣的是，一时间它竟成了陪都的一家别开生面的文化沙龙了。

字里行间透露出了中华剧艺社同人的感激，也映衬出了杨钟岫一家人的欣慰。

那天中午，小秀和她的双胞胎姐姐坚持要请我和摄制组的人员吃饭。富丽堂皇的餐厅，琳琅满目的佳肴，让我忐忑不安："不行，不行，上一辈人已经吃足了你们杨家，到了我们这一辈岂能还继续吃你们杨家！"

颇有乃父之风的小秀没有正面回答我，只是讲了这样一个故事："我爸在世时告诉过我，中华剧艺社搬到城里后演出的第一个戏，就是你父亲写的《大地回春》。当时的轰动场面真叫一言难尽——过道上、椅子上全都挤满了观众，演员一遍又一遍地谢幕之后，还是不肯离场。他们高喊着口号，情绪非常激昂，争先恐后地表示要去前方抗战，要去捐钱捐物……"

我紧紧地握住她的手，我明白，这枚"军功章"里应该有杨家的一半。

刘盛亚

我没有见过刘盛亚，只知道他是父亲的好友，抗战时期同在四川省立剧校教书，是一位颇有名气的小说家。

他去世得很早，殁于20世纪50年代的那个特殊的历史时期。"文革"结束后，他的夫人魏德芳阿姨找到家里，希望父亲能给《刘盛亚文集》写篇序。那天，父亲铺开稿纸，一边流泪，一边挥笔，泪水打湿了他的衣袖。

父亲为什么如此的悲伤？直到我读完他写的这篇《哀盛亚》，才明白了其中的原因。

父亲告诉今天的读者——很多甚至连他的名字都不知道的读者：当年的中华剧艺社是如何的艰难竭蹶，前台主任沈硕甫，虽然身兼三职（同时还是群益出版社的经理和《中原》杂志的发行人），仍然是一贫如洗。为了剧团的演出，他是呕心沥血，每每为了一张"准演证"，他得使出浑身的解数。那天，为了父亲写的《翼王石达开》能够顺利上演，他又四处奔波，劳累了整整一天，最终因为心脏病发作，倒毙在了一条泥泞的小路上。他无儿无女，

竭尽全力为外省来的剧人们操办后事的刘盛亚，只留下了这一张照片

孑然一身；作为"下江人"，更是无亲无友，无法觅得一处安息之地。这时是刘盛亚胸脯一拍："就安葬在我家的祖坟里吧！"父亲写道："这是盛亚以四川人的主人身份为我们下江来的文化人营葬的第一个人。"是年夏，中华剧艺社因不堪国民党的迫害，转战成都，社长应云卫将其不足周岁的幼女留在了重庆，半年后这个小宝宝不幸夭折了，又是刘盛亚默默地将她安葬在了沈硕甫的墓旁。第二年的春天，中华剧艺社的著名导演贺孟斧亦因贫病交加，于重庆去世。远在成都的中艺人们鞭长莫及，这时又是刘盛亚一声不响地站了出来——他不是中艺人，却第三次以中艺主人的身份，操办了贺孟斧的全部后事。

父亲的泪水将字迹洇湿成一片，但我仍能辨认出来，他写道："如果没有盛亚，国民党反动派只会让他们暴骨荒郊了！……然而他自己——为异乡人在四川土地上埋葬忠骨的盛亚，却于那个颠倒的岁月里，被戴上莫须有的帽子，抛尸于荒野，抛尸于渺无人烟的流放之地！"

当年的刘盛亚曾留学于德国的法兰克福大学，且跻身于罗曼·罗兰与斯蒂芬·茨威格等反纳粹作家的行列，写下了诸多的反法西斯文学作品。在重庆期间，与著名剧作家吴祖光一道，被学界人士分别称作"南方神童"和"北方神童"。然而叫人难以相信的是，对于自己的这一善举，他居然没有留下片言只语。如今能够查找到的，只有报纸上再简单不过的几个字："贺孟斧遗体，定于1945年4月12日卜葬南岸砂锅窑。"唯有记者辛慕的报道稍许详尽些："上岸后，翻过几道山冈，到了砂锅窑，浮厝的墓穴还未挖好，暂时搭了席棚……"

杨泽平是原峨眉电影制片厂的副厂长，同样是为了怀念逝者，同样是为了感恩操办者，他亲自前往重庆南岸，作了一番实地考察。他认为该地根本没有"砂锅窑"，而应该是："贺孟斧的遗体棺木由作家刘盛亚安葬在重庆南岸海棠溪后坝瓦窑湾刘家祠堂侧"。

究竟哪一种说法正确呢？那天我和摄制组在重庆采访时，特地向重庆话剧院院长陈家昆询问了此事。他是重庆抗战戏剧博物馆的策展人，重庆的全部剧运史都装在了他的心里。然而他却痛苦地摇了摇头："没有了，如今什么都没有了。早在1958年大跃进期间，这类私人墓地和坟山就被平为了农田。而现在更是被房地产商人'改造'成了一片片的住宅小区。我只知道，包括我居住的那幢楼，其地基都是建造于刘家地产之上的，而那三座坟茔，应该就在我们的脚底下……"

他说不下去了，我看见他的眼角溢出了晶莹的泪水。

车　辐

1983年，父亲随中国文联代表团重访四川。抵达成都后，当地的同人热情地带领他们参观了当年中华剧艺社的住所和演出的场地。下午休息时，年近七旬的仍被父亲亲切地唤作"车娃子"的这位昔日老友，开始了他深情的叙旧和追忆——抗战时期车辐曾在《华西晚报》当外勤记者，而中华剧艺社转战成都，就是按照中共南方局的指示，打着为《华西晚报》筹募基金的旗号,做旅蓉公演。

"车娃子,走!带我去看看江村、施超和彭波的墓地……"父亲突然停止了交谈,推开椅子,霍地站起身来。

车辐似乎早已预料到了这一切,他嗫嚅再三,终于说出了实情:"没有了,全都没有了!'十年浩劫'中夷为了平地,墓碑也被盗走,至今无处寻觅……"

江村和施超都是当年大后方话剧舞台上的著名演员,连周恩来同志都不止一次地夸奖过他们的演技;而彭波则是中艺的一位勤勤恳恳的女职员,他们都是因为贫病交困而逝于异土他乡。

父亲为什么独独要找车辐带路?车辐同这三位下江的亡者又有什么关系?我很好奇,却又不知缘由——父亲的文章中从未提及过,而车辐自己也始终闭口不谈。

我见过车辐已不止一次了,他每次从成都来南京,都要跟父亲喝上两盅,微醺之后,便一遍又一遍地对我讲述当年的他是如

父亲去成都看望老友车辐(右),不知二人在说什么悄悄话

何跑到父亲的宿舍里偷吃的——"外勤采访回来,每每都过了吃饭的时间,食堂大门紧闭,只好四处去想办法。去的最多的就是你爸那里——你妈生肺病,你爸每天早上去菜场捡骨头回来熬汤,炉子就放在门口……长嫂如母,长嫂如母啊,他俩明明看见,却不说一句话!"

身为中华剧艺社秘书长的父亲,当年与剧社一道借宿在《华西晚报》的大院里。于是车辐与他,与剧社的同人便结为朋友,结为生死之交。作为一名记者,他写下了无数的有关中艺的报道,有关成都话剧运动的介绍。这一身份提醒了我,寻找他当年留下的文字,应该不是一件困难的事情。于是我找到了1944年的《华西晚报》和《新民报》,其中有他本人的记载,也有其他人的记录——

> 江村逝世后,我们赶到医院去看他,仅留下杂物一包,躺在太平间里脸孔蜡黄,胡髭满嘴,上齿微露,皮包骨头,如此境况,谁不难过落泪呢?……安葬的那天下着细雨,朋友们都冒雨前往医院为他举行了追悼仪式,参加者有顾而已、陈白尘、王东生,以及文艺界、中华剧艺社、《华西晚报》、《华西日报》的诸多友朋们。……坟筑好后,顾而已掏出手枪向着风雨凄凄的天空连放了两枪,以示哀悼和抗议。……墓地在外东包家桥南冲堰附近的山地,与中艺剧人彭波的葬地相连。

施超不幸于1944年10月26日逝世，终年三十岁。安葬那天，文学界、戏剧界上百人冒着绵绵秋雨送行。虽然没有仪仗、鼓乐、鞭炮，但气氛极其悲壮，实际上是对国民党反动派迫害摧残文化人的一次抗议和示威。墓地选在外东包家桥侧，与剧人江村比穴，地均友人车辐赙赠。

——真相终于大白了！车辐让父亲为他保守的秘密也被揭穿了！

很快，一位名叫刘传辉的记者，怀着相同的心情，直接敲开了车辐家的大门。车辐很尴尬，但最终还是彻底坦白了一切。他的表述是这样的：关于我捐赠墓地的事，我没有对任何人说过，我觉得不值一提。我当时还算有那样一个条件，有这么一小块地方，就算是我对文艺界外省朋友们应尽的一点友情吧！……彭波是最早去世的，和江村、施超一样，患的都是肺结核。中艺买不起墓地，只能葬入乱坟岗。我想到自己家在外东琉璃场李家大堰周围有半亩山地，是安葬我母亲的地方，一个叫符六兴的农民住在那里看坟。于是我便主动提出来，就让她安息在那里吧。……就这样，后来又陆续安葬了江村和施超。墓碑是我亲自找人刻制的——材料选的是红砂石，一公尺高，上面的字是郭沫若的手迹。

1990年，我借着去成都参加学术会议的机会，登门拜访了车辐先生。尚未待我坐稳，他一把拽起了我："走，带你去吃成都的各色小吃，告诉你当年你爸你妈最爱吃的点心。"

老人的热情把我撑得站不起身来，老人的兴奋让我始终无从置喙。他滔滔不绝地讲了许多的往事，唯独没有提起一句位于外东山地里的三人冢的故事。

徐世骐

徐世骐的故事我是从应大白口中得知的。大白兄五六岁时便被母亲带到重庆，他亲身经历了由他父亲应云卫担任社长的中华剧艺社从创建到结束的全部历程。

那是转战成都之后，中艺再度陷入经济危机之中。作为一个民营剧团——一个完全靠演出收入而生存的剧团，其掌门人所必备的，不仅是不屈不挠的勇气和精明周全的才干，更得具有保证全体人员不被"饿死"的本领。作为秘书长的父亲曾详细地总结了他们所遭受到的层层剥削与欺凌：第一是捐税——其娱乐捐、防空捐、印花税等等，几乎是票价的百分之百，而票价又有限制，因此，即使场场满座，其收入也不足以应付剧社的支出。第二是剧场——剧场老板是商人，唯利是图，卖钱的戏与你分成，不上座的戏则要你包场，遇到政治压力，干脆摆手"免谈"。第三是地痞流氓和军警特务的骚扰——他们只凭一身老虎皮或一张"派司"，便可直接出入剧场，无人敢阻拦……就这样，话剧艺术在大后方遭受着百般的摧残与蹂躏，而话剧工作者们也陷入了无穷无尽的困顿与艰涩之中。

我和摄制组在采访应大白时，他含着眼泪回忆起了那段往事："为了躲债，父亲大年三十不敢回家；因为还不起债，父亲不止一次地挨过打……他什么样的钱没有借过？国民党川康绥靖公署主任邓锡侯的副官他去找过，地方上的袍哥大爷他去见过，驴打滚的阎王债他也去碰过！其中的一种叫作'比期'——十天一付利息，而利息竟高达百分之三十，一个月下来，一块钱的本金，就是九毛钱的暴利！"

万般无奈之中，应云卫想起了在重庆时结识的一位朋友——徐世骐。

严格来说，他只是一名"粉丝"，一位戏迷，重庆舞台上的所有演出，他可谓场场不落，久而久之，也就和剧人们交上了朋友。一次，他听说中华剧艺社在排演吴祖光的《风雪夜归人》时缺少道具——旧式大家庭中喜庆节日时的必备陈设，于是二话不说，便从自己家中给搬了过来，而且分文不收。后来他又听说，导演贺孟斧需要一套京剧的锣鼓家什，以增强该剧的演出效果，如果外聘他人来伴奏，每人每场的酬金就得一千五百元，四人加起来足足六千元。囊中羞涩的应社长一筹莫展，这时又是徐世骐胸脯一拍："看我的！"他找来了三位朋友，请贺孟斧具体指导了一下，竟然也能上台了，而且从未出现过一点失误。至于报酬，他同样是分文未取，这可真叫雪中送炭啊！

徐世骐并非豪门之后，其本人只是一名银行的职员。后来他被调到成都分行工作，于是与濒临绝境的中艺再度相遇。大白兄的故事就是从这儿讲起的——

一天，应大社长实在没辙了，忽然想起了这位曾经慷慨解囊的朋友。于是他跑到银行，一脸愁云，却不知如何开口。徐世骐笑了："别忘了我是干什么的。"他眼珠一转，提出了这样一个解救燃眉之急的办法——让中艺在银行开一个户头，有钱时就存入上账，没钱时则开支票透支，等到缓解过来再进账填平；实在还不上空缺，就由他先设法垫付。就这样，徐世骐前前后后一共资助了十几笔透支款，如同及时雨般地为中艺解决了后顾之忧。

我听呆了，一个银行的职员究竟有多大的胆子敢做如此"违法"的事情？一个普普通通的"票友"究竟有多少家底敢冒这样巨大的风险？大白兄没有直接回答我，只是含泪又讲了一个令人感动的故事——

1945年春，中艺的台柱子——著名导演贺孟斧去世了，他的遗孀及两个未成年的孩子生活陷入困境。这时中艺的同人决定排演贺孟斧曾经执导过的《风雪夜归人》，一为纪念这位杰出的艺术家，二为救助其无依无靠的孤儿寡母。但是这笔毫无利益收入的庞大经费从何而来？应云卫首先想到了徐世骐，而他二话不说，默默地担任起了该剧的"演出者"，不仅四处奔波筹措经费，而且演出后将全部的收入赠予贺孟斧的家人……

我没有见过徐世骐，而且他留下的资料也很少，甚至同样找不到一张他的照片。在我看到的唯一一篇由他撰写的怀念应云卫的文章中，频频出现的是"崇敬"，是"尊重"，是"感激"，是对大后方戏剧工作者的钦佩和赞誉。

……

这些幕后人的名字还有许许多多，这些幕后人的故事还有千千万万。他们已经不为今天的年轻人所知晓，不被今天的"粉丝"所耳闻了。我想起了又一位仗义疏财的友人王少燕。作为四川本地人，他为背井离乡来到大后方的剧人们竭尽了地主之谊。

为了便于开展活动,他亲自组建了"成都演剧服务社",给大批的剧作家如阳翰笙、老舍、田汉、夏衍、陈白尘、宋之的、吴祖光等充当代理人,并为协助演出做了大量的组织工作。他更是将祖上的家产,慷慨地献给演剧事业,成了族人眼中的"败家子"。我询问过他的儿子王益鹏:少燕先生一共捐助过多少钱?他笑了:父亲怎么可能记下这一笔笔的账呢,他根本就没有想到要归还。

这就是下江人永远不能忘记的巴山蜀水间的友人,这就是中国抗战话剧史上永远不能空缺的篇章!没有他们,就没有中华剧艺社;没有他们,就没有中国话剧的黄金时代!

2021年1月,为参加重庆的纪念活动而写

1943年中华剧艺社为叶圣陶先生祝寿(前排左四),三位记者都到场了:王少燕(二排左一),车辐(二排右一),杨钟岫(后排左三)

《华西晚报》的故人故事

父亲是1994年夏初之时去世的。第二年春节,江苏省委统战部的领导来家中看望母亲,送上了一笔于当时来说相当不菲的慰问金。母亲一脸诧异,不住地摆手道:"你们搞错了,陈白尘不是统战对象,他是中共党员,1932年就参加了地下组织……"对方也愣住了,相互望了望,有些窘迫地说道:"既然来了,就收下吧!"于是乎,父亲莫名其妙地又多了一重"统战对象"的身份。

其实,统战部的人并没有搞错,父亲除了身为中共党员外,的确还参加过中国民主同盟,并且担任过民盟江苏省委常委,亦因此而当选为江苏省政协常委和全国政协委员。

那是1944年9月,经黎澍和田一平的介绍,父亲于成都加入了中国民主同盟。并于之后的一天,在他们二位的带领下,来到了民盟主席张澜先生的家里,父亲不仅受到亲切的接见,还亲耳聆听了这位德高望重的老前辈的教诲。

为什么是1944年9月?我翻阅了一下史料,方知就在这个时候,成立于1941年的"中国民主政团同盟"在重庆召开全国代表会议，将名称改为"中国民主同盟"，并且由团体会员制改为个人申请参加。同年10月，中国民主同盟发表了《对抗战最后阶段的政治主张》，响应中国共产党提出的建立民主联合政府的号召。无疑，父亲之所以在这一重要时刻被发展为盟员，就是为了加强民主同盟的力量。此时的民盟内部比较复杂，尚处于"三党三派"的联合状态，而其中的中国青年党，明显地倾向于国民党的主张。果然没过多久，新盟员陈白尘的作用便发挥出来了——在一次与青年党竞选代表的大会上，他的选票遥遥领先，狠狠地击败了妄图倒行逆施的对方，大获全胜。

黎澍和田一平又是怎么同父亲相识并成为挚交的？这要从成都的《华西晚报》说起了。父亲生前写过一篇文章《记〈华西晚报〉的副刊》——他曾担任过其副刊《艺坛》的主编。他在文章中这样写道："在编晚报的这两年中，虽然是个'客卿'，却是我一生中工作得最为愉快的时期。""客卿"者，是因为他遵照中共南方局的指示，率领着因为深受国民党的迫害而无法在重庆继续战斗下去的中华剧艺社，前往成都开辟新的战场，从而借住在了华西晚报编辑部的院子里；至于

《华西晚报》负责人田一平

"愉快",则是他作为民盟盟员,以一个崭新的身份开始了一段陌生而又颇具挑战性的生活。

这张报纸,我去北京图书馆查找过。不大,仅仅四开,且纸张粗糙,印刷低劣,时隔半个多世纪,许多的字已辨认不清了。然而,正如父亲所说:"它的存在,是个奇迹。"——它公开打出的是中国民主同盟的旗号,但发行人却是一位四川军人,而实际领导它的却是中共地下党组织,包括杨伯恺、黎澍、田一平、陈子涛和李次平等人。

"晚报很穷,工资是发不出的,只能供你食宿……"那天,报社的主笔杨伯恺敲开父亲的房门,竟以这样的方式提出了邀请,"怎么样?一起来干吧!"

"要得!要得!"父亲模仿着四川话,一口答应了下来,他明白这是杨伯恺借着民盟组织的旗号向他伸出了真诚而信任的双手。

其实,从父亲这方面来说,还有着一个鲜为人知的秘密——就在中华剧艺社抵达成都后不久,中华全国文艺界抗敌协会成都分会进行换届改选,父亲和李劼人、叶圣陶等人当选为新的理事。分会本来有一个机关刊物,名叫《笔阵》,可惜停刊已久,大家正在发愁缺少一个自己的阵地。《艺坛》的发刊,正好接替了《笔阵》的作用,父亲暗暗发誓,一定要让它成为成都文艺界的喉舌!

短短几个月的努力,《华西晚报》便于成都人民心中扎下了根,它被广大读者称作是"民主堡垒""文坛中心"。1945年郭沫若特地为它题诗一首:"五年振笔争民主,人识华西有烛龙。今日九阴犹惨淡,相期努力破鸿蒙。"

烛龙,说的是《山海经》和屈原《天问》中所写到的那条衔烛照明的飞龙,郭沫若用它来喻"华晚",足可见其在华西一带所发挥的报晓与引路的作用了。不说别的,单来看看副刊《艺坛》的那张撰稿人的名单吧:郭沫若、茅盾、叶圣陶、李劼人、夏衍、臧克家、沙汀、艾芜、吴祖光、丁聪、罗念生、马宗融……真可谓汇聚了大后方的各路精英!

《华西晚报》每天四版,仅副刊《艺坛》就占了两版,再加上杨伯恺同时委派给父亲的《华西日服》的《文艺周刊》,每个月大约需要二十万字的稿子。他累,但累得开心;他忙,但忙得愉快。

车辐是《华西晚报》的外勤记者,他不止一次地告诉过我:"外勤采访回来,每每都过了饭点,食堂早已关门,只好四处去游荡。去的最多的就是你父母那里——你妈生肺病,你爸每天早上去菜场捡些骨头回来熬汤,炉子就放在门口……"其实,经常过来"偷食"的又何止车辐一人。母亲对我说过:"他们都还是'娃子',个个都在长身体。我和你爸装作没看见,让他们去喝吧!"多么温馨的场面,虽苦犹甜;多么柔暖的情谊,虽困犹乐!

然而,这平静的日子很快便被打破了。国民党的统治是反动的,但它并不昏庸,针对着这样一张让它周身不得舒畅的报纸,自然是时时刻刻准备着下手了。——那是1945年的春天,由于《华晚》在第四版上刊登了一篇披露四川大学某附属夜校的真实内幕的文章——它竟然是一个培养县一级党棍子的特务培训班，结果捅了马蜂窝！身为国民党四川省党部主任的该校校长黄季陆恼羞成怒。4月17日这天，他鼓动了好几十个夜校的"学生"，分头跑到"华晚"设在梓橦桥的营业部和五世同堂街的编辑部进行捣乱，企图绑架第四版的责任编辑李次平。由于排字房工人们的奋力保护，他们没能得逞。第二天，他们闹得更凶了，竟然纠合了三百余人跑到大街上散发传单，随即又呼啸着向编辑部冲来。

报社的负责人田一平见状不妙，立即带领着住在五世同堂街后院的人们，包括中华剧艺社的成员，紧急疏散。就在大家一个个弓着身子穿越篱笆墙时，父亲一眼瞥见了年仅二十五岁的陈子涛——此时的他，接替黎澍负责第一版的编辑工作——正独身一人守候在通往前院的小门旁，这也是特务们一旦闯入后院时的必经之路。

"子涛，你怎么还不走？"父亲急得大声呼叫。

1948年牺牲于南京雨花台的陈子涛烈士墓

"我就来!"他回过头来微微一笑,没有丝毫的慌张。

直到后来,父亲才明白——

陈子涛同志,这个英勇无畏的战士,却单独留在报社不肯离去。正由于他的勇敢和机智,将敌人引向了刻字房,虽然遭到殴打,却保护下了铅字房和印刷机,让那群笨蛋特务只捣毁了编辑部的桌椅和墨水瓶及一间木刻字的字架。这样《华西晚报》才得以继续出版,而晚报才有了一个向社会控诉的地方。

1949年牺牲于成都十二桥的杨伯恺烈士

这是父亲晚年的回忆,他写道:"也许是那个通向前院的门框太低了吧,子涛的身影在我记忆中愈久愈高大起来了。"

至于李次平,父亲说:"也是在这场暴乱中,我才认识了李次平同志和他编的第四版的那个没有刊名的副刊。"

"当天晚上,晚报同人开了一个会。在会上,李次平同志那慷慨激昂、声泪俱下、决心与国民党反动派拼死一战的发言,才洗净了我对他那手捧水烟袋整天听唱片的虚假印象,也纠正了我对第四版那种'礼拜六派'印象的偏颇。"

其实,川大夜校内幕的披露只是一个导火线,国民党政府对《华晚》的憎恨,更主要的还是因为它发表了由上百人签名的《成都文化界对时局献言》。那是4月11日的事情,为了响应重庆地区由郭沫若、茅盾、夏衍等数百人发起的要求民主的签名运动——于《新华日报》上发表了被称为"民主宣言"的《成都文化界对时局献言》，昆明、成都等地的文艺界也都步调一致地紧跟而上。就在那篇《献言》中，成都的文化志士极力呼吁民主，要求废除一党专制和个人独裁，为此它深深地刺痛了当权者的心。父亲晚年时，曾不止一次地讲述过，他们是如何悄悄地敲响了一家家的房门，然后又是如何兴高采烈地捧着墨迹未干的签名回到编辑部。

《华西晚报》总编辑李次平，摄于1942年

《华西晚报》被捣毁之后，成都各界，特别是文化界和各大中学校的学生会纷纷给予了声援与慰问，就连那批特务学生所在的四川大学的学生会也发表了声明，严厉谴责这一法西斯暴行，否认他们是本校的学生。国民党下不了台，只好让成都的《中央日报》和《新民报》晚刊的负责人以"同行"的身份出面调停。田一平觉得目的已经达到，便宣布《华西晚报》复刊，并且准备借着"华晚"创刊五周年的日子，于春熙路青年会的露天广场召开一个群众大会。

那天，父亲不顾一切地跳上台去，向与会者愤怒地报告了事件的全部经过。就在这时，他瞥见会场中混杂着一些鬼鬼祟祟的身影，怒不可遏的他，高举起手臂，一个一个地指点起来："你！你！……还有你！别躲了，别藏了，那天来捣毁报社的就是你们这帮家伙！"

最后大会是怎么结束的？据说是秦怡、苏绘、李天济等一批中华剧艺社的同人一起跳上台去，将父亲紧紧地从背后围住，用自己的身躯捍卫着他的安全。这是我从父亲在"文革"中写下的日记里看到的——为了给秦怡写一份证明她政治立场的外调材料，他想起了这些昔日战友们的壮举。再往后，也就是从这一天起，父亲的身后多了一位"义务随从"，而且是忠心耿耿，没有一天"缺勤"。

这年8月，终于等来了抗战胜利的消息。然而，这一胜利给父亲带来的不是阳光，仍是黑暗——盯梢越来越紧，乃至不能出家门一步。再后来，又从重庆方面传来了谣言，一会儿说陈白尘已经被捕，一会儿又说陈白尘是中共江苏省委的重要头目……就连负责领导大后方文化运动的阳翰笙也沉不住气了，连连向成都发来电报，急切询问"确否"。

这时，是田一平向父亲伸出了援助之手，他悄悄地将父亲藏匿了起来——他的祖上是大地主，既有田产，又有宅院；于是他家的那幢"觉庐"，便成了父亲的藏身之地。前后二十余天，父母二人就这样被囿于其中，真正尝到了"准囚室"的滋味。

然而，这段生活在母亲的口中，却并不黯淡，而是充满了异样的色彩。她告诉我，父亲的那部著名的讽刺喜剧《升官图》就诞生于此间！——一天三千字，直接交给《华西晚报》的副刊《艺坛》连载，不为别的，就为它曾经被国民党特务捣毁过，就为它如今又被陈子涛接了过去，继续发挥着"烛龙"的作用！

没钱买钢笔，母亲就用毛笔为父亲抄写。每天的傍晚是他俩最轻松与最惬意的时候——这时《华西晚报》的排字工人前来取稿，"作业"就放在案头上。二人静静地坐在椅子上等候。脚步声由远而近地来了，然后又由近而远地走了……母亲站起身来活动一下手臂，父亲则燃起一支烟卷，在袅袅的烟雾中，又开始了下一幕的构思……

好景不长，特务们终于发现了这个地方。一天，一位不速之客突然冲了进来，慌忙之中父亲只来得及将写了一半的稿纸揣进怀里，转身躲到阁楼上。"陈先生真的不在家吗？"他望着母亲狡黠地笑着。这时砚台中的墨刚刚研好，而烟缸中的烟蒂还在冒烟……

《升官图》在中国话剧史上被专家们称作是确立了政治讽刺喜剧在中国现代戏剧史上的重要地位。然而，父亲念念不忘的却是如同催生剂般助它诞生的一篇稿件——

约莫在日本投降之际，有位作者写了十几首竹枝词，发表在《华西晚报》第四版上，内容是揭露国民党统治下四川某个县的一群贪官污吏的罪行。其中列述了县长和各位局长的升官发财之道，可谓淋漓尽致，不啻为国民党统治下的《官场现形记》。"这引起我很大的兴趣，我正是以这十几首竹枝词所提供的素材为基础，构思了讽刺喜剧《升官图》。饮水思源，我得感谢这位作者和李次平同志所编的第四版。"

《升官图》的最后三千字，完成于1945年的10月30日。不久父亲便挟着这份"礼物"——这是他的原话——告别了成都，告别了《华西晚报》，返回重庆"归队报到"去了。他离开那座抗战文学的大本营已经三载了，而且中华剧艺社的同仁们也早就先于他返回了山城，他要去追赶他们……

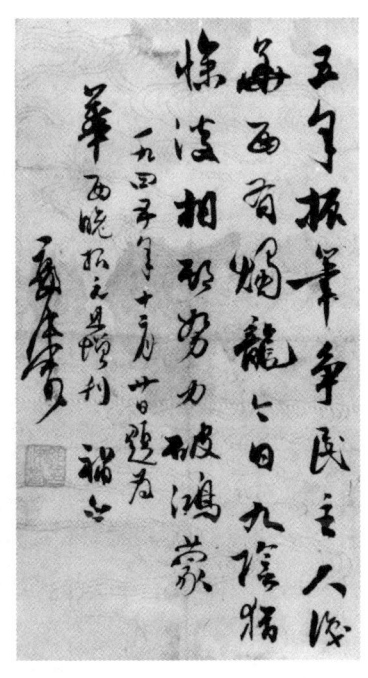

郭沫若手迹

这，就是父亲与《华西晚报》的故事；

这，就是父亲与民主同盟的往事。

——他忘不掉，永远也忘不掉，那些曾经与他并肩作战的挚友！……1949年的12月，成都解放前夕，杨伯恺被国民党反动派杀害于城外的十二桥，他在父亲的心中，永远是"恂恂长者"，"慈祥而又严峻，亲切而又刚直"。1948年的12月，陈子涛牺牲于南京雨花台下，他是被活埋的，是为了编辑和发行进步刊物《文萃》而壮烈献身的，"他让我看到了一个共产党员的献身精神!"……他们都是《华西晚报》中志同道合的战友,他们都是民盟大旗下铁骨铮铮的勇士。

父亲为此而一直保留着民盟的盟籍——为了那段同舟共济的岁月,为了那段可歌可泣的历史。

2021年10月为江苏省政协《钟山风雨》杂志而作

2022年9月重新修改于南京

镜头背后的故事

由南京电影制片厂制作的三集人物传记片《戏剧大师陈白尘》终于杀青了。不知为何，藏匿在镜头背后的故事竟不亚于播出的影片情节，令我久久难忘。那些早已进入耄耋之年的"影二代"们，面对着摄影机深情地讲述着他们从父辈那里听来的抑或是自己亲身经历的种种往事，无一不是珍贵的史料，无一不是让人泪目的传世独闻，但是因与本片内容无关或是其他的原因，被忍痛割舍掉了……

一

那天的采访是在位于北京郊区的吴欢家中，也已进入花甲之年的他正在详细地讲述他的父亲吴祖光与陈白尘的一段往事。就在这时，一个电话打了进来，吴欢将手机递给了我。对方的声音很陌生，他自我介绍说，他是张乐平先生的儿子张慰军，从上海来北京出差，有一件藏在心底多年的秘密必须向我公开。"如果没有时间，我专程去南京找你们……"口气是那样的恳切，那样的真诚。

我们将对他的采访安插在了次日的中午，利用的是在现代文学馆拍片的间隙。没有客套，直奔主题："电影《三毛流浪记》的编剧，实际上还有陈白尘先生！"面对着镜头，他激动了起来。——1949年的春天，阳翰笙因身份暴露转移香港，陈白尘便接替他写出了第二稿；不久陈白尘也遭到通缉，李天济又将这一剧本接了过去。但是电影公映后，编剧一栏只有阳翰笙一个人的名字……

说实在的，身为陈白尘的女儿，我从未听父亲提起过，只是知道上海解放前夕因为身份暴露，他化名杜大年，隐藏在施高塔路一位朋友的家中。张慰军怕我不相信，又告诉我当年三毛的扮演者王龙基的联系方式，因为王龙基亲口问过李天济，而李天济的回答是——"陈白尘这么大的作家都不署名，我作为学生辈又怎好意思呢？"这的确是个"秘密"，电影史上无人知晓的"秘密"。我被这个秘密感动了，更被上一代人的无私精神感动了。

一个星期之后，我随同摄制组赶到上海，见到了满头白发的王龙基。他的工作室里摆放的全是与"三毛"有关的东西——雕像、照片、题字、徽章……面对镜头，他的第一句话就是："没有那些前辈们的无私奉献，也就没有电影《三毛流浪记》！"那天，年近八旬的他反反复复强调的是这样一个词——"众星捧月"。他说，这些"星"里，除了三位著名的编剧外，还有数不清的表演大师：赵丹、黄宗英、上官云珠、吴茵、孙道临、刁光覃、朱琳……作为群众演员，不仅在片尾的字幕上找不到他们的名字，而且在一晃而过的镜头中也看不清他们的面容。他们捧的是谁？是我这个年仅九岁的小孩子，是张乐平笔下的那个只有三根毛的流浪儿！

王龙基拉开抽屉，取出了一本刚刚出版的由他编辑的电影连环画《三毛流浪记》。他指着封底的演职员表对我说："我终于等到了这个机会，将所有的为这部片子做出过贡献的大师们的名字都写上去了……"他的眼里闪动着泪花，"近年来，我接受的采访很多很多，但是始终有一个遗憾，没能把最想讲的东西讲出来——这就是这些不计名利的前辈们的精神，他们的可敬和可爱。而这些，正是当今我们文艺队伍中最为缺乏的东西。"

他翻开了连环画中的一页——一个小男孩正在踢足球，镜头很远，只有一个模糊的身影。"这是导演严恭的儿子，作为父亲，他完全可以给他一个大特写，哪怕是个近景，可是没有……"他又翻到下一页——一位中年男子正在弹钢琴，同样只有一个低着头的侧影。"这是我的父亲王云阶，他在音乐界也是位知名的作曲家了，《三毛流浪记》的音乐就是他给配的，可是在电影中同样没有正面的镜头……"

摄影师不知何时已经悄悄地关闭了机子，因为这些内容与我们的片子没有太多的关系。然而导演还在继续追问："你说过，那

电影《三毛流浪记》中的王龙基

些大师们从未领取过一分钱的报酬,那么作为主角——男一号,你不会也……"王龙基打断他的话:"我确实拿到了一笔酬金,父亲用它给我买了一双皮鞋,剩下的全都交给地下党了。可是那双皮鞋我根本没穿,因为戏中的三毛整天光着脚丫子,几个月下来,我也不习惯穿鞋子了!"

……静静的,周围没有一点声响。似乎是在等待着王龙基继续讲下去,又似乎是再也不需要询问任何问题了。房间的墙壁上悬挂着王云阶为儿子题写的一幅字:"不骄 不躁 谨慎 谦虚 艰苦奋斗"。我站起身来默默地注视着它,眼睛却被涌上来的泪水遮挡住,看不清了……

二

《三毛流浪记》是由上海昆仑影业公司拍摄的,这个公司的背景,我曾听父亲讲起过——

1947年夏,随着人民解放军战略大反攻的开始,上海地下党经周恩来同志批准,对现有的文艺队伍做出了新的部署与安排:大批进步的戏剧工作者们有组织地转入电影战线,将其作战的阵地由舞台转向银幕。7月,由地下党直接掌握的电影工作基地——上海昆仑影业公司成立了。在短短的两年时间内,拍摄出了《八千里路云和月》《一江春水向东流》《万家灯火》《关不住的春光》《丽人行》《希望在人间》《三毛流浪记》和《乌鸦与麻雀》等一系列名垂青史的优秀影片。阳翰笙与陈白尘被任命为编导委员会的正、副主任,挑起了领导影片制作的重担;次年阳翰

当年的昆仑影业公司办公楼

笙离开上海,陈白尘接替他出任主任一职。

那天去采访徐伟杰,是王龙基带的路。他俩既是发小,又是"同道"——都是昆仑影业公司的儿童演员;特别是徐伟杰参加过《乌鸦与麻雀》的拍摄,虽说当时的他只有九岁,却已经记事了。他的父亲徐韬则是《乌鸦与麻雀》的副导演,生前为他讲述过不少有关这段历史的背景。

"父亲告诉过我,当时的国民政府里有一个新闻检察署,所有的剧本必须要经过他们的审查——允许你拍,你才可以拍;不允许你拍,你是不可能开机的。"徐伟杰住在位于上海浦东的一家养老院里,那天的讲述就是在接待室中进行的。"……《乌鸦与麻雀》这个本子,刚一送过去就给枪毙了。今天你们在电影资料馆里看到的海报,上头不是有一个红色的××吗?就是表明当时没有被通过。怎么办？大家集思广益想出了一个点子：让编剧陈白尘另外写一个本子，专门送给新闻检察署看的本子，并且告诉他们说，已经按照你们的要求修改过了。就这样，蒙混过了关，顺利地拿到了准拍证。"

我笑了："真是一出现代版的《狸猫换太子》！"我向他拱了拱手："这段插曲，我可从来没听父亲讲起过。"是因为不值一提，还是因为早已忘记了？他只是在回忆录里写下这样一段话："当淮海战役的伟大胜利鼓舞着全国人民的时候，留在昆仑影业公司里的一些同志们便兴起了一个愿望：作为蒋家王朝崩溃的目击者，应该记下它的最后罪恶史，并以之迎接解放。"

作为编剧——真假两个本子的编剧，父亲的任务算是完成了。接下来发生在摄影棚内的诸多事情，他便是一无所知了。

——那是一天的上午，突然开来两辆卡车，一群不明身份的人手持木棍冲了进来，将已经搭好的几堂布景砸了个稀巴烂。"我听父亲讲，他们早就预料到会有这一天了……"徐伟杰喝了一口水，不紧不慢地接着讲下去，"那是开机后不到一个月，新闻检察署似乎嗅到了什么，于是由上海警备司令部出面，将一纸'着即停拍'的布告贴在了昆仑影业公司的大门上。理由是：'鼓动风潮，扰乱治安，破坏政府威信，违反戡乱法令。'……那两辆卡车就是第二天开来的，这叫作'先礼后兵'。面对着飞舞的木棍和狼藉一片的现场，摄制组没有一个人吭声，他们早已将剧本藏得严严实实了——就在那高高的灯光架子的上边，谁也想不到的地方！他们坚信：只要剧本在，就有办法将它拍摄出来。"

"布景都砸烂了,接下去怎么拍呢?"这些情节虽然已经远远超出了《戏剧大师陈白尘》的内容,但我非常想知道。

"之后摄制组转移到了哪里,你就更猜想不到了——竟然一股脑儿地搬进了老昆仑的那幢小楼里!"徐伟杰笑了,笑得像个孩子一样。——老昆仑有一个院子,院子里有一幢中西合璧的三层小楼,小楼前面是两排厢房。它原来的主人是天主教的一个神父,昆仑成立后,便将这个院子连带旁边的一片荒地全部买了下来。在徐伟杰的记忆中,化妆间、服装间、道具间都在左边的那排厢房里,右边则是办公室。至于主楼,当时是一批主创人员的住宅,史东山一家,吴茵一家,还有徐韬全家等等,都住在里面。这幢房子太有名啦,《万家灯火》和《一江春水向东流》里的不少场景都是在此地拍摄的。需要谁家的房子了,谁就腾出来,没有一句怨言。

徐伟杰在《乌鸦与麻雀》中扮演赵丹的儿子,他清楚地记得,晒台上他们几个孩子和魏鹤龄演的那个老报人的两场戏,还有厨房中房客们团结起来跟二房东即国民党官员侯义伯的那场斗争,就是在这幢房子里实地拍摄的。至于黄宗英演的那个姨太太的家,孙道临演的那个中学老师的家,还有赵丹和吴茵演的那对小商贩的家,最初是在摄影棚里搭的布景,棚子被砸烂后也都搬到了小楼里,按照原先的设计重新布置,继续拍摄。

"那……"我忍不住追问了,"你们,包括小楼中原来的住户都搬到哪里去了?"徐伟杰笑了,轻轻地一语带过:"全都搬到摄影棚里去了。"——那是一个什么样的场景哟?徐伟杰连比带画地告诉我：所有的住户，所有的演员，再加上灯光、道具、服装、音响等等剧组人员，全都在摄影棚中打地铺，不分彼此，不分老幼，过着患难与共的集体生活。从外面看，摄影棚的大门一天到晚紧闭着，人们都以为是厂子倒闭了，有谁知道里面竟然另有一番神秘的天地。

《乌鸦与麻雀》终于拍摄完成了，上映后它不仅轰动了新中国的电影市场，而且还惊动了中南海的最高领导。

八十二岁高龄的赵青，在家中接受我们的采访，那天她刚刚晨练回来，一身大汗，但是一听说要她来谈谈这段历史，便一口回答道："作为赵丹的女儿，当仁不让。"她说："那是1955年文化部评选优秀影片，当时被授予一等奖的，都是像《白毛女》《钢铁战士》一类反映工农兵题材的影片，为此周恩来总理站出来讲话了。他说：为什么《乌鸦与麻雀》不能获一等奖呢？为什么看不到国统区的电影工作者是在什么条件下工作的呢？——他反复强调的就是这一点。他说，他们在国民党反动派白色恐怖的高压下，拍摄出了揭露蒋家王朝末日的影片，我认为完全应该授予一等奖！……后来父亲给我和弟弟写了一封信，说是见到了毛主席，毛主席告诉他，《乌鸦与麻雀》评奖一事，是周恩来同志亲自给政治局打的报告，政治局全票通过，这才重新授予了《乌鸦与麻雀》一等奖。"

……这两枚奖章我都看见过，一直珍藏在父亲书桌的抽屉中——一枚银质的，这是最初颁发的；一枚金质的，这是后来补发的。上面铸的是工农兵的代表形象——也就是20世纪五六十年代的电影片头中出现的那座昂首挺胸的不朽雕像。父亲生前并没有讲得这么具体，只是在遗嘱中托付母亲将它捐给现代文学馆。那天我们去馆里补拍了这个镜头，六十多年过去了，它们依然闪闪发光、熠熠生辉。

三

在北京，在上海；在赵青家，在徐伟杰家和郑大里家，他们均异口同声地告诉我这样一件事情：20世纪70年代，意大利著名导演安东尼奥尼第一次访问中国，当他看了《乌鸦与麻雀》，看了《三毛流浪记》，看了昆仑影业公司拍摄的一系列影片后，大吃一惊。他说，他本以为意大利的电影《罗马十一点钟》《偷自行车的人》《警察与小偷》等等，是欧洲新现实主义的鼻祖，万万没有想到，中国于40年代就已经有了新现实主义的电影，

电影《乌鸦与麻雀》中的赵丹与吴茵

远远地走在了他们的前面。

郑大里是郑君里的儿子，郑君里是《乌鸦与麻雀》的导演。那天，刚从美国讲学回来的他，捧出了一册又一册由他完整保存下来的郑君里的导演手记。我惊讶于它们是怎样躲过"文革"抄家噩运的。郑大里得意地笑了："我将它藏在了《毛泽东选集》的后面！书橱的玻璃门上贴着领袖的画像，若要打开橱门，必须先得撕破它，再凶的造反派也没有这个胆子啊！"

郑君里的导演艺术，赵丹等人的表演水平，新现实主义的种种特点，都不是《戏剧大师陈白尘》一片中所要表述的，然而对于这镜头之外的故事，我却饶有兴趣地听了下去。

出生于1936年的赵青，毕竟要年长一些，能够详细地讲述出她的父亲赵丹是怎样将《乌鸦与麻雀》中的萧老板演得如此活灵活现的。"我父亲是有名的大帅哥，潇洒，英俊。但是在片子里，眉毛倒挂着，眼角下垂着，浑身上下邋里邋遢，远远不是我们眼中的美男子了。我不理解，更不喜欢，甚至非常讨厌这个角色。但他却整天有滋有味地揣摩着这个人物，他对我说，这是个被欺凌、被压榨到最底层的小市民，既可怜又可鄙，既可笑又可悲，化妆师仅仅给了我一个外表，我要将他内心深处的东西表现出来。"

赵青告诉我，当年他们家住在徐家汇，那是一个贫民区，乌七八糟，混乱不堪。一大早，倒马桶的，洗尿布的，打孩子的，骂老婆的，什么声音都有。而他的父亲则开始在弄堂中穿梭，去寻找剧中人物的感觉。有户人家，门口放着许多玻璃瓶，大大小小,五颜六色,吹嘘说是他研制出来的化学剂品。赵丹忽然来了灵感:这不正是我演的那个角色吗?整天想的就是发财,就是当上二房东。赵青清楚地记得,一次父亲带她去片场,拍摄的正是萧老板在做黄粱美梦的那场戏:赵丹躺在藤椅上,一边喝着老酒,吃着花生米,一边盘算着如何去轧金子。结果正当他大腿一拍,高喊着"发财了,老子发财了"时,藤椅哗啦一声垮掉了,他被摔了个四脚朝天。

如今也成为影视导演的徐伟杰,对赵丹扮演的这个角色赞不绝口,甚至认为远远超过了后来塑造的林则徐和聂耳。对于这个镜头,他更是称之为经典,拍摄过程中的每个细节他都是如数家珍:那天,就这一个镜头,拍了一遍又一遍。赵丹总是不满意,总是觉得那张藤椅不听指挥,不是在他想要垮的时候垮掉。他让道具师想办法,道具师一筹莫展。还是郑君里聪明,他找来一根绳子,拴在了椅子腿上,等到赵丹一说"老子发财了"——这是个暗号,便用劲一拉,椅子哗啦一声垮掉了。"当时我们都是孩子,觉得又好玩又好笑。现在才明白,这就是演戏啊,这就是艺术家在找感觉啊。这个感觉不到位,是比死还要难受的。"

我忍不住发问了:"听说当时胶片非常紧张,郑君里会同意反复拍摄吗?"

徐伟杰回答说,胶片之所以紧张,是因为中国不生产,完全靠进口,而且要用金条去购买。如果一个镜头拍上十遍八遍,那是无论如何也赔不起的。为此开机之前,一定要反复排练,包括录音,包括灯光,甚至是轨道车的推移,必须配合得天衣无缝,导演才敢喊"开麦啦"。——"只有赵丹，他是不管的，这个镜头没拍好，就必须重拍。而郑君里也唯独对他最宽容，比如说，他不允许任何人迟到，但是赵丹晚来一两个小时，他都不会去呵斥，最多问一句：阿丹你怎么来晚了？对方的回答往往是：'啊呀，这段戏我琢磨来琢磨去，还是没有底，得跟你再商量商量。'"讲到这里，徐伟杰感慨万端，"他们这辈人的认真与执着，现在已经无人能够企及了。"

谈到昆仑拍的这几部片子，在哥伦比亚大学担任客座教授的郑大里感叹道："你去和同一时期的欧洲及美国的电影比一比，除了技术上，比如灯光啊，洗印啊，受到条件的限制，过于简陋了些，在艺术水准上却丝毫不输于他们！"

作为过来人，徐伟杰的感慨就更加具体了——"好莱坞有的，我们都没有！"他连比带画地描述道：竹篱笆外头用烂泥一抹，顶上用油布一盖，就是我们的摄影棚了。同期录音怎么办？外边有叫卖的声音，有汽车的声音，特别是夏天，还有知了噪耳的聒叫。郑君里这边一声喊"预备"，并不是机器和演员预备了，而是剧务们一起跑出棚去，有的手持长竹竿对着树枝一个劲地敲打，将知了赶跑了；有的跑到巷口央求小贩，"师傅，对不起啊……"然后再将两头一堵，不准行人和车辆通行。一切就绪后，派个人回来跟导演汇报，郑君里这才叫"开麦啦"，然后摄影机开动，录音机开动，拍摄正式开始……

王龙基怕我想象不出当年的贫穷与简陋，他告诉我，他之所以被《三毛流浪记》的导演选中，就是因为那天他正在那个用烂泥糊成的篱笆棚子外边打弹子,两个大孩子输了不认账,他竟然用拳头制服了他们。"旁边是一片荒地,如同乡下一般,少不更事的我们每天来这里疯跑玩耍……"

"穷则思变!"参加过《万家灯火》拍摄的徐伟杰,详细地讲述起其中的一场戏——蓝马饰演的那个角色坐在车厢里,轰隆隆,轰隆隆,火车在向前行驶……"你以为是在火车上拍的吗?一节车厢,你能包得起!再说灯光怎么打?没有电瓶,也没有电源。——告诉你,那是在摄影棚里搭的一个布景,演员的脚下是一块木板,三个角固定住,第四个角是空的,一个人站在上头,不住地颠,便造成了火车在行驶的感觉。窗外的景色怎么办?做一个大的转盘,把那些树啊房子啊画在那个转盘上,拍的时候,一个人推着那个转盘在外头跑,于是树啊房子啊就往后面倒,一点也不穿帮。"

……

离开上海的前一天我们来到徐家汇,寻找昆仑影业公司的旧址。——知了们曾经歇息的大树找不到了,小贩们曾经叫卖的巷子没有了踪影,王龙基打败对手的那片荒地更是荡然无存……代替它们的是高大而华丽的上海电影博物馆,院子当中则是那座堪称经典的工农兵群像的雕塑。

我默默地注视着,静静地观望着,我希望在这座博物馆里能够寻找到这些镜头背后的故事,能够亲眼看到这些故事背后的汗水与泪水……

2019年3月完稿于南京

追求历史的真实
——历史剧《大风歌》的诞生

历史剧的灵魂究竟是什么？20世纪80年代，国内掀起了一场有关"正统史剧观"的讨论。持不同意见者认为：从中国和外国的诸多古典戏剧来看，剧作家应该"只对艺术负责，不对历史负责"；而史剧的灵魂也不应是"历史的真实"，而应是"当代的真实"。为此，父亲陈白尘等老一辈剧作家们所持的"正统"的史剧观遭到了质疑，作为一个以反映"历史真实"为创作目标的重要流派，以及由他们所开创的那个时代也不得不宣告结束。

父亲对于历史剧的钟情与偏爱，贯穿了他的一生。他说过这样的话："我不同意那种不能描写现实才去描写历史的说法，因为这等于否认有历史剧作的存在。"

那么，如何去写历史剧呢？针对读者的提问，他的回答是：首先要忠实于历史的真实——"没有历史的真实，也就没有艺术的真实；失去艺术真实的历史剧，也就无从起到以古鉴今的作用。"1977年他在创作《大风歌》时，甚至在剧本的标题之下，写下了这样两行字："本剧根据汉代伟大历史家司马迁所著《史记》，并参考班固所著《汉书》有关篇章编撰。"但与此同时他也强调：从来没有一个作家是为历史而历史的，总有一个思想在指导——"我为什么要写《大风歌》？就是因为中国出现了'四人帮'。'四人帮'被打倒后，积压十年的悲愤和痛苦驱使着我，对'四人帮'所怀的怒与恨驱使着我，我情不自禁地要写点什么，真是骨鲠在喉，不吐不快。"

这就是父亲的史剧观。南京大学教授董健将其概括为："历史真实、艺术真实和现实倾向性的统一。"——无疑，这就是他数十年来的苦苦追求，这就是他一再强调的"至死不悔"与"自作自受"。

1979年的5月7日，父亲同中央实验话剧院《大风歌》剧组有过这样一次谈话：

> 有些年轻人以为写历史剧比较容易，其实写历史剧也有许多甘苦，且不说忠于历史这样的大问题，这里只说一下历史剧的语言问题。我有一个想法，也许是一种偏见，即认为历史剧的语言与现代语言应该有些距离。但我不是说历史剧就要用历史的语言，其实真正的古代语言，比如汉代语言，今天谁能听得懂？我只是说，在历史剧里应该尽量少用现代的语言，让观众在听觉上稍有一点历史感。但是这就给自己招来了麻烦，本来一句台词如用现代语言，一分钟能写出来的，为了避免现代词汇和语法，却要花上十倍、百倍的工夫。这是自作自受，但我至死不悔……

历史剧的语言，只是追求历史真实的一个部分。但遗憾的是，自20世纪40年代，亦即历史剧已臻方兴未艾之时，史剧作家们却并没有对历史剧的语言给予一定的关注。于是乎有着诗人气质的郭沫若写出了诗化的语言，有着政治家气质的阳翰笙选用了政治色彩极浓的台词……父亲于1937年创作《太平天国》时便开始考虑这一问题了，他认为历史剧既然要忠实于历史，那么在他的剧作中必须要遵循这样一个"公式"：

历史剧语言 ＝ 现代语言 － 现代术语、名词 ＋ 农民语言的朴质、简洁 ＋ 某一特定历史时代的术语、词汇

他进一步解释说："这语言不是现代语，不是文言文，也不是宋代平话或元曲道白的模仿，而是另一种东西。"即"要像是活人讲的话，观众听得入耳。"但此时的他仍然不敢相信自己的摸索，只能称之为"伪装的历史语言"。

又是数十年过去了，当父亲开始创作《大风歌》时，他终于摸索出了一条新路："这就是在浅近的文言基础上，学习一些京剧道白中富有生命力的表现方法。"他将其称之为"拟古"的语言。实践证明，这一"拟古"的语言由于吸收了京剧道白中的精华，比如说简洁明快而又朗朗上口，稍带文言却又浅显易懂，因此不仅具有了历史的距离感，而且富于了节奏，给人以一定的音乐美。比如陈平为陆贾送行的那一场——

陈平 （献酒）大夫出朝，关山万里，风险处处，千万珍重！

陆贾 （接酒）足下在朝，如陷虎口，应付周旋，更须当心！

陈平 （举觞，一饮而尽）匡扶汉室，

陆贾 （饮尽）同心协力！

陈平、陆贾 （同时）除吕安刘，永固统一！

四言一句，整齐划一，抑扬顿挫，铿锵有力，被不少专家学者称为史剧语言的典范。

父亲不止一次地说过，《大风歌》是他"三十年来的第一次认真的创作"。为了这"认真"二字，他可谓达到了"锱铢必较"的地步。为了要实现"拟古"，必须先得"考古"——也就是说，必须先得认真地考证剧本中所采用的称谓与词汇，尤其是成语和典故，出自哪个朝代，亦即必须先要做一番"去伪存真"的工作。

父亲并非国学界的里手，虽说曾跟随田汉先生在上海艺术大学读过两年书，但真正的学历仅只初中而已；至于藏书，经历了十年"文革"，家中早已空空如也，就连《史记》和《汉书》也都被送进了熊熊烈火之中。当时是南京大学、南京师范学院的教授朋友们，倾其书箧为他送来了各种史籍和参考资料；而他自己更是为了某一细节，不停地登门请教，几乎踏破了人家的门槛。

近日在整理父亲的遗物时，发现了一个大号的牛皮纸袋，上面标注着两个字："保存"。拆开一看，里面珍藏的竟然是当年他为了追求"历史真实"而四处求教后得到的回复。这些信函均写于"文革"结束之后的1978年至1979年，此时《大风歌》终于报上了"户口"，终于可以堂而皇之地搬上舞台了。

然而，一丝不苟的父亲并没有放下他的笔，也没有为他的剧本创作画上一个句号。为了精益求精，为了准确无误，为了他心中所追求的"历史真实"，他将打印出来的"未定稿"——这是他自己写在封面上的三个字——寄给了他的专家朋友与学者朋友，以求指导与斧正——

程千帆先生是著名的国学大师，在校雠学、历史学、古代文

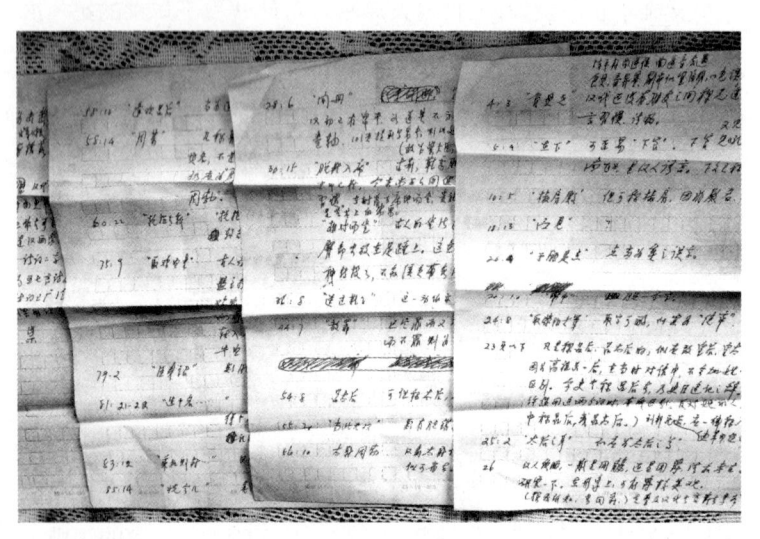

程千帆的来信

学、古代文学批评等领域均有杰出的成就。他在看完父亲的剧本后,足足写了四页信纸的回函,密密麻麻写了三十条意见——

兄:汉代还没有朋友之间称兄道弟的语言习惯,请酌。

在下:可否易为"下官"。下官见《孔雀东南飞》,又见《晋书》,是汉人语言。

吕后:凡是称吕后、吕太后的,似应改皇后、皇太后。因为高祖只一后,在当时对话中,不会加姓以示区别。今史书称吕后者,乃史臣追记之辞。

深懂诗词:诗词二字连用,易被观众误会为五七言诗及长短句词,是否可改为"深明诗意"或"深明歌意"。

……

洪诚先生是南京大学教授,古代汉语专家。他的来信同样如此,一丝不苟地写了三页,指出了二十条错误——

统一中国:"中国"似以作"天下"为宜,当时人口气如此。

皇上年过半百:案汉人似无以年五十称为半百者。(洪教授以史记集解、汉书注、通鉴注、汉书补注等一一证之,此处略。)

卖刀买牛:借用了汉宣帝时渤海太守龚遂事,高祖时似无此语。

> 奴婢：案古代倖臣、宦者对天子、诸侯自称臣。（洪教授以《战国策》及《后汉书》等为例以证之，此处略。）明代宦官对上自称奴婢，今人讹婢为才。
>
> ……

唐振常是父亲的老友，"文革"后任上海社会科学院历史研究所研究员、副所长。他在来信中指出——

> 陈平的一句台词："笑骂由他笑骂，好官我自为之。"此为宋人邓绾故事，已为人熟知，用于汉时，似不当。
>
> ……

在众多的来信当中，还有一封较为特殊，写信人是著名作曲家张定和。他自幼被称为音乐奇才，是著名的"合肥张氏十姐弟"之一，即张元和、张允和、张兆和、张充和的弟弟。当年是父亲点名让他为舞台剧《大风歌》作曲的，他不仅谱出了恢宏雄壮的乐章，而且还为初稿中曾经有过的一首歌词提出了自己的修改意见。原词为：

> 身经百战兮志昂扬，
> 解甲归田兮归故乡。
> 秋风瑟瑟兮垂泪别，
> 何年何月兮见长安？

他在信中指出——

这里，第一、二两句末字是押一个韵（ang），第三、四两句末字与前两句是不押韵的，且相互也不押韵。

从歌唱的要求协调这一点来说，总希望在韵脚上以协调为舒服。因此提供两个方案，请参考：

一、将第四句末字也用 ang 韵，使之与首两句协调，成为通篇只用一个韵（第三句是可以不用押这个韵的）。

二、其四句互为两联，每联的两句各自押一个韵。这样有两种可能：

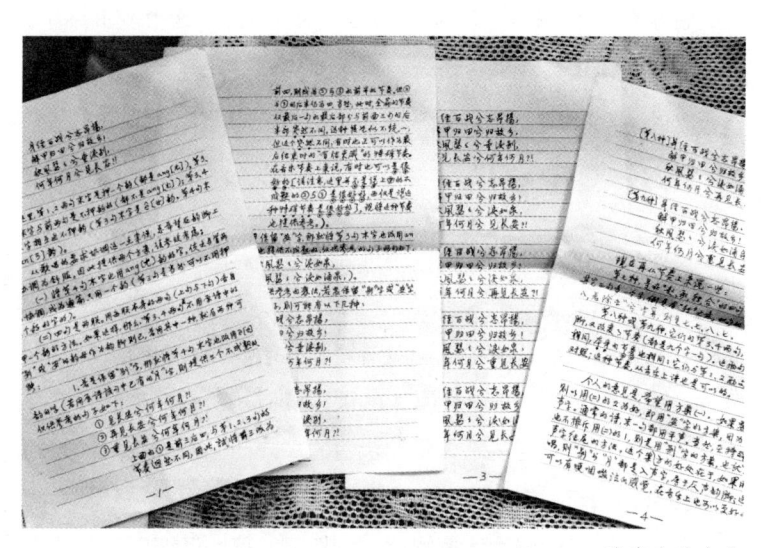

张定和的来信

1.如果保留第三句的"别"字,则将第四句改为:见长安兮何年何月?

2.如果保留第四句的"安"字,则将第三句改为:秋风瑟瑟兮泪如泉。

我个人的意见是,希望用方案一;如果要用方案二,则以2为好,因为它们是平声字,通常的诗,末句都用平声。当然,在特殊情况下,也不排斥用1的,它们是仄声,它的好处在于,如果用古音来唱,则"别"与"月"都是入声字,这样就可以有哽咽啜泣的感觉,在音乐上也可以更好地抒发悲壮的情感。

为了节奏上的美感,建议最后一句改为:"再见长安兮何年何月?"或是"重见长安兮何年何月?"这里多出一字,其突然变化,看似不统一,但正可作为"有结束感"的特殊节奏。

……

又是详详细细数页信纸,而且为了进行对比,他竟一共罗列出了九种方案供父亲参考。

如今,当我捧着这些已经发黄发脆的信纸,心中的感动无以言说。一是为了他们那一代文人的深厚情谊,二是为了他们那一代学者对历史真实与艺术真实的执着追求。他们惺惺相惜,他们志同道合,他们固守着中华文化的精髓与真谛。

父亲一遍又一遍地认真阅读,一稿又一稿地仔细更正。就在

1979年5月7日和中央实验话剧院《大风歌》剧组的那次谈话中,他将自己收获的喜悦原原本本地告诉了大家:

> 既是"拟古"的语言,则一些成语和词汇是否也要避免时代的错误呢?比如汉代的故事用了唐宋的词汇和成语可不可以呢?例如"投鼠忌器"一词,是汉代贾谊用的,可是贾谊在吕后时还没出生。于是初稿里用的这个成语,后来便改掉了。又如"卖刀买牛""笑骂由他笑骂",都是宋代才有的成语,在剧本发表前也删掉了。至于宦官自称"奴婢"、朋友之间称"兄",据考都是汉代以后的事;称皇帝为"皇上",更是清代才有的。这些在最近出版的单行本上也得到订正。我知道这些错误还难以尽免,但是像元代伟大剧作家

1979年中央实验话剧院演出《大风歌》,于文化部庆祝建国三十周年献礼演出中荣获创作和演出一等奖。

马致远在其名著《汉宫秋》里不称王嫱为昭君，而跟着晋代人避讳，称其为明妃这样的错误，也是应该尽量避免的吧？

为《大风歌》的问世而付出心血的何止父亲一人，为追求历史真实而"衣带渐宽终不悔"的更是数不胜数。1979年，《大风歌》在文化部"庆祝建国30周年献礼会演"中获得了创作和演出一等奖。望着那帧庄重而精美的获奖证书，我读懂了在其背后所蕴藏着的坚守，所凝聚着的执着。

如今，他们这一代人已经远去了，求真求实的传统也被渐渐抛弃。——"正统"的史剧观遭到鄙视，"正统"的历史剧不见了踪影。充斥着银幕与屏幕的各种历史题材的剧目，只需"戏说"或"传奇"二字，便可获准肆意的涂抹，一切的一切亦可随意"穿越"古今。

别矣，真正的历史剧！

别矣，严谨的创作精神！

2017年5月于南京秦淮河畔

我家曾住"大酱园"

大酱园者,中国作家协会宿舍也。

它的详细地址:北京市东城区东总布胡同46号。

1952年中国作家协会(以下简称"作协")成立,为了让驻京的作家们有个安居之所,次年便花钱买下了胡同西口的这个"大酱园"——它距离同在这一胡同里的机关大院仅仅五十米之遥。当初的它,是一个拥有三进大院并连带一个临街铺面的深宅;据说老板是个山西人,不知是因生意不佳,还是改行他就,总之是拱手出让了。但卖房时却附带了一个非常古怪的条件:必须连同院内的三百多口酱缸一道买下来。

就这样,罗烽、白朗、金近、严文井、秦兆阳、萧乾、康濯、艾芜、刘白羽、张光年、赵树理、陈白尘、舒群、菡子、草明等一大批的作家前前后后搬了进来,"大酱园"终于进入了历史,进入了风风雨雨的中国现代文学史。为此,萧乾叔叔生前曾托付给欣久一个任务:"写一写'大酱园'的变迁吧,就以你们孩子的眼光……"

最后一次回到这里是2004年的夏天,那天我由南京出差来

"大酱园"中的作家们。后排左起严文井、陈白尘、外国友人艾德林、刘白羽、张天翼、艾芜。前排左起张光年、艾德林夫人、艾芜夫人雷嘉

京,汽车绕来绕去,不知怎的,竟绕到了东总布胡同的西口。当那个熟悉的门楣从我眼前一下子掠过时,我不由得"啊"的一声叫了出来。没有想到三十八年的风雨竟然丝毫没有抹去我心中的记忆,只是它已破败得如同那段历史一样令人不堪回首了。

1

我家搬进"大酱园"已是1953年的冬天了。可能是父亲当时正在作协秘书长的位置上,而这所院子又是由他亲手买下的,总得"后天下之乐而乐"吧,因此他只为自己选择了最后一进院子中的几间永远也照不进阳光的南屋。

惭愧得很,我的记忆似乎一直到1955年才开始有了些光点

和碎片——这一年我和严欣久、汤继湘、刘滨滨、毛地等等一起成了小学一年级的学生。由于不再像幼儿园那样寄宿了,放学后便有了"为所欲为"的自由空间。

我们的这个由"大酱园"改造而成的宿舍大院可真叫大啊,不仅从前到后共有三进院子,可供我们尽情地奔跑嬉闹,而且里面住了那么多的人,足可让我们大摇大摆地溜进任何一家的房门,去偷窥一下主人们伏案写作的身影。但正如欣久在文章中所说的,这时的我们根本不知道谁是什么大作家、大诗人,只知道他们都是一些和蔼可亲的叔叔、阿姨。

萧乾叔叔家的那个乱,至今都有印象,床上的被子似乎从来不叠,但它正可以让我们跳上去"大闹天宫"。赵树理伯伯变的"戏法",实在令人叫绝,后来只要哪家的小孩一哭闹,他的"表演"就会自动送上门去。严文井叔叔年纪不大却早早谢了顶,我那刚会说话的弟弟一见他就拍着小手说:"咪咪毛罔。"——"咪咪毛"者,头发也;"罔"者,无也,它来自老保姆的乡音,且要读成 màng 矣。可严叔叔从来不生气,我听见他大笑着说:"哈哈,我又多了一个绰号!"秦兆阳叔叔写过一篇童话《小燕子万里飞行记》,一位聪明的小伙伴悄悄告诉大家:"你们看,他家里已经有了一个'燕子'和一个'万里'了,'燕子'和'万里'的妈妈如果再生小娃娃的话,一定叫'飞行记'!"这一笑话据说后来被秦叔叔知道了,笑得他差点没背过气去。

童年的"大酱园"内,到处充满着欢笑,充满着温馨。

然而,这一切的一切好像都随着 1957 年刮过的那阵风而一去不复返了。"反右"斗争开始时，我还不满九岁，哪里懂得什么是"右派"什么是"左派"，什么是"阴谋"什么又是"阳谋"。它给我留下的印象仅仅是："大酱园"里经常有人搬家——一批人搬走了，一批人又搬来了；搬走的不知去了哪里，搬来的也不知他们从何处而来。

我们一下子少了许多小伙伴——搬走的不谈了，没搬走的也几乎都被他们的家长紧紧地关在了房门之内。大人们被告诫这是一场"不是东风压倒西风，就是西风压倒东风"的斗争，必须要"擦亮眼睛"，"站稳立场"，但是懵懵懂懂的我们，却仍然过着懵懵懂懂的日子。

欣久最喜欢洋娃娃，她每天照常往萧乾叔叔家里跑——"因为这时他又添了两个可爱的孩子，两岁的萧荔和不到周岁的萧桐。这活生生的小娃娃可比布娃娃可爱多了。"然而她怎么也没想到，她的这一懵懵懂懂的举动，竟让萧乾夫妇一辈子也忘怀不了——"我们在作家协会宿舍大院里的那个家，早已成为荒凉的孤岛，无辜的娃娃们只得和父母共患难。唯独前院那个老友严文井的两个小女儿来找荔子、桐儿玩过两三次，使我这个做妈妈的受宠若惊。"这是文洁若在《我与萧乾》一书中写下的话，看来欣久可是给人家送去了盼望已久的温暖。

我呢，却恰恰相反，懵懂同样懵懂，但懵懂中竟干了一件令自己一辈子都追悔莫及的事情！那天——到底是几月几号，已根本记不清了，只记得上午在学校里学会了一首新歌，叫作《社会主义好》。放学之后便约了几个小朋友一起来到罗烽与白朗家的门口，手拉手地唱了起来："反动派被打倒，右派分子想反也反不了……"唱完之后，又由一个人提议，大家一起把他们家的"小豹"——一只可爱的小黄狗，在院子四周拉的屎撮成一堆，一股脑地倒在了他们家的台阶上。

我至今也说不明白当时的动机到底是什么。好玩吗？显摆自己会唱歌了吗？——可能是，也可能不是。但有一点是肯定的：这就是我根本不明白什么是"想反也反不了"。尤其感到奇怪的是，我的记忆力可谓糟糕透了，但为什么独独能将这件事情牢牢地印刻在了心里。是准备着有一天去向罗烽夫妇忏悔吗？——可能是，也可能不是。说心里话，我根本不知道什么是"恨"，而且他们家的傅华大姐姐更是我最为崇拜的对象——她是学跳舞的，腰细得就像芭比娃娃一样……然而，当年的我确确实实伤了他们一家人的心，尽管那天他们家的门始终紧闭着，但我相信他们一定听见了门外的这一稚嫩的歌声。

此事发生后不久，"大酱园"中的孩子们便一起受到我的"株连"——家长们一合计，硬是将我们送进了一所可以寄宿的学校，剥夺了继续住在"大酱园"里的"权利"！但后来不知什么原因，那所名叫"盔甲厂"的小学并没有收下我们，尽管那天的当场考试成绩都还不错。但从此以后，我被牢牢地关在了家里边，让那位很凶很凶的老保姆看着我，只要门外一有小朋友召唤，她便两手一叉高声回答："不在家！"欣久一气之下，给她起了个外号："白毛仙姑"，那时她的头发的确很白了。

如今罗烽叔叔和白朗阿姨都已告别了人世，我竟连向他们道歉的机会都没有了。但是他们——被歌词里唱的"想反也反不了"的罗烽、白朗、萧乾、舒群、秦兆阳等人当年住过的房子却依然还在,就在这个记录着他们辛酸与屈辱的"大酱园"内!

2

1958年到了,这一年留下的记忆似乎要比1957年的清晰多了。

这一年"大酱园"中的变化同样很多。首先,是住宅的格局有了重大的变更——欣久一家和我们一家,均由阴暗无光的南屋搬到了阳光明媚的北屋;刘滨滨一家更是于此之前就在自己房子的四周砌起了一道围墙,不屑与他人为伍了……这是否可以看作是这些人终于成了斗争的"胜利者"的一个重要"标志"呢?——不管他们当年的发言究竟是发自内心还是随声附和,经过这番"大浪淘沙"式的筛选,能够留下来没有搬走的,起码都被列入了"无产阶级左派"的队伍当中。汤继湘的爸爸——艾芜伯伯就是在这时光荣地加入中国共产党的;而我的爸爸也是于此时荣任《人民文学》副主编的。

然而,"升迁"也好,"贬谪"也罢,"胜利"也好,"失败"也罢,这同样不是我们这群刚满十岁的孩子们所能明白得了的问题,我们关注的只是,"大兴土木"的结果,让"大酱园"中可以玩耍的空间越来越小了——刘白羽家的那个"院中院"占去了大片空地不说,二进院与三进院的通道也被新盖起来的亦即后来张光年叔叔家住的房子给堵死了,住在后院的几户人家只得在顶银胡同另开了一个"后门"。但欣久和我都不愿跑路，于是我家的后窗便成了我们的秘密"通道"——只不过需要一番"高难度"的翻越动作而已。

这一年，在新中国的历史上又是一个不平静的年份，"大酱园"里也同样不例外，所有的大人们全都投入"大跃进"的行列之中——爱下棋的不再下棋了，爱种花的不再种花了，一个个不是忙着去十三陵水库挑土筑坝，就是忙着去小高炉旁炼铁炼钢。

作协的小高炉砌在贡院西街1号——这是作协的另一个宿舍大院，从"大酱园"步行前往，只需十分钟的路程。我去看过，是一天的晚上。炉火熊熊，钢花飞溅，红旗招展，人声鼎沸，煞有一番"超英赶美""一天等于二十年"的壮观气势。那天我没找到自己的父母，也认不出任何一个人的爸爸和妈妈，大家全都一式的装扮——头戴安全帽，身着工作服，帽檐下支棱着一副防护眼镜，腰际间束起了一条石棉围裙，俨然一副炼钢工人的模样。后来才听说，就是这天晚上，发生了一起"工伤事故"——我爸的手臂被烫伤了，但他"轻伤不下火线"，勇敢得就像电影里的英雄一般。

遗憾的是，此时我等均被列入"未成年人"范围之内，是不得参加这一大炼钢铁的雄壮队伍的。但是学校的老师们发动我们捐献"废铜烂铁"，说是"1070万吨钢"里也一定会包括我们所捐献出的这几斤几两的。于是我们一个个飞快地冲进自家的厨房，除了菜刀和铁锅外，一切含铁的家什便都被我们送进了呼呼作响的小高炉内。一时间各家的墙壁上，就连一根挂衣服的钉子也都看不见了……然而令人沮丧的是，大人们的办法就是比我们多——不知什么时候，他们竟三下五除二地将顶银胡同后门上的那扇大铁门给卸了下来，这要顶我们拔下多少颗钉子来啊……

钢铁还没炼完，"除四害"运动又来了。那天——也就是全国六亿人民统一行动的那一天，早饭刚刚吃罢，"大酱园"里便锣鼓喧天、红旗招展了起来。据说这是出自某位科学家的"锦囊妙计"：让麻雀无法栖身，而无法栖身的结果是可以将其活活累死！年轻人全都上了房，年纪大的便在下面使劲地吆喝。我从柜子里偷出了一块红绸被面，也跟着别的孩子爬上了屋顶。蓝天可真高啊，但不知为什么我竟没有看见从蓝天上掉下来的麻雀。这天我爸不在"大酱园"，据说是去了作协的"指挥部"。可是当他和那些个"指挥官"们回到院子里时，竟对我们这些孩子束手无策了——"快从房顶上下来！"我们一个个把头扭了过去，来个充耳不闻……对于这一天的行动，不知为何"大酱园"中的作家

珍藏了半个多世纪的奖状

们竟没有留下一个字的记载。但上海的巴金先生却写下了文章，他说他是如何认真，又是如何坐在自家的院子中敲了整整一天的铜盆……

麻雀到底算不算"害虫"，"大酱园"中的这些高级知识分子们竟无一人能够搞清楚；但苍蝇作为"四害"之一，是无论如何"翻"不了"案"了。记得我曾以鱼肠子为"诱饵"，一口气打死了一百多只苍蝇，最终获得了一张由共青团作家协会总支委员会颁发的奖状——

> 陈虹同学在顶银胡同甲15号院内的除四害讲卫生工作中，积极负责，发挥了少年儿童的先锋作用，特发给此奖状，以资鼓励。希望今后继续努力，争取更大的光荣。

作协的共青团组织怎么领导起我们这些孩子来了？我搞不清楚。但是这张奖状却是真实的存在，它被我完好无损地保存在箱子里将近半个世纪。如今它那鲜红的颜色已经褪去，但是那个年代的色彩却永远地留在了我的脑海里。

这就是1958年，"大酱园"中的作家们！他们除了熔炼出一块块的铁疙瘩，轰走了一群群的麻雀，他们还在文联大楼的墙上贴出了自己的跃进计划，有的说要一年写出一部长篇小说，有的说要一个月拿出一个舞台剧本……后来，他们没有食言，他们的确写出了长篇小说《乘风破浪》、短篇小说《吃饭不要钱的日子》、舞台剧《纸老虎现形记》……

3

1960年到了,这一年我十二岁。

学校每天只上三节课,体育课更是早就取消了,为的是减少消耗——大人们说,全国遭受了"自然灾害",每个人都得减少粮食定量。老保姆将父亲精心打理的花园给铲平了,全部种上了蔬菜。可惜的是,她怎么就没想到种些粮食作物,岂不可以填充一下我们那饥肠辘辘的肚皮。老保姆还养了两只鸡——一只澳洲黑,一只来亨鸡,拾蛋的任务则非我莫属了。我将它们小心翼翼地放在一个长方形的饼干筒里,又将饼干筒放在了朝北的后窗台上。哪知一天刮大风,窗户没有闩牢,饼干筒打翻在地,鸡蛋全都碎了。弟弟当场就哭了起来,鼻涕眼泪一大把。后窗外对着的是张光年叔叔家,他的老母亲颤巍巍地跑过来,扒着窗台说:"不哭,不哭啊,刮起来还能吃……"

这碗鸡蛋是什么滋味我已记不清了,但妈妈藏在床底下的那盒蛋糕的味道我是一辈子也忘不掉。这年父亲正在写电影剧本《鲁迅传》,妈妈用高干的购货证为他买了几块"高级点心"权当夜宵。可能是实在饿极了,便也顾不上什么"礼节"与"荣辱"了——一天晚上,趁着他俩不在家,我带着弟妹们下手了!没敢开灯,只顾猛吞,四岁的妹妹和七岁的弟弟馋得比我还厉害。"好吃吗?""唔,唔……"他俩被蛋糕塞满了嘴,连话都说不出来了。

第一块蛋糕就这样被我们狼吞虎咽地塞进了肚子,连个啥滋味都没品尝出来——可能是"饥不择食"吧,也可能是"做贼心虚"。等到吃第二块时,心情才稍稍地平静了下来,知道咀嚼了,也知道品味了。"咦,不对!怎么有一股怪味道?"一番惊吓,竟忘了身在何处,慌忙中我打开电灯一看:哇!一块块的蛋糕上竟长满了绿莹莹的长毛!于是乎吐啊,叫啊,再也不怕别人听见了……那天父亲回来之后,一句也没有骂我们,他的眼光中不知是怜悯,还是愧疚,他让老保姆用刀子将那层绿毛小心翼翼地刮掉,然后再放到小火上烘烤。可我从此之后再也不吃蛋糕了,一见它就反胃,其因盖出于此也!

这一时期别人家的饭桌上抑或床底下有些什么东西,我是不知道了——家家门户紧闭,怕都是"盘中羞涩"吧。欣久请我吃过几粒炒黄豆,据说是她偷偷地在火炉上"烤"熟的;我则请她吃过一块糖,是从厨房里偷出来的白糖,只不过用糖纸包了起来。这一年刘滨滨病了,他得的是风湿性心脏病,医生不准他出门。我们每天都隔着窗户去看他,心想他比我们还要可怜。后来读了他爸爸——刘白羽叔叔写的回忆录《心灵的历程》,才知道这位大作家当年写《长江三日》时,竟是这样一种心情:"我用生命之火燃烧了长江,我却终于没有用我的生命之火燃烧起滨儿的生命。这是我的长江,它,一直到现在,还在熊熊燃烧。"后来滨滨终于离开了我们,离开了疼爱他的爸爸和妈妈。

进入困难时期之后,我倒觉得"大酱园"中的大人们彼此之间似乎多了些关怀,多了些人情味——毕竟不再搞你死我活的政治运动了。比如说,不管是谁一旦有了出国访问的机会,都会尽可能地省下些外汇,给大家带回一点生活必需品。那次是父亲率领中国戏剧家代表团访问日本,临行前严文井叔叔特地跑来传授经验:"一定要多备几双没有破洞的袜子,日本人一进门就脱鞋,千万不能丢丑啊!"于是父亲回国后,便带回了各式各样的袜子,他笑嘻嘻地送给了严文井叔叔、张光年叔叔、张天翼伯伯和李季叔叔等人。大家用手摸啊摸啊,一个劲地夸奖日本的尼龙袜质量就是好。的确,我们穿了好几年都没有穿破。

这一年的饥荒终于让"大酱园"中的作家们——当然更包括全国的作家们,都从狂热中清醒过来了。值得骄傲的是,曾经在"大酱园"中住过的赵树理伯伯大胆地写下了上万言的意见书——《公社应该如何领导农业生产之我见》,他提出不能用政治挂帅代替一切,还提出人民公社不能统得太死,应当放权。第二年,他又创作出报告文学《实干家潘永福》,对于虚假与浮夸表示了强烈的不满。欣久说,他是一位"真正的作家",是我们"大酱园"中的骄傲。

4

1966年到了,"大酱园"乃至整个文化界终于是"白茫茫大地一片真干净"了!

其实早在两年之前,文化部系统内就已开始了一场"文化小革命"了——最高司令部发下话来,先说是"问题不少","收效甚微","许多部门至今还是'死人'统治着";其后则又直接将矛头指向了某些协会以及由他们掌握的刊物,"不执行党的政策","跌到了修正主义的边缘"……这下子,作协可谓首当其冲,再也摆脱不掉干系了。仅以在"大酱园"中住过的作家为例,康濯、赵树理、艾芜、陈白尘……均先后被一一送回了各自的老家。在当时,它则被美其名曰"调动工作"或是"深入生活"。

我们家是最后一批离开京城的,时间为1966年的1月28日。直到这时,我才真正体会到了九年之前"大酱园"中首批被"扫地出门"者的凄凉心情,不承想九年之后我们也成了他们的后继之人。临行前,父亲咬着牙将他的两盆昙花和令箭荷花送给了老舍先生和张光年叔叔,他之所以没有带走,似乎是想留下点生命抑或是呼吸在这居住了十余年的"大酱园"里。

然而,再也没有想到的是,仅仅才过了四个月,"大酱园"——准确地说,是"大酱园"的后院,是后院中我家原来的

1966年初离开北京前,父母于屋前留影

那排房子，竟成了作协关押黑帮的"牛棚"！这一次的"扫荡"是真正的一网打尽了，不仅将已经发配至金陵的父亲揪了回来，就连已经高升为文化部副部长的刘白羽也成了"阶下囚"。

身为"牛鬼蛇神"的父亲留下了一部《牛棚日记》，依靠着它，让我知道了自1966年9月12日起——即父亲重返京城后的"大酱园"中的变化——

我们原先居住的北房一共有四间：东头的与西头的两间比较小，曾是弟弟妹妹和我的卧室，如今则分别成了关押刘白羽和邵荃麟的"单间囚笼"；自东边起的第二间，是我家原来的客厅，也兼父亲的书房，又兼他的那些昙花们的"雅舍"，有二十平方米左右，如今里面摆满了桌子和床铺，成了严文井、张天翼、侯金镜和张僖等人的"牛棚"；第三间略小一些，曾经是父母的卧室，现如今也住进了张光年、冯牧、李季、韩北屏等人。

直至11月8日，造反派才给解了禁，家住北京的人可以回去睡觉了。但唯一例外的是冰心先生，可能是因为她的那个在民族学院的家被抄得太不像样子了，她情愿留在"牛棚"里，成了"大酱园"中的一位特殊的"住户"。遗憾的是，父亲没有记录下她睡在后院中的哪一间屋子里，只写了自己曾经帮她升过火炉，并在一起合伙烧过饭。

父亲自己呢，刚被揪回北京时，临时住在西屋中最南头的一间——即萧乾叔叔的"旧居"；10月4日起，他搬进北房东起第二间——即我家原来的客厅；两天后，又与隔壁的李季换了卧榻；半个月后，黄秋耘叔叔也被造反派从广州揪了回来，于是他与父亲成了相处最长的"室友"。到了1967年的7月5日,"大酱园"里又搬来了一户新"居民"——张天翼伯伯,他的夫人与他离了婚,他成了无家可归之人。父亲在日记中写道:"上午为之搬床。床三面有架,正面亦有半截短栏,不能拆开,且极沉重,横竖都不能进大门,只好另借一床来。问之,原来是其幼女张章的,其妻将双人床夺去,而以此贻之,殊为之不平。"

但是每逢重要的日子——比如说国庆节,情况则有变化。由于这批"牛鬼蛇神"是社会上的"不安定因素",因此必须集中起来看管:

> 1966年的"十一","搬来大批床铺,连南屋也都腾了出来";
>
> 1967年的"十一",一共关进来十七个人,前后四天,不准回家住宿,"晚间天安门放焰火,仅闻其声。从玻璃窗上窥见天空一角,恍若仙境!"
>
> ……

读着父亲的日记,竟有一种"身临其境"之感——这毕竟是我们原来的家,那门,那窗,那墙,那地,都留下了我们一家人生活过的痕迹。不知父亲此时的心情如何,我想一定是凄楚不堪的。因为在《云梦断忆》里,他写下了这样一段经历——

> 公家烧的锅炉在前一进的小院中,我们"黑帮"要打开

水，得自己从后院穿过一个夹道到前院去取。我是个爱喝水的人，所以打开水的任务，每每自告奋勇。但其中还有个秘密：……穿过夹道，便是张光年同志的家，也就是说我们两家原是隔窗相望的。每当我穿过夹道打开水时，光年的老母亲，那慈祥的老人，每每以泪眼向我倾诉牢骚，说她的儿女都不应该划为黑帮云云。这种话是不能向我这同属"黑帮"的人诉说的，但我不忍拒绝她，总用一两句话安慰这老人。我是1932年便失去母亲的人，如今又是独自被揪回北京，见到这位老人的慈眉善目，仿佛也是一种安慰。打开水的任务不肯让人者因此。

然而，这样的日子也仅仅维持到1968年的4月24日。由于造反派怀疑父亲与张天翼伯伯订立"攻守同盟"，便下令将他迁至前院的一个"单间"里——"'新居'在原司机班过道旁边的一个小屋内，甚暗。近檐口有光处又隔半间为储藏室，白天无光，真'黑窝'了。听说我来京以前，天翼即隔离于此，现作我的住处，也颇当，只是并未宣布隔离耳。"

欣久曾在文章里写过这样一件事："一天早上，妈妈让我到对面的饭铺去买早点。一推门，我一眼瞥见陈伯伯正在那里排队，我慌忙退了出来，急忙跑回家。妈妈问我怎么了，我说看见陈伯伯了。妈妈说：'哪就至于这个样子？'我说，我不知道该不该叫他。妈妈叹了口气，再也没言声。"按时间推算，此事正当发生在这一时期。因为二进院又与三进院隔断了，父亲的早餐只得到东总布胡同口上的那个小饭铺里去解决。

1969年1月13日,一声令下,全体"牛鬼蛇神"都被集中到了位于王府大街64号的文联大楼里。至此,"大酱园"被作为"牛棚"的时代终于结束了!

……

那天,欣久打来长途电话,告知"大酱园"即将被拆除,刹那间竟不知是种什么滋味。——是留恋?它已没有丝毫留恋之处了。是遗憾?它更没有任何值得遗憾的地方。但它是历史,是中国作家十余年来曲折而坎坷的历史,它们一滴一滴地渗入了"大酱园"的碎砖烂瓦里,一滴一滴地溶入了"大酱园"的败草枯木中……

书于2004年9月

改于2022年8月

寻人启事

《寻人启事》能做文章的题目吗？——有人说没有诗意，有人说肯定要被退稿。但我不想改，我的本意就是为了寻人，就是想尽快找到那个曾经帮助过我、帮助过我们全家的好人。

他叫什么？我不知道。他在哪里？亦不知晓。为了便于大家帮助寻找，我必须得把发生在四十多年前的那个故事详尽道出——

时间，应该是在1968年的6月，具体的日子，则是省级机关发工资的那一天。地点，就在江苏省文联的办公室里——不过，那时叫"革命委员会"，门框上赫然挂着的就是这个牌子。

我怕记忆有误，又特地去翻看了一下父亲的日记——那是他自从被揪回北京后，坚持在牛棚中写下来的——1968年9月1日："玲来信说，省文联自4月起冻结工资，月发80元生活费；两个月后改为100元。家中生活费用紧张，而玲寄我之钱未减，是颇伤脑筋的。"

不瞒大家说，这就是我所能提供的全部线索了。

当然，话还得从头说起——我的父亲和母亲原来都在北京中国作家协会工作，1966年的春天被逐出京门，发配金陵。由于此前的一场被称作是"文化小革命"的风暴在文化界内部席卷了一番，夏衍挨批了，田汉被整了，就连我们所居住的作协宿舍中的许多老邻居们也一个接着一个地卷起铺盖卷返回了老家。我们家是最后一个走的，时间为1966年1月28日。

那天非常冷，前来南京下关火车站迎候我们的是作家海笑——他当时的身份是江苏省委宣传部文艺处处长。后来他在一篇文章中这样写道："我心里不免嘀咕，北京是全国的首善之区，待遇好，有暖气，为什么不把一个德高望重的老作家、名作家留在全国作协的领导岗位上，偏偏在这个天寒地冻的时候让这个年过半百的老人来到南京？"……是啊，这样的问题谁能回答呢？

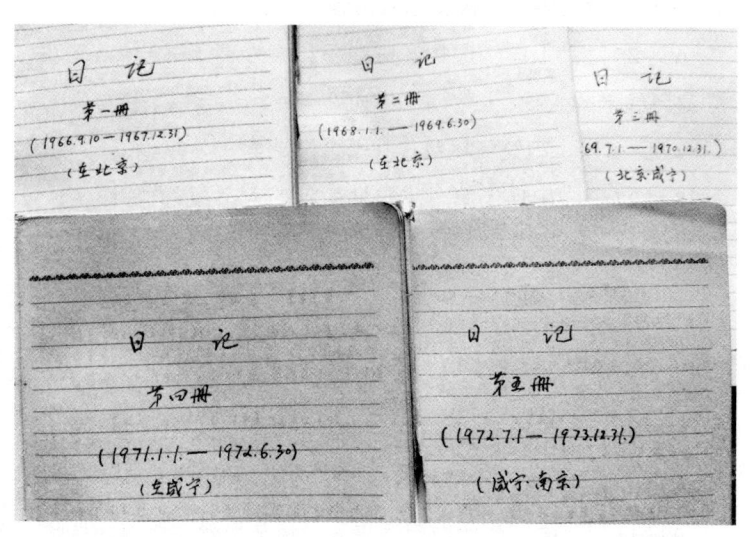

父亲留下的日记

要知道,母亲的命运比父亲还要惨,她只是因为身体衰弱,离京之前竟被强迫办理了"退职"手续,那年她才四十八岁。

然而,更惨的事情还在后面——迁到南京才四个月,那场"横扫一切牛鬼蛇神"的革命风暴就于中华大地席卷了开来。这时的父亲又在哪儿呢?正在太湖边上的吴江县"体验生活"呢!一辈子不会写工农兵的他,为了"脱胎换骨",刚一报到完毕,就向省文联的领导提出了这一要求。

接下来,有他的日记为证,日子是这样度过来的——

5月10日,省文联以长途电话,将父亲从乡下召回南京参加学习。

6月4日,省文联召开群众大会,宣布正式开展"文化大革命"运动,数日内大字报多达五百张以上。

6月25日,工作队进驻省文联,负责人高玉书警告父亲说:"你是黑线上的人物,要为子女们想一想!"

7月—8月,写交代材料,共十余份。

8月27日,出现了第一张点名质问的大字报:"陈白尘,谁派你来江苏的?你来江苏干什么?"并要求立即将"大黑帮陈白尘"押回北京审查。

9月9日,省文联召开批斗画家亚明的大会,并施以武斗。会后通知:"全体党员留下。"但父亲被排除在外。

9月10日,小组长滕凤章找父亲谈话,询问对大字报及不让参加组织活动的想法,他以"相信党、相信群众"回答之。

9月11日,中国作协造反派来人,将父亲揪回北京。从此天各一方，长达七年之久……

人是被带走了，可父亲的工作关系已经转到了南京，尤其是每月的工资，还依然由省文联发放。但是母亲不愿去领，她说那个滋味就像是"乞丐"，她怕看到那一道道鄙视的目光和一张张凶神恶煞般的脸。为此，这一任务便当仁不让地落在了我的头上——谁让我是家中的老大呢！于是一到每月的×号，我便要亲自跑一趟省文联，先是签字画押，然后再捧回那个装有父亲工资的牛皮纸袋。

有一个问题，直到现在我也搞不明白：堂堂的江苏省文联怎么会"坐落"在当年国民党的总统府里呢？——当然，那个年代还没有开辟成"旅游景点"，寄寓其内的机关和单位竟也多达数十家。记得省文联是在一进大门的右侧，那是长长的一排厢房，很简陋，也不宽敞，门窗涂成大红色，既"时髦"又俗不可耐；估摸着这几间平房，搁当年最多也不过是给卫兵住的吧。……可能是因为从小接受的都是"革命教育"，对于"总统府"三个字，我打心底里没有好感——蒋介石挑起内战的命令是在这里下达的，国民党屠杀共产党的密件也是从这里送出去的……为此，我每次都是来也匆匆，去也匆匆，对于它的全貌，压根儿不曾细细观察过。

其实，母亲当年之所以将这一任务交给我，还有一个原因——我读书的学校就在它的附近。那时叫二女中，现在改名梅园中学。只要腿一迈，骑上自行车，三五分钟就能完成这项"重任"，并让全家衣食无虞了。父亲的工资究竟有多少——他虽然拿的不是"文艺级",算不上"三名三高",但是按照"行政级"来说,也属于"高干"了。因此直到1968年4月之前,我们全家的生活基本上没有太大的变化,于是我——"少年不知愁滋味"的我,每天便忙着"干革命":红卫兵当不上,就找上几个"志同道合"者,扯起一面旗帜,投奔了南京的"P派"……

这时远在北京的父亲,日子可是越来越不好过了——"黑帮罪"与"走资派罪",只能是"小巫见大巫",算不上是"魁首"与"干将",但是自从全国掀起"揪叛徒"的狂潮,他的命运便急转直下,大有"永世不得把身翻"的下场与结局了——谁让他1932年也被捕过,且活着走出了监狱!……于是乎,自1968年1月起,对他的审查终于升级了——中国作协的原班人马全部撤走,换来的是"中央专案组"的精兵强将!再后来,他们派人来到南京,将我们位于中央路141—2号的家给抄了;再后来,父亲的工资和可怜的一点存款也全部给冻结了……

记得那天,当母亲从我手中接过那只比以往轻了许多的工资袋时,半天没有说话——这个既在意料之中又在意料之外的事终于发生了!八张十元的票子,静静地躺在桌子上,如同带了电,谁也不敢去触碰一下。我明白母亲的难处——这只是父亲原来工资的三分之一;而她自己呢,自从被强迫退职后,早已没有了任何的收入。

该怎么分配呢?首先必须保证父亲——他独自一人在北京,除了吃饭、穿衣、抽烟等等开支外,每月还得交六块多钱的党费,不能让他受苦,因此四十元的生活费照寄不误;其次是大妈——也就是父亲的大嫂，自从大伯去世以后，父亲胸脯一拍，承担下照顾她的义务，为此每月十块钱的补贴也必须雷打不动；剩下的呢？只有三十元了——母亲，我，再加上弟弟和妹妹，他们一个刚上初中，一个还在小学，一股脑全是消费者，挣不来一分钱！……我似乎就是从这一刻起，才突然长大了，我明白了这个家的今后，明白了今后将要面临的一切。

怎么办？总得活下去啊！于是先卖衣服——皮大衣、棉大氅、呢外套、料子服……凡是能够值点钱的，统统用被单一裹，送进了寄卖行；接着再卖家具——书橱、饭桌、沙发、衣柜……除了睡觉的床以外，也几乎被变卖一空。那是什么年代？人家不把你当成是被打倒的"有钱阶级"就已万幸了，还敢谈价钱吗！其结果，无一不是三文不值二文地转了手，为的是换回几张救命的钞票。我记得其中有两个书柜，属于非常贵重的漆器家具——白色的柜面上雕刻着五颜六色的仕女，婀娜多姿，飘飘欲仙。为了它，当年千里迢迢地从北京带到南京；为了它，父亲将其放在客厅当中最显眼的地方，里面摆放着线装版的全套《古本戏剧丛刊》——这是他的命根子，据说全国也才有几十套。但是母亲还是咬着牙，让我用板车拖走了，一个才卖了二十块钱……

鲁迅说过："有谁从小康人家而坠入困顿的么，我以为在这途路中，大概可以看见世人的真面目……"其实说句真心话，我们家可要远远地比他们家还倒霉——政治上的歧视，经济上的困顿，暂且不去说它了；单拿远亲近友来谈吧，也几乎没有一个！——谁让父亲十八岁就离开了老家，特别是搬到南京才仅仅四个月,还没来得及一个个联系,就爆发了"文化大革命"!当时的我们,真叫举目无亲、孤立无援啊,就连借贷都找不到人家!

弟弟那年还不到十五岁,他看见有些孩子帮助拖板车的人拉纤,一趟可以挣一毛钱,于是便央求妈妈给他做个铁钩子去为家里挣点收入。今天的人们已经不知道这个营生了——从玄武门到鼓楼,是一个大斜坡,板车爬上去是非常吃力的,于是车老板便会雇些孩子来帮忙:纤绳的一头用铁钩子钩住车帮,另一头背在身上,就可以助他一"肩"之力了。而我们家当年就住在这个斜坡的最底端,等活干的孩子站在马路边,每天都有一大群。母亲哭了,我也哭了,弟弟平时在家连衣服都不会洗呀……

一个月过去了,两个月过去了,我的任务照常是出入寄卖行,弟弟的生活照常是蹲在路边"馋涎欲滴"地看着别的孩子挣钱……我们学会了早早吃晚饭,然后关着灯说话,为的是省下一丁点的电费;我们也学会了缝衣服、补袜子,就连眼镜腿断了,凉鞋带折了,都能自己给焊上。至于父亲的日子,更是令人心酸,在他的日记中有这样一条记载:"中午在食堂吃饭,只有0.15元的白菜,又买了0.10的汤,颇感浪费。晚间去对门的小店,二两饭,一碗汤,仅0.10元,颇廉。"

6月份到了,又该去领父亲的工资了。我同往常一样,走进了总统府的大门,走进了位于右侧的那间挂着"江苏省文联革命委员会"招牌的办公室。让我签字的人是谁,我真的记不住了;他长什么样,我同样没有一点印象。——这能怪我吗?当时只想快快离开,连头都不愿抬。要说印象,似乎只有这样一点点:年龄嘛，大概可以叫他"叔叔"；穿着呢，一身灰布中山装，左臂套着个红箍。——唉，等于没说，这样的装束在当年的中国足有成千上万。

但我对他说的话，却记到如今——那是一口气说出来的，没有丝毫的磕巴："一个月只给我们八十块钱的生活费，实在不够用。我家还有一个大妈要养活，而且我自己很快也要下乡插队了……"这话是真的，二女中已经开始动员了，依照我这样的家庭出身，根本不可能留在城里，只能下乡当农民了。但我当时为什么会说出这番话来呢——是乞哀吗？母亲知道了，绝对不会饶过我；是告怜吗？这明明是"与虎谋皮"，怎会有结果！……但不知怎的，当时我就这样一脱口便说出来了。现在想想，还真有点后怕——不理睬我，那是轻的；如果因此给父亲再扣上一顶帽子，说他"妄图"想干吗干吗，还不是轻而易举的吗？要知道总统府的大门外贴满了"揪叛徒"的大字报，那上面可是清清楚楚地写着父亲的名字，还打着硕大的黑叉叉！

我低着头，只听见自己的心跳，并时刻准备着招来一顿疾风暴雨式的批斗。但奇怪的是，什么都没有发生，屋子里静静的，好像没有其他的人，一个低低的声音传到我的耳朵里："是这样？……"停了停，他又说道："对不起，我们不知道你家中还有一个大妈。好吧，再多加二十块钱……"

那天，我像胜利者一样飞快地跑出了总统府的大门，又飞快地跑回了自己的家中。一百块，整整一百块呀！我兴奋地将它们交到了母亲的手中，我盼望看见她的笑容，看见年幼的弟妹们的笑容……但是，那天的我，独独没有记住那位给我钱的人长什么样，也没有问他姓甚名谁。

依理推断，这位"叔叔"绝非一般的"革命群众"；他有权，起码是"革命委员会"中的一名重要领导，否则又怎么可能私自做出决定，一下子就给"大叛徒"陈白尘多发了二十元的生活费。如果真是这样，他又为什么敢冒这么大的风险，这可是一个不折不扣的"阶级立场"问题，他难道不怕"引火烧身"吗？

想不明白，整整四十年过去了，还是想不明白。为此我要写出这篇《寻人启事》——不管他在后来的清队中是不是"三种人"，也不管他是否忏悔过自己的这段"造反"生涯。历史永远定格在了这一天：不仅为了那救命的二十块钱，更为了在他的身上竟然还保存着那个年代绝对不允许有的"人性"。

拜托了，一切经历过那段岁月的人们！——时间：1968年6月；地点：省文联办公室；年龄：四十岁左右；身份：革命委员会中的一名领导……

2009年6月书毕
2022年8月改毕

寻人启事

附：

《寻人启事》寻到了人

陈 辽

2009年12月31日，我收到同年第4期《芳草地》，立即阅读。目录中有一篇《寻人启事》，作者为南京师范大学历史系教授陈虹。她是已故知名剧作家陈白尘的爱女，她刊登《寻人启事》寻谁呢？阅读之后，方知在"文革"期间，也还有感人的人性存在。

1968年6月，原来已下放到江苏省文联、时已被"揪"到北京挨批斗的陈老，仅发给他八十元生活费，只有他原工资的三分之一。但陈老一个人在北京，吃饭、穿衣及日常生活用费，每月就得四十元。剩留的四十元，要负担他的夫人金玲（已退职，无工作）、两个女儿、一个儿子，还有他的大嫂（陈虹称她大妈）五个人的生活，实在过不下去。先卖衣服，再卖家具，再卖书刊，最后到了无物可卖、难以为生的地步。于是，陈虹在代领生活费的时候，向当时省文联的负责人诉说了家中的困难。"但奇怪的是，什么都没有发生，屋子里静静的，好像没有其他的人，一个低低的声音传到我的耳中：'是这样？……'停了停，他又说道：'对不起，我们不知道你家中还有一个大妈。好吧，再多加二十块钱……'"

须知，当时的物价，一分钱一斤青菜，二十元可买两千斤青菜呢,这可是笔大数字呀!但是,陈虹只记得那位叔叔年龄:四十岁左右,身份:(省文联)革命委员会中的一名领导。"这位'叔叔'绝非一般的'革命群众';他有权,起码是'革命委员会'中的一名重要领导,否则又怎么可能私自做出决定,一下子就给'大叛徒'陈白尘多发了二十元的生活费?如果是这样,他又为什么敢冒这么大的风险呢?这可是一个不折不扣的'阶级立场'问题,他难道不怕'引火烧身'吗?"为此,在时隔四十一年以后,陈虹写了这篇《寻人启事》,拜托"一切经历过那段岁月的人们",帮她寻找那位"叔叔","不仅为了那救命的二十块钱,更为了在他的身上竟然还保存着那个年代绝对不允许有的'人性'。"

这是个颇有传奇色彩的真实故事。但是《芳草地》在读书界虽然很有名声,于南京读到它的人却可能有限,而且原为省文联工作人员的健在者更有可能并不知道有《芳草地》这本杂志。而我,则是《芳草地》的在南京的读者之一,虽没有直接受过陈老的教导,却自认为是陈老的私淑弟子。1958—1961年,我在省文联工作过四年;"文革"期间我虽在省委宣传部,但省文联在"文革"中的情况,我还是知道一些;现在,既已看到了这篇《寻人启事》,我则有义务帮助陈虹教授找到那位给"大叛徒"陈白尘加钱的"叔叔"。

2010年元旦,放假,我决定寻人。从打贺年电话开始,一个一个地问询那位"叔叔"是谁。经过一整天的寻找,到晚间9点钟,我终于找到了陈虹教授要找的那位"叔叔"——他便是江苏有点名气的工人作家刘国华!

我是从问询1968年6月江苏省文联"革命委员会"负责人是谁开始"寻人"的。经历过文联"文革"全过程的民间文学研究专家周正良同志告诉我:江苏省革命委员会于1968年春成立后,原省级机关对立的两派群众组织都成立了"大联合委员会"。1968年6月,省文联两派群众组织也成立"大联合委员会",并未成立"革命委员会"。陈虹所说"革命委员会",可能记忆有误。之后,我又问询了几位同志,都说是省文联"大联合委员会",非"革命委员会"。

那么,1968年6月,江苏省文联"大联合委员会"由哪些人组成呢?"文革"前省文联创作组成员之一、新时期的知名作家庞瑞垠告诉我,他记得的有七人——一派群众组织的代表三人:刘国华、喻继高,还有一位他记不清了。另一派群众组织的代表三人:欧阳网锁、白得易、杨秉岩。还有一个人数不多的另一群众组织代表一人:姚以铮。同是省文联创作组成员的王立信同志,证明了庞瑞垠说法的可靠性,并补充说明:一派群众组织中的另一代表为徐学前,他是省文联主席李进的司机。这样便可以肯定,省文联"大联合委员会"共由七人组成:刘国华、喻继高、徐学前、欧阳、白得易、杨秉岩、姚以铮。我再问询了别的同志,确证这一名单无误。

省文联"大联合委员会"的负责人又是谁?提供情况的庞瑞垠、王立信、周正良等同志一致回答是刘国华和欧阳网锁。他俩的分工是,刘国华主内,管财务;欧阳主外,管对外联络事宜。

那时（1968年），欧阳才三十岁左右；刘国华是年三十八岁（虚岁），因为他原是工人，吃过苦，看起来显老，所以在陈虹眼里"四十岁左右"。我问询过的庞瑞垠、王立信、周正良等多位同志，全都认为能够个人作出决定，给陈老每月增加二十元生活费的，只能是刘国华，再无其他人。刘国华何以能在"文革"年月里，冒着丧失"阶级立场"的风险，决定给陈老每月加二十元生活费的呢？熟知刘国华同志的人都说：这事发生在刘国华身上，并不奇怪。

刘国华，1931年出生，江苏灌云人，中共党员。他在新中国成立前即参加了工作。先是在码头上做工人。他身强体壮，二百斤一包的粮食，一下子即能扛在肩，踩着跳板，送上船去。由于他工作积极，表现好，很快入了团，并担任团委书记。他文化不高，但热爱文学，1951年开始发表作品，有诗集《海边的诗》、儿童文学集《海边游》出版。1960年五六月间，江苏省文联成立专业创作组，刘国华作为工人出身的作家被调入。同时调入创作组的还有陆文夫（小说家）、凤章（小说家、散文家）、刘振华（小说家）、赵沛（儿童文学、传记文学作家）、王立信（小说家、剧作家）等同志。可见，刘国华在1960年已不是等闲之辈。1966年初，陈老被中国作协下放到江苏省文联，刘国华与陈老相识。当省文联揪一小撮"走资派"时，刘国华是"保守派"。他认为省文联主席李进同志有错误，但不是"走资派"。江苏"一月革命""夺权"后，省文联有两派群众组织，刘国华是一派群众组织的负责人。虽然当时两派群众组织都卷入了极左潮流，但刘国华还是比较讲政策。他从不搞"武斗",并对"走资派"作可能条件下的保护。1968年省文联"大联合委员会"成立,他被推选为负总责的两位负责人之一,比较得人心。因此,他一听陈虹诉说家中的困难后,立即决定给陈老增加二十元生活费,是符合刘国华"文革"后的行为逻辑的。

"文革"后期,刘国华即要求回到连云港市工作。先是在《连云港报》任编辑;新时期到来,他任连云港市文化局副局长,连云港市文联副主席,江苏省文联第四届委员、第五届名誉委员,江苏省作家协会第三届理事、第四届名誉理事等职,并出版了儿童文学集《海洋探奇》、小说集《海边的故事》、戏剧曲艺集《拔河》、电影文学剧本《没有文字的信》(已拍摄发行)等。散文《银色的大地》获全国"祖国海疆征文银帆奖"一等奖。1988年,他加入中国作家协会。十分可惜,由于他青年时重体力劳动超负荷,留下了隐疾;进入20世纪90年代后,又劳累成病,刘国华于2003年9月因病逝世,享年七十二岁。

但是,好人做了好事毕竟是不会被人们遗忘的。当陈虹教授在《芳草地》上登出《寻人启事》后,只不过一天时间,陈虹要寻找的那位"叔叔"即刘国华就被众多同志找到了。

此文由陈辽先生生前提供,向其家人表示衷心的感谢。

[电影文学剧本]

戏比天大
——献给中华剧艺社

一

【字幕】

1941年1月4日,新四军军部及所属支队九千余人由皖南云岭出发北移,行至泾县茂林时,遭到国民党军八万多人的伏击;新四军指战员奋战七昼夜,弹尽粮绝,除大约两千人突围外,大部分被俘或牺牲。皖南事变后,大后方一片白色恐怖,重庆的话剧舞台亦陷入沉寂之中。为了防止国共合作一旦破裂,进步力量遭受损失,中共南方局对国统区尤其是重庆地区的文艺队伍进行了新的部署与安排……

1. 重庆街头

白色恐怖笼罩下的山城,冷清而寂寥。
书店的窗户上贴着歇业的告示;报馆的大门上贴着政府的

封条。

著名的国泰大戏院门可罗雀,广告栏上残留着数月前的演出海报,早已支离破碎。

一辆破旧的敞篷卡车从远处驶来,车厢里堆放着简单的家具——竹床、竹桌、竹椅……一群年轻人拥挤着坐在里面。

卡车驶向朝天门码头。年轻人们站起身来向着渐行渐远的城市挥手呼喊:"国泰,我们会回来的!""重庆,我们会回来的!"

2. 重庆南岸苦竹林

这是一个掩映在竹林中的小山村,只有五六户人家,郁郁葱葱有似世外桃源。

村边上一栋两楼两底的房子,楼板是漏缝的,泥巴糊的墙壁更是破烂不堪。门框上挂着一块崭新的木牌:"中华剧艺社筹备处"。

"到家了!这就是咱们的家!"应云卫跳下汽车,开始指挥欢欣雀跃的年轻人搬运家具。"女士住楼下,男士住楼上。记住:单独留出一间给白尘,让他专心写作。"

"不行,不行,我不能搞特殊化。"陈白尘看着拥挤不堪的房间,不住地摆手与摇头。

"这不是我的决定,是阳翰笙的决定。"应云卫按住陈白尘的肩膀,"要不这样:你、我,加上辛汉文和贺孟斧住一间。他俩在城里都有兼职,不会经常来乡下;至于我,每天都得过江去办事——筹措资金，联系剧场，打通关节……所以嘛，这个房间还是归你一人所有。"

"这怎么行？你有夫人和孩子，总不能让她们挤在女生宿舍吧？"

"白尘啊，你帮帮忙好吧？现在不是你求我，而是我求你。10月初中艺就要开张了，没有一个开锣戏怎么行？全社的人就靠你了，就靠你这支笔杆子了！所以必须得给你特殊的待遇，只有三个月了，三个月后一定得拿出本子来！"

陈白尘哑然了。

厨师老姜搓着手走过来："应先生，你让我在哪儿烧饭啊？"

应云卫眼珠一转，"搭，咱们自己搭，在小楼的后边搭出个厨房来！"他拍了拍老姜的肩膀，胸有成竹地回答道。

远处，沈硕甫正在忙着往墙壁上刷石灰。应云卫向他招了招手，"老沈，你过来，交给你一个任务！——给我画张图纸，我要盖间厨房，外带一个饭厅！"

"这……"沈硕甫一时没有反应过来。

应云卫夺过他的石灰桶，"我知道你学过美术设计，这点小事对你来说，就是'闲话一句，一句闲话'！"这是他的口头禅，也是江浙一带人喜欢说的话。"但是让你这个前台主任来管'后台'的事情，真有点对不住你了。"

"别，别，应先生你千万别这么说。我辞去美术编辑的工作，前来中艺，就是因为我热爱舞台，热爱话剧。"老实本分的沈硕甫露出了憨厚的笑容。

3. 小楼内女生宿舍

床铺一张挨着一张，几乎没有一点空隙。

五岁的白白缠着正在收拾行李的程梦莲，"妈妈，我是男生还是女生？"

"当然是男生啦，我的宝贝，而且是个响当当的男子汉呢！"

"那我为什么不住男生宿舍，要跟这些阿姨们睡在一起？"白白噘起了小嘴。

应云卫走了进来，听到儿子的话，尴尬地站住了。

"梦莲……"愧赧不已的他不知说什么是好，手一挥，模仿着京剧的动作，恭恭敬敬地作了一个揖："娘子，老夫这厢有礼了！"

程梦莲扑哧一声笑了，"这个老不正经的，让人看见！"

秦怡等几位姑娘见状都躲了出去，程梦莲这才叹了一口气，轻轻地嗔怪起来："我只是气你，什么事都是先斩后奏！我拖过你的后腿吗？凡是你决定了的事情，我哪次反对过？"她将白白搂到身边，一一数了起来，"那年，你要演戏，生生地辞去了北方航业公司的高薪聘请；后来，你要去国立剧校当教务主任，又硬是把家从上海搬到了南京；'八一三'沪战打响后，你头也不回地率领着救亡演剧队跑到了敌后，将我和孩子们孤零零地丢在了上海……要不是前年我带着白白万里寻夫，来到重庆，云卫啊，我们还不知道哪天才能团聚呢！"

"我知道,你跟着我受苦了……"应云卫不好意思地低下头,"咱们留在上海的那五个孩子,难道我不想吗?梦里都哭醒了好几回。尤其是卫卫,才刚刚两岁啊,仅仅是拉了个肚子,就,就……我还没来得及好好疼疼他呢!"

程梦莲的泪水潸然而下,"去年你为了导演《塞上风云》,带着剧组去内蒙古拍外景,我不是也跟着你一同前往的吗?白白当时才四岁,寄托在幼稚园里,结果染上了眼疾,差点没瞎掉!"

白白替妈妈抹去泪水,"妈妈不哭,白白愿意住在女生宿舍,愿意和阿姨们睡在一起。"

程梦莲破涕为笑,"还是白白懂事!……其实,住在哪里都是次要的,我只是问你,民营剧团没有工资,更没有固定的收入,你将中国电影制片厂的职务辞掉了,今后咱们一家的生活可怎么办?"

"大不了,不吃'腌笃鲜'就是了!"应云卫又开起了玩笑。

"你这个浙江人啊,'腌笃鲜'是你的命!——不就是用咸猪肉和冬笋,再加上新鲜猪肉炖出来的汤吗?竟然逢人就讲'吃别的不乐胃,青菜豆腐要闹肚子',好,这下子我看你到哪里去吃'腌笃鲜'了!"

应云卫收起笑容,"是的,'腌笃鲜'没得吃了,咱们在中国电影制片厂的那套房子也没有了,只好让你和白白挤在这个破破烂烂的集体宿舍里。"

"只要你高兴,我没有任何意见。你当你的社长,我帮着剧社管管服装和道具总可以吧?"

白白拍起小手:"白白也没意见,白白喜欢乡下,乡下好玩!"

4. 小楼后边的饭厅

刚刚搭建而成的饭厅连着厨房,狭仄而又简陋,只有四五张餐桌和数十把椅子。

剧社的同人刚刚吃罢晚饭,正围坐在桌边听应云卫讲话。

"今天来的路上,我听见有人在喊:'国泰,我们会回来的!''重庆,我们会回来的!'……"

"是我喊的!"项堃腾地站起身来。

"还有我——耿震!"又一个小伙子举起了手。

"喊得好,喊得好啊!"应云卫满意地笑了,"这就是咱们中华剧艺社的任务,胡公交给咱们的任务!"

"胡公?"众人你望我,我望你,纷纷议论了起来。

陈白尘站起身来讲话了,"大家可能还不知道咱们的中艺是怎么成立的吧?我来告诉你们……"

5. 闪回

深夜,位于重庆张家花园65号的中华全国文艺界抗敌协会的小楼悄无声息。

一个身影闪进大门,接着匆匆登上了楼梯。

"翰笙大哥,你终于来了!"陈白尘拉开房门,迫不及待地扑了上去。"自从皖南事变之后,你就将我和鲤庭'扣留'在了这里,既不同意去延安,也不答应去香港。这不,都整整三个月了!……快说,快说,你今天来,一定是给我们带来好消息了!"

低矮逼仄的小屋,一张单人床,一张小木桌,只够三人容膝。

阳翰笙被让到唯一的一把椅子上,陈白尘和陈鲤庭并排坐在床边。

"中共南方局文委已经作出决定:以话剧为突破口,迅速打开因白色恐怖而造成的消沉局面,重新掀起大后方抗战文艺运动的新高潮。"阳翰笙那略带宜宾口音的四川话,亲切又悦耳。

"太好了!快说,我们该怎么办?"陈白尘和陈鲤庭相互交换着兴奋的目光。

"组织起一个由二三十人为班底的民营剧团,不受官方的控制,演我们自己的戏,说我们自己想说的话。……今天我来,就是与你们商量这张破敌的蓝图,"他抬了抬手,"白尘,拿纸拿笔来,先拟出一份名单!"

三颗脑袋凑在了一起,阳翰笙伏在方桌上一一写着名字。

"你们'二陈'当仁不让:一个编剧,一个导演。"

"再加一个贺孟斧,国立北平大学戏剧系的高才生,水平远在我之上。"陈鲤庭推荐道。

"要得,要得。"阳翰笙写下贺孟斧的名字。

"还有剧运前辈辛汉文,让他负责艺委会;剧务与事务管理专家孟君谋,让他负责总务。"陈白尘掐着手指补充道。

"要得,要得,我们暂时就称它为理事会。"阳翰笙在纸上又写下两个人的名字。

"等等，"陈白尘突然想到了什么，"光靠我们这些人怎么够呢？尤其是没有一支公认的明星队伍，要想在重庆的舞台上叫得响，是根本不可能的。"

阳翰笙大笑起来，"莫慌，莫慌，到时候我们把中央电影摄影场和中国电影制片厂里的名演员都请出来，让他们吃国民党的饭，演共产党的戏！"

"真是锦囊妙计！"陈白尘钦佩地望着阳翰笙，"前方打仗，胶片紧缺，这两个厂也根本拍不出电影来了。老大哥，这是你和郭沫若先生想出来的办法吧？"

阳翰笙摇了摇头，没有回答，但最终还是憋不住了："胡公！"声音很低，却字字清晰。

"谁？周恩来同志！"陈白尘和陈鲤庭都惊呆了，望着阳翰笙的脸半天说不出话来。

"是的，他一直在关心着这件事情，而且与我商量出了一个剧团的名字，就叫中华剧艺社，你们同意吗？"

"中华剧艺社？太棒了！""二陈"兴奋不已，"哪天开张？我们已经等不及了！"

"莫慌，莫慌，还有最重要的一件事情没有商议呢！……社长由谁来担任？你——白尘，不行；你——鲤庭，更不行。他必须是政治色彩不太浓，去政府登记立案时不致被怀疑的人；又必须是对内可以领导群伦、对外可以对付三教九流及一切牛鬼蛇神的人物。"

陈白尘频频点头，"是的，剧团就是'戏班子'，没有这种头面人物是兜不转的。1937年冬天我率上海影人剧团到成都,和当地军阀土匪袍哥大爷打交道的滋味算是尝够了,必须得长袖善舞,必须得八面玲珑啊,我没这个本事。"

"他还必须会筹款,会赚钱,民营剧团没有工资可发,二三十人的吃穿住行都要靠他去张罗,这个本事我也没有。"陈鲤庭也默然无语了。

"想想,开动脑筋再想想,难道我们身边就没有这么一个合适的人选吗?"阳翰笙站起身来。

"二陈"互相看了一眼,几乎是同时喊了出来:"老应——应云卫!"

"对,就是他!"陈鲤庭的眼睛亮了起来,"对洋人他能说英语,对流氓他会讲行话。听说去年他带着摄制组去西北拍摄《塞上风云》,临走前不知从哪儿搞来了一副少将领章,别在军装上。结果是一路畅通,当兵的见他无不立正敬礼。"

"对头,对头,他还借机去了一趟延安,见到了毛泽东同志。"阳翰笙也笑了起来,"这就是他'兜得转'的本事,机智灵活,不拘一格。"

"可是……"陈白尘话到嘴边又咽了下去。

"有话就说嘛!'可是'个啥子哟?"阳翰笙笑了,"我明白,你是不放心他这个'买办资产阶级'的政治立场。不错,这顶'帽子'是他自封的;在别人眼里,他更像个地地道道的上海'小开'。不像你,参加过地下党,还坐过国民党的牢……"

"是的!"陈白尘毫不隐瞒地点了点头,"我怕……"

阳翰笙收起了笑容："你们都不知道，应云卫于1930年就加入了左翼剧联，当时因为考虑到他的公开职业和社会地位有利于开展进步文化运动，才没有公布他的这一秘密盟员身份。算算年头儿，可是远远在你们二位之前哟！"

"原来如此！"陈白尘兴奋了起来，"难怪他能拍摄出红遍全国的《桃李劫》，还有后来的《八百壮士》！"

"难怪他能喊出'多拍粗臂，少拍大腿'的口号！"陈鲤庭也补充道。

窗外曙光微露，雄鸡高唱，新的一天来临了。

6. 小楼后边的饭厅

……所有人都兴奋地鼓起掌来。

角落里，白白坐在妈妈的腿上，也拍起了巴掌。程梦莲悄悄抹去腮边的泪水，情不自禁地在儿子的脸上亲了一口。

应云卫有些不好意思了，他手臂一挥，站起身来，"我不下地狱，谁下地狱？"他拍了拍胸脯，"更何况这也不是地狱！"

项堃忍不住发问了："应先生，谁都知道你是中国电影制片厂的顶梁柱，虽非高官，却有厚禄，月薪足足几百大洋呢，你就这样……"

"闲话一句，一句闲话！"应云卫大笑起来，他没有直接回答这个问题，而是点燃了一支烟，慢悠悠地讲起了他的故事："那次去延安，我跟毛泽东先生在一个桌上吃饭。你们不晓得啊，他可是真的了不起！水平高，各方面都比我高，让我佩服得五体投地。……但是要论抽烟么,哈哈,我们则是不相上下哟。那天,我和他足足抽完了一听大前门——整整五十支啊!"

众人哄堂大笑。

"老应啊,你跟这帮小兄弟们就没有一句正经话!"陈白尘假装生起气来,扭头看了他一眼。

"对,对,你们要听白尘的话,他是秘书长。胡公交代的任务是:他主内,我主外;他负责内政事务、团结队伍、制订演出计划,我负责对外联系、集资筹款、租赁剧场。"

秦怡悄悄地抓住项堃,好奇地问道:"项堃大哥,不管怎么说,你当时也是中制的演员,好歹每月有几十块钱的薪水呢,干吗也要跟着辞职啊?"

"干吗?"项堃头一扭,"憋屈!郁闷!不痛快!——中制属于国民党的军事委员会,中电属于国民党的中央宣传部,那是我们待的地方吗?……江村,你们都认识的,国立剧专的校友,比我低两届,就因为在厂里贴了一张苏联电影《列宁在1918》的广告,被剥夺了演戏的权利,还给软禁了起来!"

"是的,哪怕一分钱没有,我们也要到中华剧艺社来!"一群经历相同的伙伴们异口同声地回答道。

窗外夕阳西下,金灿灿的余晖映照在一张张年轻而又兴奋的脸上。

7. 小楼前的露天打谷场

月光如水的夜晚。四周的房屋和竹林都沉入了梦乡,唯有小楼前的打谷场上欢声笑语，中艺的同人围坐在一起谈天说地。

"我去把白尘大哥喊下来休息休息，这样没日没夜地赶剧本，真要把人累垮了。"秦怡站起身来。

"秦怡，你歇歇吧，喊不下来的，任务没有完成，他怎么会停笔！"程梦莲大姐姐般地劝说道。"你们看，为了节省灯油，老应只允许他一个人点灯。咱们呢，一到晚上就只能借助月光来摆'龙门阵'了……"

"我去试试，哪怕生拉硬拽，也要把他弄下楼来。"秦怡一溜烟地跑了。

厨师老姜叼着烟杆走了过来，"陈先生确实太辛苦了，整夜整夜地写，想给他做点夜宵，又没钱……"他磕了磕烟袋锅子，"应先生有规定，每天的菜金不许超过两块钱，可是二十多张嘴呢！只能烧点开水，给他送去。"

应云卫双手一摊，"开办费只有三千块钱，我不能不精打细算啊。"他扭头看了一眼程梦莲，对方立即心领神会，从自己的口袋里掏出几张钞票，递了过去。

"老姜啊，明天去买几个鸡蛋，煮熟了给陈先生送去。"应云卫朝他眨了眨眼，随后又是那句口头禅："闲话一句，一句闲话！"

"他不会要的，肯定不会要的！"老姜一个劲地摇头。

"那就买两包香烟，悄悄放在他的桌子上。"

"香烟，白尘老师就肯要了吗？"耿震好奇地问道。

"你们不懂，写戏的人一旦进入戏里，香烟对他来说，只是用嘴去抽，而不是用眼去看了……听说过吗？他在写《陌上秋》的时候，烟灰把他的棉袍子烧着了，他都不知道！"

"听说过，听说过，我们在国立剧专读书的时候就听说过。一个是白尘老师的故事，一个是曹禺老师的故事——他把墨汁当作白糖蘸着吃了！"耿震笑得直不起腰来。

"来了，来了，我终于把白尘大哥请下楼来了！"随着秦怡的叫喊声，大家站起身欢迎陈白尘的到来。

"说说看，用的什么法子？"项堃抢先一步问道。

陈白尘竖起两根手指代为回答："两颗花生米，就两颗。……真香啊！"

"别听他胡说，"秦怡急了，"花生米是有，那是昨天辛汉文老师送给我的十颗，我没舍得吃。而白尘大哥真正肯下楼来，是因为……"

"是因为她说了一句话，"陈白尘打断了秦怡，"她说，她之所以能够到中艺来，是因为应先生找到了她——在她婚姻不幸而陷入绝望，甚至想要离开舞台的时候，找到了她。应先生劝她不要放弃，更鼓励她要继续努力，争取成为一名优秀的话剧演员。"

"是的，我对白尘大哥讲，应先生已经答应我在你写的这个剧本里扮演一个重要的角色，而且说了，'你就是块木头，我也要让你在台上演出彩来。'可是到现在我连这个戏是什么内容都不知道，又怎能演好呢？"

"哈哈，哈哈！"众人大笑了起来，"还是你鬼点子多！"

"她说得对，"陈白尘边笑边点头，"我也不应该闭门造车，从今天起,每天晚上和大家交流一个小时,谈人物,谈情节,谈戏剧冲突,认真听取大家的意见。"

"好!"众人鼓起掌来。

"搭牢,搭牢!"应云卫将左右手的两个食指扣在了一起,向秦怡递了一个眼色,"对,戏就要这样演——一定要'搭牢'!"

……

又是一个夜晚,凉风习习,蛙声阵阵,中艺的同人披着衣服,围坐在场院的草垛旁。

"这个戏的主角是一位爱国的民族资本家,名字叫黄毅哉,他为了不做在敌人羽翼下苟且偷生的人,硬是历经艰险,将自己的纱厂从沦陷区迁往了大后方。"陈白尘点燃一支烟,娓娓地讲述起来,"夫人在逃难的路上病逝了,孙女在饥饿之中夭折了,他自己也在敌机的轰炸下负了重伤。但是他没有动摇,没有失望,就在他的新工厂经受了无数次的磨难而终于敲响了开工的钟声时,他听到了那钟声里传出的希望:'大地必然要回春的,我坚信!'"

"真是太感人了!白尘老师,这个故事从哪儿来的?黄毅哉的原型是你的父亲吗?"众人纷纷议论着,并提出了各种疑问。

陈白尘不知如何回答,他抬头望着那轮皓月,轻轻地诉说着自己的心声:"这个剧本的孕育是在今年的春天,当时我抓取的人物只有一个,就是里边的冯兰。她以她自己的行动,让我看到了中华民族的许多优秀女性是怎样从封建家庭里挣脱出来奔向了民族解放的大道。我激动得想写出她,一定要写出她……"

"这个人是谁?"秦怡迫不及待地追问道。

"傻丫头,还听不出来吗?"程梦莲扯了扯秦怡的衣袖,"一定是他的女朋友,而那个黄毅哉就是他未来的岳父了。"

"好哇,等这个戏演出成功了,白尘,我一定亲自来主持你们的婚礼。而这位让你心动的'冯兰',无疑就是我们中艺的保护神!"应云卫拍起了巴掌。

"白尘先生,还有一个问题,"耿震挤到了前面,"你一贯是写喜剧的,比如那个讽刺汉奸的《魔窟》,1938年我们在国立剧专读书时就演出过。当时红遍了大后方,听说连新四军的军部都排演过,周恩来同志还题了字。可是这次,你怎么会写起正剧来了?"

"这个问题我来回答,"应云卫收起了笑容,"你们可知道,胡公是如何关心咱们剧社的?——三千块钱的开办费,是他以军委会政治部副部长的名义批准的,由郭沫若主持的文化工作委员会拨给了我们;你们这几天吃的大米,是他让八路军办事处给送来的,听说大家一天只吃两顿饭,心疼得不得了;还有就是咱们剧社开张的第一个戏,他也明确作了指示:'不要有太浓的政治色彩,以便审查时能够顺利过关。'"

"所以呀,我就写了这个《大地回春》。资本家的故事容易迷惑他们,但是你们懂得我的意思:大地必然要回春的,严寒必然要驱散的!"

应云卫带头鼓起掌来,"好,我亲自来导演,一定争取一炮打响,一定争取首战告捷!"

"我们也一定紧跟着你,'搭牢',再'搭牢'!"秦怡激动得跳了起来。

皎洁的月光下,一双双明亮的眼睛闪烁着兴奋而又期盼的光芒。

8. 小楼后边的饭厅

秦怡满身泥水地随着程梦莲从外边走了进来。

"怎么回事?"众人关心地围了上去。

"掉水田里了。"程梦莲笑着代为回答。

"不对,不对,是猪肉掉水田里了。"秦怡高高地举起一块五花肉,破涕为笑,"昨天辛汉文老师不知从哪儿搞到了几块钱,今天一大早我就和应师母去集市了。结果,结果,是我不小心摔了一跤,肉就不见了……"

众人哄堂大笑。

"结果就是——猪肉失而复得!"耿震迫不及待地挤上前来。

"结果就是——今天可以打牙祭了!"十五岁的川娃子抱起了白白,二人兴奋得手舞足蹈起来。

"妈妈,今天可以吃'腌笃鲜'了吧?"白白忍不住咽了一下口水。

"不,今天吃红烧肉!我亲自下厨!"程梦莲边系围裙,边走向灶台。

厨房内,热气腾腾,程梦莲和老姜忙得大汗淋漓。

厨房外,人头攒动,个个伸长了脖子在向里张望。

白白扬起小脑袋问道:"川娃哥,你吃过'腌笃鲜'吗?"

川娃子茫然地摇了摇头。

"你妈妈没有给你做过吗?"

"我妈妈和我爸爸都被日本飞机炸死了。家里就剩我一个人,只得上街给人擦皮鞋。是应先生收留了我,他说他要教我演戏。"

阵阵肉香飘出了窗外。一群野猫聚在了门口,几只野狗伸长了舌头在远处逡巡。

门帘掀起,程梦莲高声宣布:"开饭了!开饭了!"

耿震第一个抢上前去,接过她手中的盘子。

中艺的全体人员齐刷刷地围坐在拼在一起的餐桌旁。桌子中央是一大盘油汪汪的红烧肉,正在冒着热气。"白尘,老应进城去了,不知什么时候才能回来,你就宣布开始吧。"程梦莲也有点熬不住了。

"好,"陈白尘将盘子高高举了起来,"我现在正式宣布……"

"轰!"话没说完,一颗炮弹落在了院子里,接着又是一颗,又是一颗。

众人惊慌失措,纷纷抱头躲藏,灶台下,桌肚里,墙根旁……

白白懵里懵懂地站在那里拍着巴掌看笑话:"好玩,好玩!"

川娃子一个箭步冲上去,将他护在了身下。

……

敌机飞远了,大家心有余悸地站起来,拍打着身上的尘土。哭的哭,骂的骂,乱成一片。

门窗倒了，墙壁裂了，屋内一片狼藉。

陈白尘似乎没有听见飞机的轰炸，依然举着那盘红烧肉站在桌子旁，"过去啦，过去啦，快来吃红烧肉吧！"他高声招呼着大家。可是再一看盘子里，香喷喷的肉块早已变成了黑泥团。他长长地叹了一口气："可惜啊，可惜，今天打不成牙祭了！"

"不，还有明天，还有后天！"耿震泪光闪闪地回答道。

"对，我拿去洗洗，还能吃！"川娃子夺过盘子，奔向厨房。

项堃跳上了一把椅子，朗诵起了《大地回春》中的台词："大地必然要回春的，我坚信！"

众人齐刷刷地围拢过来："大地必然要回春的，我坚信！"

……

山间小路崎岖不平。应云卫满头大汗地往回赶，衣服湿透了，帽子也不见了踪影。

远远听到屋内的声音，他三步并作两步扑了进来。"好，好，大家没事就好。只要没有'成仁'，咱们接着再干！"他一屁股瘫坐在地上。

9. 重庆国泰大戏院

戏院门外。熙熙攘攘的人群，有的在排队买票，有的在等候入场。远处不停地有人抬着花篮前来祝贺，上面挂着鲜红的绸带。

海报栏里张贴着《大地回春》首演的巨幅广告："新的中国是怎样诞生的？民族工业是怎样建立的？中华儿女是怎样锻炼

的？——请看剧坛五年来的第一部抗战史诗！"

戏院门口。沈硕甫在维持着秩序，他紧紧地盯着几个身穿军装的人——手中没有戏票，只有一张"派司"。他上前拦住了他们，对方挥起拳头，他依然柱石般地挡在门口。

戏院后台。应云卫指挥老姜将两个竹筐挑了进来。"快来，快来！每人都有份：一个包子，一个馒头！"

"应先生，你从哪儿搞来的钱？"已经化好装的项堃和秦怡忙不迭地吃了起来。

应云卫看看四周，压低了声音："是胡公派人送来的，他说了，不能让你们饿着肚子上台。……为了打响这第一炮，大家放开肚皮吃吧！"

他的眼里涌出了泪水，众人也停止了咀嚼，纷纷背过脸去。

剧场大厅。黑压压的人头，座无虚席。演出已近尾声——

  冯　兰：舅舅，新的中国属于抗战的青年，而不是属于那些垂死的家伙们！

  黄毅哉：说得对，我们的旧纱厂毁了，但是我们的新纱厂一定会开工的！敌人虽然不断轰炸重庆，但是新的重庆一定会建设起来！国家虽然是山河破碎，但是我们的新中国已经在诞生中了！

  冯　兰：大地必然要回春的，我坚信！

观众席中掌声雷动，并伴有阵阵口号声。

阳翰笙陪着郭沫若一路小跑来到后台。他一手抓住应云卫，一手抓住陈白尘："恭喜你们，祝贺你们，开锣戏大获成功！"

郭沫若双手高举，抒发起诗人的情怀："《大地回春》，春回大地，你为大后方的抗战剧坛创造出了一个五光十色的灿烂世界！"

"我们一定再接再厉，让中艺在陪都重庆真正地站稳脚跟！"应云卫回答道。

陈白尘握住郭沫若的手，"请郭先生转告胡公：他的包子我们吃了，他的心意我们领了。"

郭沫若边点头边指示道："胡公同我商量了，每年的10月到第二年的5月是重庆的雾季，敌机无法来轰炸，我们就充分利用这一有利时机，大演特演咱们自己的戏！当然，重庆的话剧舞台必定要由你们中艺来挂帅，来打头阵！"

"一句闲话，闲话一句！"应云卫兴奋地跳起了雀步。

陈白尘忍不住笑了起来："这叫什么舞？"

"应氏舞！——自编的！"他索性边跳边转起圈子来。

10. 国泰对面的小茶馆

街道两旁的树枝上绽出了新芽，成双成对的燕子在屋檐下盘旋筑巢。春天到了，新的一年来临了。

茶馆不大，顾客不少，堂倌来回穿梭着，为客人端茶续水。

通向后院的门洞，六七个平方米，摆放着一张桌子，几把椅子。陈白尘陪着郭沫若坐在里边喝茶。

"这就是你们居住和办公的地方?"郭沫若诧异地问道。他探身向后院望了望:一栋破旧不堪的二层小楼,小楼的旁边是一片被轰炸后的废墟。在凌乱的瓦砾和烧焦的木椽中间,清理出了一块稍微平整的场地,演员们正在那里排练。

"放心,"陈白尘信心十足地说道,"条件虽然差了点,但是你的《屈原》,我们一定以最高的水平搬上舞台!——演员是一流的,导演也是一流的。我知道,这是你向胡公提出的建议,是对我们中艺的最大鼓励和支持。"

"那天,你让云卫当'演出者',我就明白了你的用意。"郭沫若拍了拍陈白尘的肩膀,"他的作用远远在所有人之上啊!——对上,他要去结交官府,以此获得剧本的'准演证';对下,他得去买通军警,请他们来弹压地痞流氓以及看白戏的小混混们的滋扰。另外,为了那些五花八门的捐税,还得去跑税务局,去找一些机关团体来赞助……这些杂七杂八的工作,真是难为他了!"

"放心吧,没有他办不成的事情。这不,今天一大早又去中正学校了,说是终于想出了一个由头,要让他们也放点血出来。"

"哈哈,哈哈,任何事情对他来说,都是'闲话一句,一句闲话'!"郭沫若大笑着站起身来,"走,去看看你们的排练!"

……

所谓的"排演场",什么都没有。陈鲤庭正站在一个翻倒的门墩上指导着演员在排练。——这是第五幕的第一场:婵娟继屈原之后,也被囚进了大牢。

宋玉：婵娟，恭喜你成为烈女啦!

婵娟：宋玉，我特别的恨你! 你辜负了先生的教诲，你是没有骨气的文人!

"停!"站在一旁观看的郭沫若向陈鲤庭示意了一下，走到饰演婵娟的演员面前，"我总感觉这句台词骂得不够有力。"

"我也有这种感觉。鲤庭帮我排演了好多次，还是不满意。"饰演婵娟的演员皱起了眉头。

"要么，你在'没有骨气的'后面加上'无耻的'三个字，再试试看?"

她又试着开始了："你是没有骨气的无耻文人!……你是没有骨气的无耻文人!"她摇摇头，"还是不理想。"

陈鲤庭也在动脑筋，"你直接走到台口，把手再抬高些，身子向前倾……"

"还是不行!"她一筹莫展地坐了下来。

"你们看，这样改好不好?"一个声音从候场的人群中传了出来，"就改一个字——将'你是没有骨气的文人'，改为'你这没有骨气的文人'。"

"'你这没有骨气的文人'，'你这没有骨气的文人'!——好，改得好! 有力量，有味道!"郭沫若激动地跑了过去，紧紧握住对方的手："你叫什么名字?"

"我叫张逸生。去年年底才加入中艺的，国立剧专1938年的毕业生。"他的脸红了。

郭沫若一把抱住他："你是我的'一字之师','一字之师'啊！"

"好，再来一遍！"陈鲤庭满意地向陈白尘点了点头，高高地举起了手臂。

11. 国泰大戏院的舞台

台上，工人们在紧张地安装布景，调试灯光。

台下，陈鲤庭和应云卫发生了激烈的争执。

"必须得给我一个乐池！"陈鲤庭坚持着自己的意见。

"这可难死我了，我到哪儿去给你搞乐池？"

"将前面三排的观众席拆掉！统统拆掉！"

"什么？那要损失多少钱啊？"应云卫急了，"老兄，你是不知道啊，每次演出就算是场场客满，我们也拿不到一分钱，统统都得拿去缴税啊！——娱乐捐、消防捐、防空捐、印花税……真是五花八门！只有前边这几排座位的戏票是个例外，它们叫'荣誉券'，是以筹募基金的名义出售的，价格可以是普通戏票的十倍、二十倍，最重要的是不用纳税。虽说这笔收入最终要被那些出面筹募的机关和社团所攫取，但是剧社毕竟也能从中分得一杯羹啊。"应云卫几乎要下跪了，"老兄，这可是咱们的活命钱啊，中艺的数十张嘴等着我呢，我可赔不起，赔不起啊！"

"不行！我已经请来了刘雪庵作曲，金律声指挥。屈原的那段长诗《雷电颂》，没有乐队伴奏怎么能出效果？"陈鲤庭丝毫不让。

"这,这……"应云卫急得团团转,"要不将乐队放在幕后试试?"

"不行,必须放在舞台前面!"

"我懂,我懂!我也是当导演的,"应云卫咬咬牙,狠下心来,"好,就听你的!——拆,拆!为了演出的成功,我豁出去了!"

闻讯从后台奔来的陈白尘和郭沫若,不约而同地停下了脚步,相互对望了一下,满是赞许的目光。

12. 国泰大戏院

1942年4月3日,《屈原》首演的当天。

巨幅海报张贴在剧场门外,上有"为中正学校筹募图书馆基金"的字样。等候入场的观众挤得水泄不通,中间不时传出叫喊声:"有人退票吗?我出双倍的钱……"

通往后台的小门。沈硕甫如同门神般地把守着,一位油头粉面的公子哥儿愤愤然地扔下一束鲜花,扭头而去,"哼,有什么了不起!"

川娃子不解地拉了拉沈硕甫的衣角,"沈大哥,你为什么不让他进?"

"这是我的最后一道防线,身为前台主任,我必须要守住它。"他摸了摸川娃子的脑袋,"话剧是门高雅而严肃的艺术,我们不是卖艺的,更不是卖笑的。这些道理,等你长大以后就会明白了……"

后台。演员们正在化装,静谧的气氛中隐藏着紧张的旋律和有条不紊的节奏。

六岁的白白被按在了椅子上,应云卫正给他涂抹油彩。"听话,等会儿爸爸带你上台,不许乱说乱动,一切听我指挥。"

"爸爸,我也是演员吗?"

"是的,你是群众演员。剧社人手不够,大家都要上台帮忙,你看,妈妈和川娃子不是也来了吗?……我演一个老头,你演我的孙子,咱们都是老百姓,一齐去为屈原送行。"

前台。演出正在进行着。

囚禁在东皇太乙庙中的屈原,戴着手铐和脚镣一步步走到台口,他甩了甩披肩的长发,仰天长啸——

风!你咆哮吧,咆哮吧!尽力地咆哮吧!在这暗无天日的时候,一切都睡着了,都沉在梦里,都死了的时候,正是应该你咆哮的时候,应该你尽力咆哮的时候!

尽管你是怎样的咆哮,你也不能把他们从梦中叫醒,不能把死了的吹活过来,不能吹掉这比铁还沉重的眼前的黑暗,但你至少可以吹走一些灰尘,吹走一些砂石,至少可以吹动一些花草树木。你可以使那洞庭湖,使那长江,使那东海,为你翻波涌浪,和你一同地大声咆哮啊!

……我没有眼泪,宇宙也没有眼泪啊!眼泪有什么用?我们只有雷霆,只有闪电,只有风暴,我们没有拖泥带水的雨！这是我的意志，宇宙的意志。鼓动吧，风！咆哮吧，雷！闪耀吧，电！把一切沉睡在黑暗怀里的东西，毁灭，毁灭，毁灭呀！

乐池中，指挥家在奋力地挥动着手臂，大小提琴一起奏出悲壮而雄浑的乐章，伴着演员铿锵有力的朗诵，让人亢奋，让人激昂。

观众情不自禁地站立起来，鼓掌，呼喊，泪流满面……

大幕徐徐落下，幕布后面的演员依然沉浸在角色的情感之中，双手高举，一动不动。应云卫和陈鲤庭急忙奔上前去，扶住他。"川娃子，快，快拿水来！"

二

13. 中央电影摄影场

场长办公室里，罗学濂正对着陈鲤庭大发雷霆："你，还有白杨、顾而已，拿着我的工资跑到中艺去演戏，像话吗？像话吗！"

"中电又没电影可拍，我们不过是去串串场子罢了。"陈鲤庭故作委屈地回答。

"没有电影可拍，难道不能演戏吗？"罗学濂换了一副面孔，"你看，中国万岁剧团不是排了陈白尘的《陌上秋》和马彦祥的

《江南之春》吗？中央青年剧社也排了曹禺的《北京人》和袁俊的《美国总统号》！咱们中电剧团怎能袖手旁观，怎能无动于衷呢？"

"场长，你的意思是……咱们也不能落在他人之后？"陈鲤庭明知故问。

"老兄，帮帮忙，我知道你的水平，咱们也弄出个戏来，和他们一争高下！"

"哎哟，那我得找白尘商量商量，看他有没有时间，愿意不愿意跟我们合作。"陈鲤庭故意卖了个关子。

"你和他的关系谁人不知，谁人不晓。拜托了，拜托了！"罗学濂再三作揖。

14. 茶馆后院

"哈哈，我要的就是这个结果！"阳翰笙听完陈鲤庭的汇报，仰天大笑。二人穿过马路，走进小茶馆的后院。

院子里放置了两排餐桌，桌上破天荒地摆着数盘荤菜和两瓶红酒。中艺的同人围坐在四周，早已是馋涎欲滴了。

应云卫端着酒杯在向大家宣布："雾季结束了，咱们的第一战役获得了辉煌的胜利。今天就算是庆功宴，大家放开肚皮使劲吃吧！"

"别忙，别忙，"陈白尘站起身来，"咱们这第一杯酒，为了《屈原》，干！第二杯酒，为了翰笙大哥的《天国春秋》，干！这两个戏创下了重庆地区演出场次的最高纪录，我在这里代表老应感谢在座的各位同人了!"

"更重要的是,中艺已经成为大后方的一面旗帜。"阳翰笙举起了酒杯,"你们注意到了没有?在这面旗帜的指引下,那些官办的剧团也纷纷活跃起来了。昨天中电的场长找到鲤庭,竟然央求起他来了。——白尘,你不是刚刚写完一个喜剧,叫什么……噢,《结婚进行曲》,对吧?大方点,送给他们!为的是形成一个联合作战的整体,将重庆的话剧舞台搞它个热火朝天!"

众人纷纷鼓起掌来,并将阳翰笙团团围住。

陈白尘突然意识到了什么,急忙拨开人群,"翰笙兄,莫非你从胡公那里来?"

阳翰笙笑了:"正是。几天前他在天官府设宴招待从香港回来的夏衍等人,亲口对他们说:'在连续不断的反共高潮中,我们钻了国民党反动派的一个空子,在戏剧舞台上打开了一个缺口!'"

应云卫兴奋地又跳起了雀步,秦怡尾随着他,越来越多的人尾随着秦怡,一起跳起了别具一格的"应氏舞"。

厨师老姜搓着手站在一旁看着,眼中涌出了泪花。他忽然转身跑向厨房,"我再给你们添几个菜,钱由我来出……"

15. 中电剧团办公室

屋内一片嘈杂,是陈白尘的声音:"这五十块钱的首演费我不要了,退还给罗学濂,退还给你们中电。要我修改,宁愿不演!"

应云卫闻声走了进来,只见一摞钞票扔在了桌子上。陈白尘气得满脸通红,"告诉你们场长,剧本我撤回了!"陈鲤庭和孟君谋在一旁不住地劝慰道:"消消气,我们再想办法……"

"嘿,白尘老弟,又要造反了!以前只是听说你在上海艺术大学读书时领头闹学潮,后来又在淮阴街头赤膊上阵高呼'打倒蒋介石'。今天算是见识了,好汉,一条好汉!"应云卫边竖大拇指边有意打趣道。

"老应啊,别开玩笑了,这边已经是火烧眉毛了!"陈鲤庭一筹莫展地摇了摇头。

"是这样,"孟君谋赶快解释说,"你是知道的,中电剧团直属于国民党的中宣部,所有的演出必须要经过他们的批准。这不,初审意见下来了,剧本必须修改,否则不准演出!罗学濂没办法了,我这个中电剧团的团长也没办法了……"

"没有办法,想办法嘛!"应云卫点起一支烟,"去年,阳翰笙的《天国春秋》不是被删得一塌糊涂吗?结果,我去找到重庆市党部的吴茂荪,他是翰笙的朋友,他悄悄地回了我一句话:'我删我的,你演你的,横竖审查官们不会拿着剧本来看戏!'怎么样?还不是顺利演出了吗?今年,夏衍的《法西斯细菌》又要排演了,我想来想去,找到了一位在检查部门当差的老兄。这家伙虽说是C.C方面的人,可一心想当作家。于是我跟他咬了个耳朵:'这次你帮了我,下次我一定帮你——保证让你的戏能够上演,而且是一流水平。'……哈哈,这不又过关了!"

众人急忙围了过来,"快,老应,帮帮忙,给我们出个点子。"

"闲话一句,一句闲话!"他连吸了两口烟,似乎已成竹在胸了。"白尘,你说说看,这个《结婚进行曲》写的是什么内容,喜剧吗?"

"前边四幕是喜剧,反映的是当前重庆的现实,未婚女子找不到房子,结过婚了又找不到工作,于是一对小夫妻陷入重重的矛盾与困境之中。第五幕则一反前面的风格,变成了悲剧——这对小夫妻斗不过眼前的社会,只得败下阵来,于梦中去追寻他们的理想了……"

"好,有办法了!"应云卫大腿一拍,"君谋,你们中宣部的部长王世杰是不是稍许'开明'些,嗅觉也远远不如C.C特务潘公展那么敏感?"

"是的,你难道……"

应云卫招招手,将孟君谋和陈鲤庭喊到身边,悄悄地耳语起来,"……听我的,就这样办,保证到时让你们顺利公演!"

16. 国泰大戏院排演场

《结婚进行曲》正在彩排,孟君谋陪着王世杰、潘公展,还有罗学濂坐在台下观看。戏演到了第二幕——布景为一座正待出租的老房子:

  王科长:[敲门]黄瑛女士是住在这里吗?
  黄 瑛:哦,王科长,请进。……你是来调查我的家庭情况吗?我就一个人住在这儿,家里没有第二个人。

王科长:太好了!只因为我们局长说了,结了婚的、订了婚的女士一概不用,鄙人也毫无办法,只好来看一看。……不过,对于黄女士么,[色眯眯地看着她]根本不用调查……

黄　瑛:哦,不用调查了,那么就请王科长……[做了一个送客的动作]

王科长:我,我对黄女士真是一见倾心啊![想抓她的手]

老头儿:[手持钞票,一头冲了进来]姓刘的,退钱给你,这房子不租了!

黄　瑛:[急忙迎上去]你别找他,跟我说好了。

王科长:[掏出名片]鄙人姓王,王科长,请问……

老头儿:你是谁?

黄　瑛:是我的客人。[对王科长]他是看房子的。

老头儿:咦,姓刘的呢?我要退钱给他!

黄　瑛:钱是我给的,房子是我租的,有话对我讲。

老头儿:你租的?你一个人住?

黄　瑛:当然我一个人住。

老头儿:好,终于说实话了!单身人不租,替我搬!

王科长:你这个人岂有此理!拿了人家的房租,为什么不租房子?我送你到警察局去!

老头儿:管你送我到什么地方去,不租了!一会儿姓刘

的，一会儿又是个姓王的。你究竟是黄小姐，还是刘太太、王太太？反正我是不租了！［下］

王科长：黄女士，姓刘的是什么人？

黄　瑛：是，是一个帮我搬家的老同学。唉，王科长，您调查完了，就请吧。您看见了，因为我是单身，他还不肯租房子哩！

王科长：房子嘛，倒不要紧。舍下正好有两间空房，而且我也是一个人住，如果黄女士不嫌弃……

刘天野：［从藏身的衣柜后边跳了出来］他妈的，你这个混蛋，我揍你！

老头儿：［听到声音又回来了］咦，姓刘的，你从哪儿冒出来的？

王科长：我明白了，你们是夫妻，聘书不签了！

老头儿：我明白了，你们不是夫妻，房子不租了！

……

台上打打闹闹乱成了一锅粥，台下王世杰笑得前仰后合，并不住地向罗学濂和潘公展说道："青年人的工作与生活问题，确实应该注意啊……"

孟君谋一看火候已到，连忙于幕间休息时递上一份报请公演的呈文，还有一支早已准备好的钢笔："部长，您看……"王世杰还沉浸在刚才的笑声中，顺手接过钢笔和呈文，龙飞凤舞地签下了四个字：同意上演。

陈鲤庭于侧幕旁向演员们做了一个手势,大家一窝蜂地跑下台去,向着王世杰使劲鼓掌。他站起身来,极为满意地说道,"好,今天就看到这里吧,预祝你们演出成功!"

潘公展站在一旁,急得如热锅上的蚂蚁,频频向他使眼色,可惜王世杰根本没有看到。

……一行人走远了,陈鲤庭高声喊道:"接着排,第五幕!"

17. 国泰大戏院

广告栏里贴着《结婚进行曲》公演的巨幅海报。

陈鲤庭和孟君谋陪着陈白尘站在戏院门口,外边是潮水一般等候入场的观众。

应云卫站在马路对面,向他们调皮地竖起了两只大拇指,然后长袍一撩,跳着雀步跑远了。

舞台上,戏已经演到第五幕了——黄瑛成了家庭妇女,只能在家烧饭,带孩子。憔悴不堪的她一边晃着摇篮,一边在读倍倍尔的《妇女与社会主义》,渐渐地睡着了:

黄　瑛:[在说梦话]我骂这个世界!我要打烂这个世界!

刘天野:[倒了一杯开水,送到黄瑛身边]阿瑛,喝点水吧。

黄　瑛:[呓语]我有行动的自由,我有独立的人格!我有……

刘天野：〔将取来的毯子盖在黄瑛身上〕阿瑛，当心着凉！

黄　瑛：我要一个职业，我只要一个职业，我是师范学院的毕业生啊！……

刘天野：〔终于悲愤地咆哮起来〕醒醒吧，别说梦话了！

大幕徐徐落下，台下鸦雀无声。陈白尘忍不住从侧幕边探出头去。

片刻，如同苏醒过来似的，从观众席中爆发出了震耳欲聋的掌声，还有雷鸣般的呼喊声。

18. 督邮街冠生园餐厅

这是重庆非常有名的一家西式餐厅，豪华而有气派。门里门外都是人，一场重要的会议正在准备召开。

大厅内摆了一溜餐桌，餐桌上放着水果、糕点和咖啡。主席台上坐着潘公展，还有几位国民党的御用文人。

台下已经坐满了来宾，都是各个剧团的负责人及主要演员。

应云卫、陈白尘、陈鲤庭和孟君谋推门走了进来，望望四周，找了一个角落的位子坐了下来。

"我听说，最近潘公展的日子很不好过，特别是自从《屈原》公演之后，影响力实在是太大了，我真担心他们要拿《屈原》开刀。"陈鲤庭不无担心地说道。

"是的，"陈白尘频频地点头，"别忘了，他们也想同我们争夺舞台。可惜的是，陈铨写的那个三幕剧《野玫瑰》，宣扬的竟然是法西斯思想，重庆戏剧界二百多人联名致函中华全国戏剧界抗敌协会，要求撤销对它的奖励并停止演出。我怕他们恼羞成怒，不能不防啊。"

"只喝茶，不说话，一切静观其变。"应云卫和孟君谋不约而同地回答道。

……

潘公展开始讲话了："在座的各位给我听好了，谁要再说《屈原》是好戏、《野玫瑰》是坏戏的，谁就是白痴！"他频频敲打着桌子，直骂得口沫横飞，七窍生烟。

"是的，"旁边的喽啰们也开始帮腔了，"什么叫'咆哮'，什么叫'爆炸'，什么叫'划破黑暗'？这是造反，这是有人借演戏搞不正当活动！这是别有用心！"

陈白尘和应云卫交换了一下眼色，孟君谋则下意识地用小勺子碰了一下咖啡杯："叮……"应云卫眼睛一亮，接着便有意地敲打了起来。"叮叮叮……""当当当……"就像是预先排练好的，大厅里顿时响成了一片。

潘公展的声音被淹没了，谁也听不清他在骂什么。但是最后几句话还是清晰地传到了大家的耳朵里："我代表中宣部正式向在座的各位宣布：从今天起，所有的剧本之出版或演出审查，一律归中央图书杂志审查委员会办理。……记好了：十天，上演前的十天，必须前来送审，一式三份，字迹清晰……"

"别怕，他不敢对《屈原》动手脚，"应云卫低声说道，"别忘了,剧本可是发表在他们的《中央日报》上的,演出时打的也是'为中正学校筹募图书馆基金'的旗号,而那些'筹募委员'们哪个不是社会上有头有脸的人物?"

"不好!"陈白尘突然有了一丝不祥的预感,"我的《结婚进行曲》今天正值第二轮公演……"他一把拉起陈鲤庭和孟君谋,飞也似的冲出冠生园的大门。

19. 国泰大戏院后台

《结婚进行曲》剧组的同人正在焦虑不安地议论着什么,桌上放着一本被涂改得面目全非的剧本。

陈白尘一头冲了进来,匆匆地浏览了一下本子,不由得怒火中烧。"什么?第五幕整个被删掉了!……还有这一场!……还有这里,这里,被改成了什么样子——'昔孟母,择邻处。'……这哪里还是我的剧本!"

演员们围拢了过来,"今晚的演出怎么办?"

"按照图审会的《条例》,他们只有删削之权,而无改作之权!"陈白尘眼珠一转,终于找到了依据,"我要向他们抗议!"

"且慢,且慢,"陈鲤庭摸着脑门心生一计,"就借口主要演员被请去参加茶话会了,今晚的演出来不及按照新改动的剧本背诵台词,因此难于从命。"

20. 国泰大戏院门口

夜深了,剧院已经散场。

国泰的大门口仍然聚集着一群人,陈白尘和剧组的演员们正在伸长了脖子向远处张望。昏暗的路灯下没有一个人影。

远远的,终于传来脚步声,是孟君谋,他上气不接下气地跑回来了。

陈白尘一把抓住他,"快说,快说,今天算是混过去了,明天怎么办?"

孟君谋双手一摊,"潘公展那个混蛋坚决不肯让步,他扯着嗓子对我喊:陈某人,一个小小的作家,竟然有那么大的架子,要我迁就他?不行!"

陈白尘火冒三丈:"你去告诉他,如果同意在海报上这样写——'编剧:陈白尘;改编:图审会。'我就答应上演。"

孟君谋一屁股坐在了地上,揉着肿胀的双腿,"我是真没办法了,潘公展不是王世杰,他可是又臭又硬啊!白尘,你别忘了,他这是在报上一次的'一箭之仇',被我们愚弄的'一箭之仇'啊!"

陈白尘平静了下来,他将陈鲤庭和所有的演员们召集到身边:"我决定了:宁愿不演,也不能接受图审会篡改的剧本!……"他的话音还没落地,大家便异口同声地回答:"白尘,你放心,我们坚决支持你!"

……

天亮了,国泰大戏院的门口张贴出了一张"告示":

尊重中央图书杂志审查委员会意见,《结婚进行曲》

停演。

剧作者陈白尘先生

不少行人在围观,在窃窃私语。

"怎么回事?"

"这还不明白!"

"中央图书杂志审查委员会开始动刀子了!"

远处,应云卫和沈硕甫急匆匆地跑来。

"怪我,怪我,"应云卫望着告示,狠狠地跺着脚,"都怪我黔驴技穷,再也想不出办法来了!"

沈硕甫紧紧拉住他,"应先生,这怎么能怪你?那个图审会实在是太卑鄙太无耻了!"

21. 观音岩防空洞外

赤日炎炎的盛夏。

警报刚刚解除,街上到处是断垣残壁,到处是浓烟余火。应云卫和陈白尘拍打着身上的尘土从洞口走了出来。

"天天炸,天天炸,不知道又炸死了多少人!……老应,你也去北碚躲躲吧,梦莲和白白不是在那边等着你吗?"

"我哪有心思去北碚,我现在愁的是无米下锅了!——下一个雾季怎么办?手上一个剧本也没有!"

"是的,就连翰笙大哥也救不了我们了。他的《草莽英雄》同样被禁演了,甚至还被没收了原稿,硬说他是在鼓动四川地方势力进行武装暴动,妄图推翻国民党的政权,这不是无中生有吗!"

"还有吴祖光,他的《风雪夜归人》又招谁惹谁了?既没反映现实,又没谈论国事,仅仅是写了人性,写了一位姨太太和名伶之间的爱情,竟然也被扣上了'诲淫诲盗'的大帽子,强行禁演了!可惜了,这么好的剧本;可惜了,这么好的导演……"

"这是贺孟斧的杰作,无人能够超越的杰作!听说连胡公都去看了七遍……"陈白尘不住地摇起头来。

二人顺着已成废墟的街道往前走,到处是凄惨的哭声和绝望的叫喊声。

"白尘,我就指望你了!"应云卫停下脚步,"咱们不能坐以待毙啊!"

"《结婚进行曲》被变相禁演后,我一直在考虑这样一个问题——既然微笑不能打动苦难时代僵硬的心弦,更何况连微笑都是遮遮掩掩的,它就更不能刺透这时代的心脏了。所以我决定,避开那沉重的手掌,去挖掘历史的教训。"

"你准备写历史剧?"应云卫兴奋了起来,"你是高手,当年你的《太平天国》在上海演出时,真叫轰动啊。你说过,是这部戏奠定了你话剧创作的道路。"

"对,我准备写石达开,我要在历史的沧桑中复活出现实的精神和激越的情感。"

"要多长时间?"

陈白尘沉思了片刻,"三到四个月。"他看了应云卫一眼,

"不要逼我，我要认真地对自己以前写的历史剧作一个清算。这一领域，我摸索了近十年，说实话，我始终不太满意。这次，我一定要偿还以前留下的'欠债'，拿出一部能够真正以古鉴今的作品。"

"好，我等你，咬着牙等你！"

22. 国泰附近的小旅馆

深秋了，雾季又来临了。重庆摆脱了敌机的轰炸，渐渐恢复了平静。

鸡毛店似的旅馆中，几乎没有什么家具。一张桌子和一盏台灯，被陈白尘占用着。

金玲悄悄地端来一只漱口杯，里面是两个煮熟的鸡蛋，"赶快吃了吧，看你最近瘦成什么样子！"

陈白尘从稿纸上抬起头来："太破费了，以后不许啊！……怎么，你的手镯呢？"他惊讶地叫了起来。

"没，没，是我不喜欢戴……"她在尽量掩饰着。

陈白尘心疼地拉过金玲的手，"老应在等着这个本子呢！他找来了刚从美国留学回来的张骏祥担任导演，又请来了重庆的四大名旦之一张瑞芳饰演女主角韩宝英，耿震则主动请缨扮演石达开，他可是话剧界有名的金嗓子啊！我不能辜负剧组同人的殷切期望，这炮一定要打响，这一轮的雾季演出一定要再创辉煌！等着，等这个戏上演了，我一定给你把手镯赎回来！相信我！"

"笃，笃，笃"，响起了敲门声。

"肯定又是老应,他每天都要来看一看,就像不放心似的。"金玲笑了。

"你还不知道呢,夏衍的《法西斯细菌》他是怎么拿到手的?——天天睡在他家的地板上,拿不到稿子不走人!"

"哈哈,又在说我坏话了吧?"话音没落,门已被推开了。

23. 巷口的路灯下

寂静的街巷没有一个行人。昏暗的路灯下,陈白尘和应云卫在低声交谈着。

"再说一遍,再说一遍!"应云卫激动得叫喊了起来,"昨天。曾家岩。戏剧座谈会。胡公……"

"是的,是的,这是一次专门讨论历史剧创作的会议。胡公发言了,他说,他清清楚楚地说:'我主张历史剧首先要忠实于历史,写出历史的真实才能获得艺术的真实;通过艺术的真实才能达到以古鉴今的目的。'……老应啊,我在这条路上探索了多少年,如今是他给我指明了方向:历史剧创作的真正目的,不是为逃避现实以献媚观众,也不能歪曲历史以迁就现实。"

"太好了,我等着你的剧本!这次的雾季演出,咱们拿出来的绝不仅仅是一个《翼王石达开》,更是一次对于历史剧创作的开拓与实践!"

"相信我,一定不让你失望!"陈白尘的双眼在黑暗中闪闪发光。

"相信我,一定让你百分之百的满意!"应云卫忍不住又跳起了雀步。

老哥俩抱在了一起。陈白尘悄悄地在应云卫的口袋里放进了两个煮熟的鸡蛋,应云卫则偷偷地向陈白尘的衣兜里塞入了几张钞票。

24. 茶馆后院中艺宿舍门前

应云卫正在院子里洗尿布,屋内传来婴儿的阵阵啼哭声。

白白一边帮助爸爸晾晒,一边不解地问道:"妹妹为什么总是哭啊?""她饿了,没有奶吃。不像你小时候,要什么有什么。那时我们全家在上海,妈妈把你喂得像个小肥猪!"

沈硕甫气喘吁吁地从外面跑了进来,"好消息,好消息!剧场有着落了,终于有着落了!"

应云卫急忙起身将他扶到椅子上,"老沈,慢慢说,怎么回事?"

白白递来一杯茶,他一饮而尽。"昨天,国泰接到了政府的命令,只准放电影,不准演话剧,这不明明白白是在跟我们捣乱,是在釜底抽薪吗!"他擦了一把汗,继续说道,"应师母在坐月子,我没敢告诉你。但是《翼王石达开》的海报已经贴出去了,怎么办?今天一大早我就去找人,去到处'烧香拜佛'。结果还真的找到了,你猜是谁在帮我们的忙?"

"快说,急死我了!"应云卫已经在地上转圈圈了。

"是楚剧团,湖北来的楚剧团。他们把自己的剧场让了出来,就是那个'一川',虽说偏了点,条件也太差,但总算是救了急。"

"你认识他们?"

"不认识。但他们说了,中艺是好样的,困难时刻一定要伸把手!"

"老沈,辛苦你了!我代表中艺的全体弟兄……"应云卫又是敬礼,又是鞠躬,不知如何表达是好。

"快别说了,我还得带人去装台,去贴海报。准演证到现在还没发下来,我就此告别了……"

"沈伯伯再见!"白白懂事地挥动着小手。

"白白真乖,谢谢你的茶。等沈伯伯回来,给你买糖,买饼干啊!"

"老沈,你心脏不好,千万要当心!又是前台的工作,又是后台的事情,全都压在了你一人身上。"应云卫将他送出大门,反反复复地叮嘱着,"注意身体,注意身体啊……"

25. 一川戏院大门口

耀眼的霓虹灯下张贴着《翼王石达开》首演的海报。观众已经三三两两检票入场了,应云卫和陈白尘还站在门口向远处张望。

"还有十分钟就要开演了,老沈怎么还不回来?"应云卫急得直搓手。

"我有一种不祥的预感,老应啊,就怕……"

话音还没落地,沈硕甫大汗淋漓地从马路对面跑过来了,

"拿到手了,准演证拿到手了!"他累得一个趔趄歪倒在了门柱上,"可是,可是……"他再也说不出话来了,只是高高地举着一个被红笔删削得面目全非的剧本,"你们自己拿去看吧,这还让人怎么演?"

陈白尘一把夺过本子,"什么?第一幕第一场被全部砍去了!"

"他们说,你写1850年的广西旱灾,就是有意影射今年的河南饥荒。"沈硕甫欲哭无泪。

陈白尘边摇头边翻着剧本,"这,这里又是怎么回事?"他逐一指点着,"这里是杨秀清骂韦昌辉的话,被他们删了;这里是韦昌辉骂杨秀清的话,也被他们删了。他们的理由是什么?——不行,我要去问个究竟!"

应云卫一把拖住他,"这还不懂吗?他们就是不让我们演啊!"

26. 小茶馆的后院

太阳升起了,前面的茶馆也开张了。但是后院中的人全都低着头,默默地坐着,没有一点声响。

"这一来,倒让我认清了一个道理,"陈白尘终于开口了,"那些严守着现实关口的牛头马面们,倒是很有眼光,他不管你是否贴上历史的标签,只要你说的是真话,一概不许通过。不能反映现实时,连真实的历史也不允许你去写。"

耿震在大把大把地揪着自己的头发,"你们说我是金嗓子,金嗓子有什么用？不能呐喊，不能演戏。我要憋死了！"

"应先生，应先生，"厨师老姜上气不接下气地从外边跑了进来，"快去看看吧，是老沈，沈大哥……"他已经语无伦次了。

27. 江边马路旁

沈硕甫倒卧在一个店铺的门前，已经没有了呼吸。身边是一个小小的包装袋，散落出几块糖果和饼干。

四周围了不少人，在窃窃私语。

"好可怜啊！"

"看来昨天晚上就倒在这里了，没人晓得。"

"我认得他：是中艺的前台主任。昨天下午我还看见他在跟几个穿制服的官员们商求，好像是从宣传部的大门里走出来的。没有一个人理他，全都扬长而去……"

28. 中艺宿舍院子里

这里临时搭起了一个灵堂。众人在默默地扎花圈，写挽联，抽泣声持续不断。

程梦莲拿着一个包袱从屋内出来，"老应，给他换上吧。里面的衣裤破得不像样子，让他体面一点走吧！"

应云卫正在跟儿子讲话，"白白，你长大了，也懂事了，爸爸交给你一个任务：明天为沈伯伯出殡时，你来捧灵位。他无儿无女，孤零零的一个人，你就充当他的孝子吧！"

"爸爸，明天把沈伯伯葬在哪里？"

应云卫再也忍耐不住，号啕大哭起来，"老沈啊，我对不起你！我们这些下江人千里迢迢来到重庆，上无片瓦，下无寸地，要不是四川的朋友们帮忙，我到哪里去找你的安息之地呀！……"

周围的人一齐哭了起来，"沈大哥，你走好！走好啊！"

号啕之声震天动地，白色的纸花在风中簌簌颤抖。

"陈先生，不好了！"随着一声尖叫，川娃子连滚带爬地从门外冲了进来，"陈师母吐血了，满满一大盆，鲜红鲜红的，吓死人了！"叫喊声中带着哭腔，一张小脸已经吓得变了颜色。

陈白尘手中的毛笔滑落在地，他惊呆了。

"快，快送医院呀……"应云卫边推他，边跟着川娃子往外跑。

29. 重庆市民医院

脸色苍白得没有一点血色的金玲躺在病床上。陈白尘在哀求医生，"大夫，请你救救她，她不能死啊……"

大夫摇了摇头，"她患的是肺结核，已经二期了。目前国内还没有任何有效的治疗方法，只能增加营养，提高自身的抵抗力，最好是带她去海边疗养……"

陈白尘绝望地抱起妻子，"我对不起你啊，跟着我，没让你过上一天好日子！"

金玲微微睁开了眼睛，为他擦去泪水，"别难过，嫁给你是我自愿的，吃苦受穷也是我自愿的……"

川娃子在旁边哭成个泪人,他从口袋里掏出一把零钱:"陈先生,这是大家凑的,快去买药吧。医生说了,先打止血针……"

30. 小旅馆内

中艺的同人络绎不绝地前来看望。程梦莲端来一锅稀饭,秦怡从口袋里掏出一个苹果……

应云卫在安慰陈白尘:"不要着急,我来想办法。"

"老应,我知道,你也没有任何办法了。梦莲一点奶水都没有,蓓蓓饿成那样……"陈白尘强忍着泪水背过身去。

"我,我还认识几位医生!"应云卫一拍脑门,飞快地冲出门去。

……

天黑了,一个身影闪了进来。"老同学,有件事想跟你商量商量,"他嗫嚅着,不知如何开口。

"你说吧!"陈白尘迎了过去。

"这样下去不是办法,你看,咱们是不是去另拜一个'老头子'?国民党那边我有人,我可以……"

"滚,滚,你给我滚出去!"没等对方说完,陈白尘咆哮了起来,"你不配做田汉先生的弟子,我也没有你这个同窗!"

31. 重庆山城蜿蜒曲折的街道

送葬的队伍在缓缓前行。

郭沫若走在最前面，阳翰笙和陈白尘手持横幅——"沈硕甫先生千古"，紧随其后。七岁的白白披麻戴孝手捧灵位，神色庄重地走在灵柩之前，他的身后是一具简陋的薄木棺椁，由应云卫、张逸生、耿震、项堃四人扛着。

没有哀乐，没有声音，所有的人都在默默地走着，只有白花朵朵，幡旗猎猎。队伍的末尾有老姜的身影，手捧一束不知从哪儿采来的野花。

街边的许多机关团体，接二连三地打开大门，一张张桌子抬了出来，摆上酒杯，点上香烛，严肃而庄严地进行路祭。

越来越多的行人，悄悄地跟在了队伍的后面，同样是低垂着头，同样是饱含着泪。渐渐地他们挽起了臂膀，有似一场无声的示威。

队伍前不见头，后不见尾，浩浩荡荡地向郊外走去。依然是没有一点声响，肃穆而悲壮。路旁的人纷纷摘下帽子，向着队伍鞠躬行礼。

32. 郊外沙锅窑茔地

枯草在寒风中抖动，四周一片寂静。陈白尘将《翼王石达开》的手稿放在棺盖上，应云卫填上第一铲土。渐渐地，一铲又一铲，圹穴被填平了……

面对墓碑，陈白尘在读他的祭文——

"硕甫，亲爱的大哥！七十二行，哪行不能发财？但你我却挑定了这穷困劳碌的行当。七十二行，哪行不受人艳羡？但你我偏偏选定了这'与娼妓同伍'的职业。挑选了这种行当,安于这种行当,身受这种行当所特有的虐待,却又死而无怨,这不正是你我命中注定的悲剧吗?……硕甫,你安息吧,我们绝不让你的灵魂感到孤寂——在我们睡倒之前,将始终踏着你的足迹前进!"

哭声终于爆发了出来,如山呼海啸,似地动山摇。

三

33. 通向红岩嘴的山间小路

树木茂密,山雾重重。崎岖蜿蜒的林间小路上,一群年轻人跑下山来。

"应先生,胡公做的狮子头真好吃,一点不比你的'腌笃鲜'差!"秦怡还在回味刚才的晚餐,"地地道道的淮扬口味啊!"

"馋丫头,就知道吃!"应云卫停下脚步,回过头来看着大家,"说说看,今天胡公为什么要请咱们来红岩嘴吃饭?而且还亲自下厨?"

"是看咱们太清苦了,补充补充营养。"

"是怕咱们被困难吓倒,为大家鼓鼓劲。"

"不对,是怕咱们想家了……"秦怡的眼圈红了,"整整六个年头了!"

"是啊,整整六年了!"陈白尘望着天边,喃喃自语道,"听着亲切的家乡话,吃着久违的家乡菜,让我忽然觉得回到了家中,回到了母亲的身边!"他的眼里闪动着泪花。

"白尘老师,你是淮阴人,胡公是淮安人,两地相差好几十里呢,他为什么一口一个地叫你'小老乡'?"项堃悄悄地问道。

陈白尘于路边的石头上坐了下来,慢慢地沉浸在往事的回忆当中。"……胡公虽然是淮安人,但是十岁之前随着养母寄居在淮阴,并在那里读的私塾。"他点燃了一支烟,轻轻地吸了一口,"……那是我第一次见到他,就在曾家岩50号。他走到我的面前,握住我的手问:'淮阴十里长街的西头有家姓万的,你知道不?'我急忙回答:'知道,知道,是万八太爷。'他笑了,'对,那是我的外祖父。我们俩也算是同乡了!'"

【随着陈白尘的讲述,镜头在闪回】

淮阴。大运河。南船北马的渡口。运河边的十里长街。长街西头的陈家花园。陈家花园后院中的东厢房。

窗外一株枝叶繁茂的蜡梅,正在怒放,正在飘香。

窗内一位聪颖俊秀的幼童,正在专心致志地读书……

"你们注意到了没有?胡公最后向我们敬酒时,好像流眼泪了。"张逸生打断了众人的回忆。

"对,对,我也看到了。"耿震紧跟着说道。

"知道为什么吗?"应云卫再也忍不住了,"他是在向我们告别,在为我们饯行……"

"什么?"周围的人都愣住了。

远处,阳翰笙匆匆追了上来,"还是由我来宣布吧!……饭桌上胡公见大家吃得那么高兴，不忍开口，把我和老应、白尘叫到了楼上。他说，为了防备国民党反动派狗急跳墙——你们的那次公祭大游行，已经惊动了他们，因此中共南方局文委作出决定：中华剧艺社转战成都，开辟新的战场。"

"重庆怎么办？好不容易打下的江山，就这么拱手相让了？"大家叫了起来。

"莫慌，听我说完……"阳翰笙摆了摆手，"重庆由新成立的中国艺术剧社来接防，他们同样是胡公指挥的队伍。"

"我们再也见不到胡公，见不到你阳大哥了！"秦怡几乎要哭了出来。

"放心吧，你们此行的名义，是为成都的《华西晚报》筹募基金作旅蓉公演。表面上，他们只是一家民盟办的报纸，实际上却是受着中共四川省委的秘密领导，不要担心，他们会继续协助和保护你们的。"

远处灯火点点，近处暮鸦喧阗。

阳翰笙依依不舍向众人挥手告别，直到身影消失在密林的深处，小路的尽头。

34. 尘土飞扬的盘山公路

两辆破旧的卡车从远处颠簸着驶来。一辆堆放着各种布景和道具，一辆坐满了中艺的同人。

"国泰，我们会回来的！"

"重庆，我们会回来的！"

年轻的小伙子们齐刷刷地站了起来，对着渐渐远去的山城高声呼喊着，眼眶中含着热泪。

车斗里一个身影在躲躲藏藏。

"天济，是你吗？"陈白尘一把抓住了他。

"老师，是我，我不愿意在中央青年剧社干了，那是三青团办的，我要跟你们去成都。"

"乱弹琴！"

应云卫插话了："留下来吧，正好接替沈硕甫的工作，剧社少一个前台主任。"

"谢谢应先生！"李天济兴奋得不知如何是好，嘴一张，竟学起了他的腔调："闲话一句，一句闲话！"

35. 成都国民大戏院

戏院门口拉着横幅标语："华西晚报为筹募文化事业基金敦请中华剧艺社无敌大公演"。海报栏中贴的是由夏衍改编的同名话剧《复活》的首演广告。

后台，应云卫拉住陈白尘，一脸愁云。"为《华西晚报》筹募基金的活动眼看就要结束了，下面该怎么办？我真是急死了。你被《华西晚报》拉去编副刊，没有时间过问我们；鲤庭也留不住了，罗学濂一天一个电报催他回中电；翰笙远在重庆，鞭长莫及……如今的我，真的是独木难支，孤掌难鸣呀！"

"四川省委派人送来的钱用完了吗？"陈白尘低声问道。

"早就花光了！——这里和重庆不一样，虽说天高皇帝远，政府的势力小了许多，但是地方军阀和土匪袍哥可不是好惹的。你不知道，光是税务局就搞出了不少新名堂，其中一项叫作'不正当行为取缔税'，硬是将话剧演出和妓院营业同等看待！……这群赤佬，这群挨枪子的龟儿子！"应云卫学着四川人骂了起来。

前台传来嘈杂声，李天济一阵风似的跑了进来，"应先生，快去看看吧，鲤庭老师在发火呢！"

……

舞台上。大幕尚未拉开，演员们正在侧幕边候场。

"不行，这哪里是聂赫留道夫的家！"陈鲤庭指着台上简陋的道具，"沙发呢？茶几呢？餐桌呢？酒柜呢？……"他气得青筋直暴。

"鲤庭啊，你知道剧社实在没有钱了……"应云卫急忙上去赔着不是。

"不行，不将它们换掉，今天我就不让开幕！"

"求求你了，明天，明天一定换掉……"应云卫一个劲地向他作揖。

大幕外观众在催场，声音一浪高过一浪。

李天济双手拽着幕布的绳子，看看这个，又看看那个，不知如何是好。

聂赫留道夫的扮演者项堃更是不知所措，不住地溜到幕边向台下张望。

陈鲤庭急了，"你要敢开幕，我就到台前向观众声明，这个戏不是我导的！"

应云卫见状,扑通一声跪倒在地:"你是爷,你是爷,一切都听你的!……但是今天,就今天,帮帮忙,一次,就一次!"

陈鲤庭吓傻了,从来没见过这样的阵势,他张了张嘴不知说什么是好,脚一跺,拂袖而去。

应云卫一见,急忙跃身而起。双袖掸了掸绸衫,下令道:"开幕!"

……

深夜。剧院门口。观众已经散场,演员也陆续离开。只有应云卫一人站在那里,焦急地张望着。

不远处,李天济终于捧着一摞钱跑来了,"应先生,票款,票款!"他高兴得语无伦次了。

应云卫接过来,数都没数,"拿去,明天去家具店买沙发、买茶几,买舞台上所需要的一切!"他终于长长地吐出了一口气。

36. 露天菜市场

满天星斗,一扇破旧的门内传来阵阵咳嗽声。项堃轻轻走出家门,又回头嘱咐了一句:"阮斐,我去去就来,你再睡一会儿啊!"

菜市场还没有开张。肉铺老板打着哈欠,开始搬运新鲜的猪肉。

项堃拉着陈白尘蹲伏在肉案子的旁边,"嘘,别出声!"

老板开始拾掇猪肉了:猪肠、猪肚、猪肝、猪腰一一摆放好;接着又拖出一只后腿,挥起砍刀剁下筒子骨,之后再将上边的肉逐一剔除干净。

"看见了吗？他把这些骨头都放在案板下面的筐子里……"

"你是说，咱们去偷？"陈白尘猛地变了脸。

"你想到哪儿去了？我这个堂堂的'聂赫留道夫'，台上有名的俄国贵族军官，怎么能干下三烂的事情！……这个老板跟我熟了，每次都睁一只眼闭一只眼，嘴里还唠叨着：'没想到，你们这些演戏的比我们还要苦……'"

"那，那躲在这里干什么？"

"看见了吧？"项堃指指不远处，几条野狗正伸长了舌头蹲在那里。"跟它抢，一定要跑在它的前边！"

"懂了！"随着竹筐的一声闷响，二人箭一般地蹿了出去。

几条野狗同时狂吠了起来。

37. 五世同堂街后院中艺宿舍门前

一个小小的煤球炉支在房门口，陈白尘正在弯腰煮骨头汤。金玲睡在房间里，依旧不停地咳嗽着。

白白从隔壁跑来了，看见撅着屁股的陈白尘裤子后面有两个洞，忍不住用小手抠了起来。金玲从门缝中瞧见，连忙喊道："不能抠，不能抠，越抠越大，出不了门了！"

陈白尘抱起白白，"你这个调皮鬼！看我不打烂你的小屁股！"

"陈叔叔，你在煮什么呀？真香，是'腌笃鲜'吗？"白白的眼睛紧紧盯着锅子。

"小馋猫,来,给你喝一口。"一转身,看见对门贺孟斧家的两个年幼的女儿,同样在眼巴巴地盯着锅子,"多芬、凯芬,你们也来,每人一口!"

三个孩子欢叫着围了上来,一口又一口,喝得直咂嘴巴。

老姜笑眯眯地走了过来,从衣袋里掏出一把黄豆。"陈先生,这是从老家带来的,放在骨头汤里煮,更有营养。……切莫着急哟,陈师母一定会好起来的。你看,阮斐的身子不是好了许多吗?"

38. 五世同堂街后院应云卫家中

篱笆围成的墙,上面涂了一层黄泥。

应云卫在捆自己的耳光,"我该死,我真该死!怎能让你堂堂的大作家去菜场捡骨头,我不是人啊!"

陈白尘急忙按住他的手,"不是还有'聂赫留道夫'吗?人家也是赫赫有名的大演员嘛!……该捆耳光的不是你,是当今的社会,是当今的政府!"

贺孟斧携方菁从对门走了过来。"老应,一接到你的电报,我们就急忙赶过来了。说吧,准备怎么干,老贺我,还有全家,与你同舟共济!"

陈白尘笑了,"老应啊,你再也不是'独木',不是'孤掌'了。这不,军中大将来了,左膀右臂来了!"

"你听我说,"贺孟斧将应云卫拉到一边,"昨晚,我和方菁商量了一夜,准备将曹禺新近改编的《家》搬上舞台。巴金先生是成都人，他的原著《家》写的就是成都的事情。今天我们在成都排演这出戏，就是要让《家》真正回到它的老家！"

"好哇，这个计划好哇！一定能卖座，起码七八成的座！"应云卫兴奋了起来，"你要准备多长时间？"

"起码一个月。不要逼我，你是知道我的脾气，必须完美，必须精雕细琢。"贺孟斧说。

"又是一个'陈鲤庭'！好，我听你的。可是，这个月怎么办？大家吃什么？"应云卫搔着头皮，"大不了，再去借，豁出这张老脸了！"

39. 三益公戏院后台

演员们围坐在贺孟斧的身边，听他讲述自己的设计。

"我的要求是，它必须原汁原味，带着浓厚的成都风情，也就是巴金先生原著中的风格。"他回头看了看方菁，"你是舞美，一定要保证台上所有的道具都具有地道的成都特色。"他又指了指程梦莲，"布料买来了吗？好，跟着方菁一起去李家大院，照着当地人的服饰剪裁和制作。"

方菁笑了，"老贺，你回头看看，那是什么！——昨天下午，巴金的弟弟就把他们的家具给抬来了，还有结婚用的大红被子和床围，都是真正的蜀锦和蜀绣呢，包你满意！……觉新和瑞珏大婚的那场戏，不用愁了！"

白白带着多芬和凯芬悄悄地溜了进来，探头探脑地看着大人们在开会。

贺孟斧一眼发现了，"别躲了，出来吧！正好戏里缺少小演员，你们一齐上。就演高府里的那群小字辈，觉新大婚时，你们跟着大人一起去闹洞房！"

"爸爸，我们就是'宝盖下面的一群猪'吗？"四岁的凯芬稚声稚气地问道。

"什么？"贺孟斧愣了一下，立刻明白了过来，指着白白大笑，"是你这个小混蛋告诉她们的吧？"

"我也是听那个叫觉慧的在台词里说的：'家，就是宝盖下面一群猪。'"

众人大笑了起来。

40. 三益公戏院舞台

贺孟斧全神贯注地指导着演员排戏。这是第二幕第二场——梅终于上场了。

饰演梅的女演员跟在贺孟斧身后一招一式地学着。——"这是门，在舞台的深处，却位于舞台的正中央，……外面在下雨，淅淅沥沥，……你出现了，慢慢地走到门口，……背对着观众，……倒退着进到门里，……把雨伞收起，轻轻地，……好，转身，……这时柜子上的八音钟开始响起，你随着那八个音节，一点一点转过身来，……好，就这样，等到钟声停止，你正好面对观众，……抬头，一点一点地抬头，……抬到观众刚刚能看到你脸的时候，灯光'啪'的一下转暗！"

"明白这是为什么吗？"他在启发女演员，"梅与觉新青梅竹马，两小无猜，但是顽固的封建势力硬是将他俩拆开。几年过去了，觉新和梅都各自组成了家庭，但是命运却让他们再次相见了。——那个雨声，是衬托着梅的悲凉心情；那个缓慢的背影动作，是在表现她面对院子里的一切触景生情；钟声呢，映衬着她凄婉而又悲凉的心境；而最后灯光的转暗，我不说了，你自己去琢磨……"

"千呼万唤始出来，犹抱琵琶半遮面……"女演员终于悟出来了。

"对，她不能因为重逢的喜悦而跑着上场，这不是她的性格；她也不能悲痛欲绝哭着走上台来，这不符合她的身份和教养……"

"贺先生我懂了，你说过，悲剧的悲不是'演'出来的，它是伤在心底，疼在深处，我必须用自己的形体动作和含蓄的表现手法去展现梅的内心世界。"

贺孟斧欣慰地笑了，"好，再来一遍！——注意啦：音响，灯光，效果……一起做好准备，……开始！"

身兼多职的李天济在台侧跑前跑后地忙碌着，"在，……在，……在呢！"

"真是情景交融，如梦如幻啊！"坐在台下的应云卫情不自禁地赞叹起来，"那雨声和钟声，那特意安排的一束灯光，再加上演员身上为表示丧偶的白色孝服，共同营造出了一种高艳而深远的意境，搭牢了，真的是搭牢了！"

陈白尘也被深深吸引了，"这是把作者对这个家的愤懑与冷漠凝成了淡淡的哀愁。经典啊，无以超越的经典！"

41. 三益公戏院

丁聪为《家》设计的海报贴在最显眼的位置上。剧场外已是人山人海了。

舞台上,侧幕旁,几个化好了妆的小脑袋,正在偷偷向外张望。"不得了,连过道上都摆满了椅子……"白白惊讶地张大了嘴巴。

"那是加座,"应云卫笑着走过来,"他们乐意买票,我们又何尝不乐意卖票!"

贺孟斧也掩藏不住心中的喜悦,"老应啊,今年过年不用愁了,大家终于可以领到一个大大的红包了!我那可怜的多芬和凯芬,也有新棉袄穿了!"

……

又是一天。

戏正在一幕一幕地演着,觉新终于有机会和梅单独在一起了。

"梅……"他迫不及待地走上前去,还没说出第二句话,"啪"的一声,台上的灯突然灭了,整个剧场一片漆黑。

"是空袭?"

"飞机来了!"

台下一片混乱,一片紧张。

应云卫摸黑走上舞台,大声喊道:"不要慌,不要乱,刚刚接到通知,是停电,不是轰炸。"他停了停,声音中充满歉疚,"今天的演出不得不中断了,抱歉,实在是抱歉!不过,你们手上的票明天还有效……"

"不行,继续演!"

"我们不等明天!"

"点蜡烛,点上蜡烛!"

观众的叫喊声响成一片。

应云卫的眼泪流下来了,"天济,你在哪儿?快去买蜡烛,快,快!"他向四周叫喊着,寻找着。

……舞台上摆放着一盏又一盏点燃的蜡烛,戏又继续演了下去——

觉新上场了,扮演者耿震一不留神踩在了流淌下来的蜡烛油上,跟跄了几步,跪倒在地。梅一看不好,立即迎了上去,并随口编了一句台词:"大表哥,你慢一点啊!"观众没有听出来,演员接着演下去了。

……谢幕了,一遍又一遍。观众在鼓掌,站在椅子上鼓掌,迟迟不愿离去。

42. 三益公戏院票房外

一个满脸横肉、镶着金牙的袍哥大爷正从票房里走出来,他一边数着钱,一边扔下一句狠话:"转告你们应老板,别敬酒不吃吃罚酒。这钱,我就不客气了,全拿走了!"一群喽啰们簇拥着他,路人纷纷避让。

川娃子领着应云卫迎面跑了过来,"大爷,留步,"他一改平日的作风,低声下气地哀求道,"您高抬贵手,稍稍留点给我们,剧团还得吃饭不是，还得演戏不是……"

对方将眼睛望着天上，"留点给你们？当初你向我借'比期'的时候是怎么说的？十天一付利息！……这多少天啦？一块钱，三毛的利，我这还便宜你了！走，别跟他啰唆！"

应云卫一屁股坐在了地上："半个多月的票款，就这样没了！这都是大家的辛苦钱啊，都是大家的血汗钱啊！"他的手在空中抓着，却什么也没抓到。

川娃子急哭了："应先生，你快起来，总有办法的！"

"你，你身上有钱吗？"他突然抓住川娃子的袖子问道。

"还有这一点点，"川娃子将内衣里的几张钞票掏了出来，"这是那天谢幕时，一个姐姐跑上台来塞给我的。"

"加上我的，"应云卫也掏光了自己的口袋，"拿去买点瓜子，买点糖，再买几包香烟，回去给大家分一分……记住，千万别把今天的事儿说出来，千万！"

43. 五世同堂街后院中艺集体宿舍

大通铺。没有床，也没有褥子，年轻人分成两排睡在铺着稻草的地板上。

应云卫面带笑容地推开了门，"嗬，都吃上了？就算给大家提前过年了！"

"不行，你答应发红包的！"几个小年嚷嚷了起来，将手中的瓜子和香烟扔在了一边。

"发，发，一定发！"脸上的悲伤再也掩盖不住了，他一转身跑出了房间。

贺孟斧似乎觉察到了什么,紧跟着走了出来。"老应,出什么事了?别瞒我,快说!"

"没事儿,什么事儿也没有,我累了,想回去歇歇。"

"不对,一定是钱的问题。遇到债主了?遭到劫匪了?"

陈白尘听到声音,也从家里走了出来。"老应啊,快说实话,我们都在呢!"

"我没办法啊,全团几十张嘴在等着吃饭,在等着活命。我只有去借钱,谁肯借我,我去找谁。国民党川康绥靖公署主任邓锡侯的副官我去找过,地方上的袍哥大爷我去见过,什么样的钱我没借过?甚至是驴打滚的阎王债!可我没有想到,他们的心这么狠,连春节都不让我们过了……"

"要不,我再排个戏出来?——《北京人》怎么样?一定能红!当年在重庆演出时差点挤破了国泰的大门。我去把江村请来,曾文清一角非他莫属,相信我,肯定能打响!"贺孟斧一脸真诚。

"有什么用啊!"应云卫痛苦地摇了摇头,"老贺啊,你和鲤庭都是'文艺导演',一心一意追求的是艺术,是完美;可我只能算个'商业导演',两眼紧紧盯着的是票房收入,是剧社的生存。"他的眼泪流下来了,"我最难过的是什么?是对不起这些跟着我出生入死的小兄弟们,我能给他们什么?一间破房子,两餐大锅饭,连最起码的零用钱都发不出来!"

"可是,我们有观众,一定要对得起他们!"陈白尘打断他的话,"戏比天大!戏永远都比天大!"

44. 五世同堂街后院

1943年的除夕。夜。远处稀稀拉拉地传来鞭炮的声音,天上飘着小雪,院子里冷冷清清,毫无过年的气氛。

陈白尘和金玲敲开应云卫的家门。"梦莲,今天是除夕,老应已经三天不见人影了,不会是又去躲债了吧?走,别一个人关在家里,带上白白,去看看大家!"

……

对门贺孟斧的家中。方菁正在埋怨自己的丈夫:"刚才徐老板送来的那个剧本,你为什么不接?他给的导演税可是其他剧团的两三倍啊!"

"这样的剧本我能接吗?低级下流,庸俗不堪!"贺孟斧生起气来,"老徐这家伙就是一个掮客,戏剧掮客!再穷,我也是有底线的!"

"可,两个孩子越来越大了,已经到了上学的年龄……"她偷偷地抹着眼泪。

"我知道,我这不正在夜以继日地翻译斯坦尼斯拉夫斯基的著作吗?他可是世界级的戏剧大师啊。你把孩子们带到饭厅去玩吧,让我再安静地工作一会儿。"

……

饭厅里中艺的同人济济一堂。餐桌上早已被扫荡一空,老姜无可奈何地摇着头,"要不,再炒点黄豆,给大家解解馋?老家带来的,还剩了一点点儿……"

"走,去打野狗!"项堃站起身来,"我知道哪里的野狗最多,川娃子,快,带上绳子和棍子!"

"我才不跟你去呢,都空跑三次了,一只也没打到!"川娃子将头别了过去。

白白和多芬、凯芬跑了进来。老姜迎上前去,从怀里掏出三根棒棒糖。

"怎能让你破费!"程梦莲和方菁急忙阻止。

老姜什么也不说,只是慈祥地看着一口一口舔着棒棒糖的孩子们。

"这样吧,我来做个主……"陈白尘和金玲咬了一下耳朵,笑眯眯地走到饭厅中央,"老姜这一辈子孤身一人,无儿无女,我看,就让白白和多芬、凯芬拜他做干爹怎样?"

程梦莲激动地拍起手来,"同意,同意,老应也早就有这个想法了!"

方菁急忙将两个女儿推上前去,"老贺在家忙着译书,我代表他了!——老姜啊,这下子,你可是儿女双全了!"

"不敢,不敢!"老姜急得满脸通红,不住地摆着手,"怎么可以,怎么可以!再说,红包还没准备呢……"

"天济,"程梦莲在人群中找到了他,"快,仓库里还有两支红蜡烛,上次演《家》时剩下的,你去拿过来!"

"还有觉新大婚时用的红布……"方菁追出去补充道。

金玲从家里拿来了一件长衫,虽说旧了些,但清爽干净,替老姜换上了。

秦怡则忙着给多芬和凯芬梳头——两条用红头绳扎起来的辫子俏皮又可爱。

张逸生整整衣装,走上前来:"我来当司仪!"一本正经的脸上掩盖不住兴奋的笑容,"听我的:一叩首,二叩首,三叩首!"

三个孩子一板一眼地跪在地上行大礼。凯芬懵懵懂懂地扭过小脸问白白:"哥哥,是在演戏吗?"

"不,这次是真的!"白白一脸严肃,像个小大人似的。随即又带着两个妹妹高声喊道:"干爹好!干爹万福!"

"好,好!大家都好……"老姜流出了眼泪,一把将他们搂在怀里。

周围的人一边拍着巴掌,一边围起圈子跳起了舞,川娃子索性翻起了筋斗。

45. 通往医院的路上

春天到了,路边的水杉绽发出了新芽。

贺孟斧拽着应云卫和陈白尘向医院狂奔,"快,快,江村怕不行了!我们正在排《北京人》,他突然大口大口地吐起血来,止也止不住……"

"他才二十七岁,不能死啊,那么有才华……"应云卫的步子踉跄了起来。

医院大门内传出揪人心肺的哭声,三个人一下子瘫软了,"江村,我的好兄弟!……"应云卫跌坐在医院的台阶上。

"他留下什么话没有?"陈白尘问。

"他说他想家,想南通的家,那里有他的爸爸妈妈……"

……

医院的太平间,临时布置成了一个简陋的灵堂。中艺和中制的同人在向江村的遗体告别。

陈白尘哽咽着在读他写的悼词:"肺结核需要的是良好的营养,良好的休息,你说在我们这'衣不求暖,食不求饱'的生活条件下,是可能的吗?肺结核需要到高原地带和空气干燥的地方去休养,如今我们已经寸步难行,还能迁地疗养吗?肺结核需要的是良好的心境,而我们终日生活在苦闷、流亡和呼吸窒息的天地中,又从哪儿来愉快的心境?……江村啊,胆小的怯懦者是会望而却步的,我们的伙伴也会逐渐减少的。但是路,还是要走下去!"

四

46. 五世同堂街后院华西晚报编辑部

夜深了,编辑部内寂静无声。只有一盏台灯亮着,灯下是第二天的副刊清样。

门开了,一群年轻人互拥着走了进来。陈白尘放下手中的笔,抬起头来。

"白尘老师,你不能扔下剧社、扔下我们不管了!"为首的张逸生带头喊了起来。

"慢慢说,慢慢说,发生了什么事情?"

"什么事情也没发生,就是胸中咽不下这口气!"他一屁股坐在了旁边的写字台上。

"剧社目前内外交困,我们都明白,谁也没有怨言;发不出生活费,我们也能体谅,干饭换成稀饭罢了。可是,你去看看应先生,每天不是西装革履,就是礼帽长衫,不是酒吧餐馆,就是咖啡舞厅……那么挥霍,那么奢侈,想过我们没有?想过剧社没有?"大家你一言我一语地埋怨着、申斥着,怒气在不断上升。

"停,停,"陈白尘摆了摆手,"我明白了,你们是来告状的,告应先生的状的。可是你们知道应先生有多难吗?"他摇摇头,长长地叹了一口气。

"要不是江村死了,施超死了,那么多的人一病不起,我们也不愿意来找你。"李天济低声嘟囔了一句。

"我来给你们讲个故事吧……"陈白尘看着一双双诚挚的眼睛,放下烟卷讲了起来。"你们都看见过应先生手上戴的那枚钻石戒指吧,那是他在上海洋行里做事时买的,可值钱了。一次他去夏衍先生那里,请他帮忙借钱。夏衍先生指着那枚钻石戒指乐了:'你把它卖了,不就有钱了吗?'你们知道应先生是怎么回答的?——'不能卖,我现在就靠它与外界打交道了。如果连它都没有了,还有谁肯把钱借给我?'"

"我们错了!"李天济低下了头,"可是,可是,就算应先生没有挪用剧社的钱,也保不住还有一些人在背地里偷偷摸摸啊!

……"

"有这事?"陈白尘惊讶了。

"应先生让我做剧务,每个戏的开支我都清清楚楚。"李天济睁大了眼睛,一脸严肃地说道,"就拿布景制作来说吧,贺孟斧先生排完《家》,一共才用了十五斤的钉子,他是一颗一颗数着用的;可是别人的戏呢,一买就是上百斤,戏演完了,这些钉子也都没有了踪影。"

"我证明,"耿震急忙补充道,"贺先生排戏别提多节省了。您知道觉新身上穿的长衫是什么做的?——豆包布!就是豆腐坊拿来过滤和沥干用的那种又粗又稀的布。他让方菁嫂子染一染,再浆一浆,站在台上一点也看不出来。"

"剧社穷成这样,还有人在揩油,白尘先生,这事不能不管了!"张逸生气愤地撸起了袖子,"我现在是剧社的生活委员,我愿意协助你和贺先生一起去清查,就不信抓不出这些黑了良心的家伙们!"

"要查,一定要查到底!"陈白尘狠狠地拍了一下桌子。

47. 三益公戏院服装间

程梦莲正在给项堃试西装,"这件合适,就是它了!"

"我只是去借钱,没必要穿得这么漂亮……"他摇着头不肯接受。

"你不懂,穿得破破烂烂,谁肯搭理你?"程梦莲找出针线,将一颗缺失的纽扣钉上。"老应说过,为了剧社可以不择手段。——当然,做坏事不行,可做好事也不容易啊!你懂了吗?"

应云卫走了进来,看了看焕然一新的项堃,"不错,小兄弟,祝你此行旗开得胜,马到成功!中艺的命运就交给你了,只要你的那位自流井的朋友肯帮忙,我们马上就出发,就去'跑码头',前往川南一带旅行公演,以求绝处逢生啊!"

48. 三益公戏院休息室

陈白尘将应云卫拉了进来,"老应啊,先别忙着跑码头,有件大事必须要解决……"

"大事?"应云卫一头雾水。

"是的,自从来到成都后,你为剧社耗尽了心血,这是大家都看到的。但是我觉得,剧社要想生存下去,光靠你一个人在外奔波是远远不够的,还必须得整顿内部,严肃我们的纪律。"

"你发现什么问题了吗?"应云卫开始不满起来。

"是的,我带人查了账,发现不少问题,而且是非常严重的问题。"

张逸生递上一本账簿,"这是我协助调查的结果。您看看,光是美工人员使用的钉子,就是一笔不小的数字。"他翻到其中的一页,"在20次的演出中,平均每次使用了100斤,总共便是2000斤的钉子。如果以时价计算,一斤200块,2000斤就是40万块钱。如果以长度来计算,一颗钉子8分长,一斤大约有1100颗,那么2000斤的钉子就有17,600丈,相当于100华里了!真的需要这么多吗?它们肯定是没有全部钉在布景片子上!"

"我的意见是:眼前的这一切绝不是'浪费'二字可以解释的,我们一定要严惩剧社中的蛀虫!"陈白尘面无笑容,一字一句地表明着自己的态度。

应云卫蒙了,"你,你,胡公让你当秘书长,负责剧社的内部事务,你竟然去干这种事情!而且,而且还背着我!"他的脸色变了,"这些小兄弟跟了我多年,他们绝不会贪污,绝不会背叛我,你,你怎么可以!……"

陈白尘大义凛然地站着,丝毫不退让。

"我知道剧社里许多人连我也怀疑,说我是海派习气,说我是小开作风,爱摆阔气,爱讲排场,拿着大把大把的钱在外边吃吃喝喝。好听点的,叫作'打肿脸充胖子';难听点的,我就是剧社的罪人!我,我……"

应云卫急了,不知该如何为自己辩解。他双膝一弯,跪了下来,"白尘,这个社长我不干了!我干不了了!"他一边说着一边掴起自己的耳光。

"我,我不是这个意思!"陈白尘毫无防备,一下子愣住了。他看看四周,不知如何是好,于是赌气似的,双腿一弯,向着应云卫对跪了下去:

"我走!我马上就走!离开中艺,再也不回来了!"

49. 重庆曾家岩 50 号

阳翰笙一个人站在院子当中的小天井里,焦灼不安地转着圈子。

天井不大，栽有一棵柏树。四周是二层小楼，窗户紧闭。

陈白尘的声音传了出来，如同喷着火星："……如果我说的不是实话，如果这些人没有贪污，我愿赌上自己的脑袋！"

"没错，再加上我的脑袋！"又一个声音响了起来。

阳翰笙紧张地抓着树干，两眼紧紧盯着楼上的那扇窗户。

"哈哈，哈哈，我相信，我相信，不要再赌了！"一个熟悉的声音响了起来，带着淮阴口音。"白尘啊，你看，咱们是不是应该这样：首先要将国民党反动政府的贪污与我们人民中间的贪污区分开来。前者是应该坚决反对的，后者则要积极地引导。在我们人民中间，尤其是知识分子中间，不是有很多坚贞自守的好人吗，我们要更多地看到他们善良的一面……"

阳翰笙舒了一口气，目光中充满了钦佩与敬仰。

50. 重庆郊外沙锅窑

一片荒冢，荒凉而又凄清。没有人烟，只有萧瑟的风声。

陈白尘和阳翰笙从远处走来。

"我错了，老大哥，我认错还不行吗？"陈白尘低着头在作检讨。

"走，我今天带你去一个地方……"阳翰笙用手指了指前方，没有回答他。

……

一座坟丘，长满了杂草，坟顶已经有些塌陷了，这是沈硕甫的冢地。

在它的旁边是一处新坟，墓碑上清晰地写着六个大字：爱女应蓓之墓。

　　"这……"陈白尘惊讶了，飞快地奔了过去，"怎么回事？我们去成都前，老应和梦莲将她寄养在重庆乡下的，怎么会……"

　　"那是两个月前……"

【随着阳翰笙的讲述，镜头在闪回】

　　应云卫跪倒在墓穴旁，号啕大哭："蓓蓓呀，蓓蓓，爸爸对不起你。一天好日子都没让你过过，就一个人孤零零地走了！"

　　阳翰笙默默地帮他摆上酒杯，献上花束，点燃手中的香火。

　　"宝贝，你想爸爸和妈妈了吗？妈妈不能来看你，她要留在成都照看白白哥哥。爸爸给你带来了一个布娃娃，是妈妈亲手缝的，让她陪着你，就不会害怕，就不会想家了……"布娃娃在微笑，应云卫则哭得说不出话来。

　　"我们一点都不知道，一点都不知道啊！"陈白尘狠狠地揪着自己的头发，扑倒在蓓蓓的墓碑前。

　　"云卫真的不容易啊，为了抗战，为了剧团，他已经献出两个孩子了！"阳翰笙也流下了眼泪。"特别是，他过去的生活与你我大不相同，但他能够辞去中制的优厚待遇，前来主持中艺，这本身就是难能可贵的了，你们不能太苛求于他。……听说有不少人指责他是'海派作风'，是'江湖气重'，你想想，如果没有他的'左右逢源'，没有他的'中间色彩'，中艺能够支撑到今天吗?"

"他是侠者,真正的'艺之侠者'!老大哥,我马上去自流井,去追赶他们,亲自向老应赔礼道歉!"

"要得,要得。"阳翰笙点点头,放下心来。

51. 四川自流井

这是川南的一个小县城,颓败而又衰飒。位于县城中心的小戏院更是简陋不堪,门窗歪斜,油漆斑驳。

一张崭新的海报贴在戏院的外墙上,耀眼而又夺目——"中华剧艺社巡回公演 《结婚进行曲》 编剧陈白尘 导演应云卫 主演秦怡。"

台下黑压压的一片,有男有女,有老有少。大幕尚未拉开,观众一个个伸长了脖子,兴奋而又好奇。

舞台上,化好了装的秦怡不住地掐着自己的喉咙,还是发不出声音来。川娃子端来一杯胖大海,她一饮而尽,仍然是沙哑失声。

秦怡哭了,"只能让观众退票了……"

应云卫坚定地摇着头,"要相信自己,哪怕是气声,也一定要坚持演完。记着:观众是冲着你来的,是冲着中艺来的!"

……

散场后的戏院,应云卫陪着秦怡送走一批又一批依依不舍的观众。

"应先生,真没想到,自流井的观众也是这么可爱,竟然没有一个喝倒彩的,整个剧场安静得连我自己的心跳都能听得见……"秦怡忍不住又流下了眼泪。

应云卫也兴奋不已,"今天的这场演出完全可以载入史册——就叫作'无声胜有声'!我要感谢你,重重地感谢你!"

"不,应该感谢的是你,是你对我的鼓励。可,可我什么都拿不出来……"秦怡在口袋里四处摸着,不好意思地垂下了头。

"有,有,送给应先生的礼物来了!"远处传来一声叫喊,陈白尘拎着一只大竹篮,气喘吁吁地跑了过来。

"白尘,你怎么来了?"应云卫颇感意外,方才的笑容凝固在了脸上。

"我,我……"陈白尘一时不知如何回答,急忙举起手中的篮子,"你忘了今天是什么日子?我特地赶来为你祝寿——四十大寿啊!"

篮子里是四十个用面粉蒸熟的寿桃,尖尖的嘴上一抹殷红,栩栩如生。

52. 自流井戏院后台

一个大大的"寿"字用红纸贴在墙上。下面是一张条几,放着一对正在燃烧的红烛。条几前是两张太师椅,应云卫夫妇二人乐呵呵地端坐在上面。

张逸生站在一旁一本正经地充当着主持:"奏乐!"

一群年轻人拿起笛子胡琴,使着劲地吹奏起来,欢快而又喜庆。

"向寿星老行大礼!"

大家排着队走上前去，一一跪拜行礼。程梦莲慌忙起身，"要不得，要不得！"

"向寿星佬献贺礼！"

白白和多芬、凯芬抬着一个大竹匾走上前来，上面摆放着陈白尘送来的寿桃，一层摞一层，像个宝塔一般。

项堃双手捧上一盒骆驼牌香烟；耿震献出一只精致的打火机；李天济像变戏法似的，从袖子里摸出了一个烟斗；贺孟斧则笑眯眯地送上了一个用竹根雕刻成的别致的烟缸；老姜排在队伍最后，悄悄地从口袋里掏出一包烟丝，放在鼻子上闻了闻，满意地笑了……

陈白尘捧着一本刚刚出版的新书走上前来，"这是我新近完成的剧本——《岁寒图》，就将它作为我的寿诞献礼吧！"

张逸生抢先一步，抓到手中。书翻开了，第一页是"自序"，他情不自禁地朗读了起来——

> ……他们都是国家民族的优秀人才，以他们的才能，如果去投机的话，未尝不可以身居显要，未尝不可以腰缠百万。但是他们却根本没有想过似的，低着头继续着为人类服务的工作，……这些无声的人物，才是真正伟大的英雄。是他们在维护着抗战，是他们为天地间留下了正气，是他们为这芸芸众生判明了是非善恶，为今日立下了道德标准。没有他们，抗战将无从继续；没有他们，抗战更无法度过这严冬！我要描写他们，我要称赞他们！

大家都在屏息聆听，都在热泪盈眶。

应云卫站起身来，一步一步走到陈白尘面前，二人同时伸出双手，紧紧地拥抱在一起。

远处隐隐传来高亢的令人荡气回肠的川江号子……

53. 五世同堂街后院华西晚报编辑部

1945年的春天到了。阳光洒满了庭院，白白带着多芬和凯芬在奔跑游戏。

一份刊有《对时局献言》的《华西晚报》放在了陈白尘的办公桌上，桌子四周围满了年轻人。

"哎呀，昨天签名时不知怎么搞的，我的手抖个不停，名字写得歪歪倒倒，难看死了。"秦怡不好意思地说道。

"那是你害怕！看我，袖子一撸，'张逸生'三个字多漂亮，多有劲！"

"你可远远没有我签的潇洒，'耿震'的'震'字，硬是翘上了天！"

大家你一言我一语地说笑着，戏谑着。陈白尘和应云卫、贺孟斧坐在一旁，脸上露出了欣慰的笑容。

"《华西晚报》了不起！"应云卫竖起了大拇指，"这份"献言"写得好啊，'要求民主，要求言论与出版自由，要求废除一党专制，要求废除个人独裁！'……"

"这正是我们心中要说的话啊！"贺孟斧抢先接过了他的话头。

……

大门外突然传来疯狂的叫喊声,一群不明身份的人手持木棒冲了进来,呼啸着直接奔向最后一进院落。

排字房被砸烂了,刻字架被推翻了,印刷机被破坏得七零八落,就连编辑部内的桌椅板凳也没能逃脱这场浩劫……

应云卫连忙指挥中艺的同人紧急疏散,"快,快从边门撤退!"

陈白尘不肯走,坚持着要跟匪徒们理论。贺孟斧急了,一把抱住他,"别开口,千万别开口,你说的不是四川话,特务很快就会认出你的!"

54. 春熙路青年会露天广场

主席台前挂着大幅标语:"庆祝《华西晚报》创刊五周年"。

陈白尘正在发言:"……今天是《华西晚报》创刊五周年的日子,也是它正式复刊的日子。谁都不会忘记三天前的那场暴力事件,好端端的一个报社,被广大读者誉为'民主堡垒'和'文坛中心'的这个报社,竟然被一群歹徒们给捣毁了!为什么?在座的每个人心里都明白,他们害怕民主,害怕自由,不允许《华西晚报》再为人民说话!……"

几个贼眉鼠眼的人溜进了会场。陈白尘一眼发现后,用手一一指点着这些家伙们:"你,你……你以为我认不出来你了!——那天来砸报社的就是你,那天来打人的就是你!"

台下的应云卫一见形势不妙,立即率领着贺孟斧、秦怡、张逸生、项堃、耿震、李天济等人跳上台来。他们默默地站在陈白尘的身后，紧紧地围住他，以自己的身躯护卫着他的安全。

55. 五世同堂街后院中艺宿舍

应云卫手持一份电报木然地站在陈白尘家的门口。"怎么可能？怎么可能！上个礼拜中国艺术剧社请他去重庆排演夏衍的《离离草》，临走前还是好端端的一个人，怎么说没就没了！"

"方菁知道了吗？"陈白尘和金玲扑了过来。

"已经带着孩子赶到重庆去了。说是恶性疟疾，也不至于送命啊！……老贺呀，老贺，我视你为畏友，时刻帮助我、监督我的畏友！你让我失去了一条臂膀，你让中艺失去了一根顶梁柱！"应云卫已是泣不成声了。

56. 三益公戏院

大厅内临时布置成灵堂，贺孟斧的遗像悬挂在中央。周围是花圈，是挽联，是络绎不绝前来吊唁的人们。沉痛悲伤的挽歌在厅内回响——

  你，一颗艺坛的巨星
  陨落了！

陈白尘在致悼词，已是声泪俱下——

孟斧，你在艺术上的严肃不苟，你对于善恶的爱憎分明，使你在中国剧坛上成为中流砥柱。你去了，妖魔鬼怪自然又要猖獗起来。你放心：艰苦自守的耐性我们还是有的，即使不能打退这些妖魔鬼怪，也绝不会和他们妥协。我将永远记着你，宁愿饿着肚皮也不与那些败类合作；我将永远把握住自己的笔，不逢迎观众，不逢迎剧场老板，一直到和你一样倒下去。……孟斧，你放心地去吧，不能继承你遗志的，不配做你的朋友！

应云卫捧出一个募捐箱："孟斧，这笔钱将用来给多芬和凯芬读书。——你的女儿就是我们大家的女儿，我们一定将她俩抚养成人！"

九岁的白白第一个走到箱子跟前，从裤兜里掏出了几个铜板，郑重地塞了进去。老姜跌跌撞撞地跑上前来，抱着箱子号啕大哭。渐渐地，在他们身后排起了长长的队伍，有的在脱手上的戒指，有的在摘颈上的项链……

灵堂外出现了几个歪戴帽子的人，正鬼鬼祟祟地向里张望。"怎么哪里都有你！连死人也要监视吗？连死人也不放过吗？"项堃冲出门外，狠狠地叱骂着。

57. 成都觉庐

一处隐蔽的乡间别墅，豪华而又气派，幽静而又别致。

四周没有车辆，没有行人，却有着一个又一个的修鞋摊、报纸摊、小吃摊、香烟摊……

"又让我坐了一次牢!"陈白尘困兽般地在屋内转着圈子,"不能出门,不能会客,岂不把我活活憋死!"

金玲抓住他的手,耐心地劝慰着,"这是翰笙大哥的命令,他是不放心你,非常不放心你啊!你不要再发火了,四川省委这样安排,也是迫不得已……"

"笃,笃,笃",响起了敲门声,陈白尘急忙向金玲使了一个眼色,顺手将写字台上的稿纸揣入怀里,躲进阁楼中。

门开了,一位"老相识"走了进来,两只贼眼不停地张望着,"陈先生不在家吗?"

"不在家。"金玲沉着地回答道。

砚台里的墨汁刚刚研好,烟缸里的烟蒂还在冒烟,"老相识"看了一眼,狡黠地笑了,"真的不在家吗?……"

58. 觉庐院内

远处的鞭炮声越来越密,也越来越近了。陈白尘和金玲在聆听着,猜想着,"一定是……"

话音没落,应云卫已经从院门外跑了进来,"日本投降了!"他上气不接下气地报告着,兴奋得满脸通红。

……

当晚,院里摆放着一张小桌,两把椅子。应云卫和陈白尘在月光下举杯对饮。

"终于等到这一天了!"

"干杯！为了这八年的艰辛！为了这八年的奋斗！"

金玲为他俩斟上酒，"老百姓都管它叫'惨胜'，这个'惨'字……"

"这个'惨'字用得好啊！"陈白尘站起身来，"我不怀疑和平、民主、统一、团结的那天的到来，但是在这条通向未来的新中国的道路上，却还布满着许许多多的绊脚石……"他一仰脖，干掉了杯中的酒，"在这些绊脚石中，最大的一块，就是他们的那个官僚统治！"

"怎么，你又想写剧本了吗？"应云卫放下酒杯问道。

"一部'怒书'，一部直刺这块绊脚石的'怒书'！"他见应云卫不解，又急忙解释道，"没有一个作者当他沐浴于阳光之下时，还愿意回到暗室中去寻找题材的；但他被长期地幽禁于暗室之中，却永远也不会去描写太阳！"

陈白尘站起身，握住应云卫的手，"就这么定了：你们先回重庆，我把剧本写完就来找你们。……一天三千字，准时交稿，就交给《华西晚报》——曾经被他们砸烂的《华西晚报》来发表！"

59. 重庆街头

街上到处张贴着"庆祝政治协商会议召开"的标语。

应云卫带着川娃子走进国民党中宣部的大门。

办公桌后，一名小官员拿着《升官图》的剧本在翻看着。

"又是陈白尘！又是中华剧艺社！又是描写官场！你们这是

硬要我'和尚庙里卖肉'啊!"他一个劲地摆着手。

"哎,哎,你看仔细点嘛!——时间:民国初年;人物:两个入室抢劫的强盗。他们是在做梦,在做升官发财的梦……"应云卫急忙递上一支香烟。

"这……"小官员的脸色回转了,想说什么又没说出来。四处张望了一下,悄悄地伸出两个手指头。

"好说,好说,"应云卫立即装出一副倾家荡产的样子,将两根"小黄鱼"从桌子底下递了过去,"算我破财!该我背债!"他将这场"戏"彻底演完。

……

国民党中宣部大门口。应云卫喜笑颜开地走了出来,双手紧紧捧着那张刚刚到手的"准演证"。

跟在身后的川娃子百思不得其解,"陈先生的这个戏,明明是在讽刺他们,怎么会这样容易就批准了?"

"借的是'东风'!——政治协商会议就要召开了,他们整天把'自由''民主'挂在嘴上,能不做出个样子给大家看看吗?……唉,可惜我那两根金条了,心疼,真心疼啊!"应云卫做出一个捂着胸口的动作,川娃子笑得前仰后合。

60. 江苏同乡会礼堂

一栋简陋而破旧的房子,极不显眼地隐藏在树丛之中,门口挂着"江苏同乡会"的招牌。

阳翰笙满头大汗地从山脚下爬了上来,"好家伙,让我在七星岗周围转了一个多钟头,才找到这个鬼地方……"

应云卫迎了上去,"重庆所有的剧场都被国民党控制了,这个礼堂还是通过关系才答应下来的,只同意借给我们一个月。场地不大,只有五百个座位,总比没有强吧!"

"观众反映怎么样?"

"他们一听说中艺回来了,兴奋得不得了。你看,"他向售票窗口一指,"一个星期的票全都预售光了!"

售票室的门"嘭"的一声被推开了,川娃子抱着票箱跑了出来。没跑几步,便被一群没有买到票的观众团团围住了。

"站票也没有了!一张票都没有了!"他一边挣扎一边往坡下跑。这群人不依不饶,紧追而去。

阳翰笙和应云卫哈哈大笑,"这个川娃子,一天天长大了!"

"老应啊,这个戏可不是一般的戏,一直为你们捏着一把汗哪!"阳翰笙收起了笑容。

"白尘不怕,我们就更不怕了!你说,他写的戏,中艺不演,谁来演啊?……老阳,今天不走了,坐下来看看这出《新官场现形记》吧!"

……

舞台上,正演到省长大人的头疼病犯了——

侍从:治疗我们大人头疼的偏方,很简单——金条!把那个金条放在火上熏,熏出烟子来,我们大人只要一闻到那个气味,病马上就好了!

假秘书长： 好办，好办！

侍从： 记着：左边疼，一根；右边疼，两根；前脑疼，三根；后脑疼，四根；前后左右都疼呢，那就得五根！

卫生局局长： 胡说八道，世上没有这种怪病！

假秘书长： ［急忙将他往外推］你这个书呆子，这是中国的特殊国情！

观众笑得前仰后合，又是鼓掌，又是跺脚，整个剧场几乎沸腾了。

突然，舞台上的灯"啪"地一下全都灭了，紧接着从门外又扬进了一片沙子，顿时尘土飞扬，呛得人喘不过气来。演出被迫停止了。

阳翰笙从座位上猛地站起："混蛋！"

应云卫一把拉住他，"家常便饭了，天天如此！昨天是泼大粪，前天是扔石头。他们不敢公开禁演，只能想方设法来捣乱！"

不一会儿，灯又亮了。

"怎么回事？"阳翰笙问道。

"是天济，他想方设法弄来了一台发电机，不怕他们断电了！"

剧场中，所有的观众都静静地坐在位子上，没有退场的，也没有要求退票的；台上的演员重新站好位置，戏又接着演了下去……

阳翰笙将应云卫悄悄拉到门口，低声吩咐道："一定要提高警惕，防止他们狗急跳墙：前台和后台都要有专门人员望风，一旦有情况，立即带领大家撤退。"

"好，后台旁边有个偏门，我亲自把守，可以直接通往山上。前台我派现代戏剧学会的人站岗，他们都是白尘在省立剧校的学生，个个都是好样的，不仅与我们联袂演出，而且……"

一阵脚步声从后台传来，话没说完即被打断了。是剧场的老板，他几乎跪了下来，"应先生，场子我不租了，不能租了，不敢租了，求求你们饶了我吧，我只是个做生意的……"

阳翰笙皱了皱眉头，丢下一句话："剧场我来想办法！"便压低帽子，推开大门，隐入黑暗中。

61.《新华日报》1946年4月1日

广告栏中刊登着一条消息——《升官图》演出地点：民艺馆。在大梁子一园戏院对门青年会侧，直下数十步即到。

读者在争相传阅。

"快，买票去！"

"这是第二轮公演了！"

纷至沓来的脚步，来自沙坪坝、江北、南岸……

新的演出场地，仅仅是一个用泥巴和竹子围起来的戏台，有似江湖上的"草台班子"。售票窗外，已有不少观众在排队等候，扛着铺盖，带着干粮……

陈白尘站在远处静静地观望着，像是自语，又像是在对身边的应云卫说道："我知道《升官图》将要刺痛某一部分人，但它是一个普遍存在的现实。谁要否认它,就是讳疾忌医;谁要承认它的真实,才有勇气改进它。在这承认与否认之间,将会考验出'自由'的是否存在。"

应云卫从口袋中掏出两张船票,"白尘,这是我通过航运公司的老关系,好不容易搞到的船票,现在有多难,你是知道的,复员回家的人太多,拿金条都买不到!……你先走,和金玲先走,你留在重庆危险太大了!"

陈白尘的眼眶湿润了。他紧紧地抱住老朋友,"谢谢你,我不能当逃兵。中艺存在一天,我就要坚守一天!和你一起!"

62. 民艺馆舞台

《升官图》正在上演着——局长们在向假秘书长汇报欢迎省长前来视察的准备工作。

假秘书长:钟局长,你们卫生所的招牌挂起来没有?

卫生局局长:挂起招牌有什么用呢?没有医生,没有病床,也没有病人!

假秘书长:你挂起招牌,我自有办法呀!——教育局局长,你向各学校去借一百二十张单人床,分到十二个卫生所去。警察局长,你再找二十四个人,装扮成医生。至于病人……,钟局长,你不是说病人很多么?害了什么[仿英文发音]"狗来拖"的?

卫生局局长:对,对,给他们治病?

假秘书长：你这个书呆子！让他们在病床上躺二十分钟，省长视察过就完了！

卫生局局长：那怎么行？"狗来拖"的病是要马上治的，不治就会死！

警察局局长：秘书长，还是仿照我的办法吧！从监狱里提一百二十个囚犯来，装扮成病人，样子既很像，监狱的犯人也少了，正显得我们政减刑轻，不又是一举两得么？

假秘书长：好！好！好计策！——可是，犯人要逃走呢？

警察局局长：那还不容易？用铁链子拴在床上！

假秘书长：对！就这么办！

……

财政局局长：[将卫生局局长拖到一旁]哎，刚才你说那个"狗来拖"的传染病很厉害呀，已经死了多少人？

卫生局局长：已经死了一百多了，再传染开去，每天都会死上百儿八十的！财政局局长，你拨笔款子出来吧……

财政局局长：是的，我是要拨笔款子……

卫生局局长：先买些防疫药水。

财政局局长：防疫药水？那能赚多少钱？

卫生局局长：那，那你打算买什么？

财政局局长：我打算囤积五百口棺材！

观众席中笑声震天，掌声动地。

两位官员模样的人在互相调侃："哈哈，这不就是老兄你嘛!""瞎说,明明是两个强盗在做梦!"

边幕旁,几位年轻演员正在向台下张望——

"那个穿军装的是叶挺将军,刚从监狱里放出来。"

"那个留胡子的是中共代表董必武,旁边是王若飞和秦邦宪,他们是来参加政治协商会议的……"

大家在窃窃私语着,激动得眉飞色舞。

演出结束了。叶挺等人站起身来带头鼓掌,随后又在一块红绸子上签下自己的名字。

台上、台下掌声雷动;演员、观众热泪盈眶。

63. 张家花园文协小楼

熏风扑面,已经是1946年的初夏了。

阳翰笙和陈白尘坐在窗前的桌子旁亲切地交谈着。

"还记得五年前,就在这里,你、我,还有鲤庭'共谋破敌到鸡鸣'吗?"

"怎么会忘记?"陈白尘激动了起来,"为了这张蓝图,胡公亲自绘制的蓝图,我们中艺二十多人筚路蓝缕,前赴后继……"他哽咽着说不下去了。

"不容易,真的不容易啊!"阳翰笙也激动了起来,"我替你们统计了一下,前后五年,一共演出大小剧目八十多个,观众超过两百万人次!我代表胡公感谢你们,感谢你们的付出,感谢你们的牺牲!……咦,老应怎么还没来?"阳翰笙将头伸出窗外。

"来了,来了!"应云卫一头大汗地冲了进来。"好消息,好消息,昨晚胡公和邓大姐一起来看《升官图》了!"

"他提了什么意见?"陈白尘急切地问道。

"哪有什么意见啊?他从头到尾笑个不停,指着舞台设计,指着导演和演员,一个劲地说,'你们真是想得出来呀!'"

"好!"阳翰笙拍了一下巴掌,"《升官图》就作为中艺的压轴戏,你们可以凯旋了!老应啊,你这个轮船公司的'买办阶级',去想办法弄条船,带着你的小兄弟们一起回家吧!……上海在等着你们,新的任务在等着你们!"

"闲话一句,一句闲话!"久违的口头禅一下子又冒了出来。

刹那间,屋内安静了下来,三个人彼此对望着,久久没有说话。

"老大哥,你的头发白了不少……"陈白尘终于开口了。

阳翰笙的眼眶红了,"瘦了,你们俩也都瘦多了……"

64. 重庆朝天门码头

熙熙攘攘,混乱不堪。上船的,送行的,挤成一片。"回家啦!""复员啦!"叫喊声不断。有人在狂笑,有人在流泪。

绕开大型轮船的码头,一艘狭窄破旧的木舟停在岸边。应云卫指挥着剧社的同人登上船舱,"抱歉,抱歉,只能搞到这条木船……"

陈白尘在对送行的朋友频频挥手。"再见了,重庆!再见了,山城!"

白白和多芬、凯芬姐俩也探出了身子:"干爹,再见了!我们会想你的!"

人群中有老姜的身影,他在不停地拭着眼泪。

65. 重庆郊外沙锅窑

大大小小的坟茔在风中静卧着,孤寂而又凄凉。

一个苍老的身影在默默地祭扫——拔去杂草,清去落叶……

三个并排的坟冢,三个并排的墓碑:沈硕甫、贺孟斧、应蓓。

是老姜。他——为他们点上香,祭上酒,献上花,还有一盘油汪汪的红烧肉——跟苦竹林的那盘没有吃成的一模一样的红烧肉,然后深深地鞠了三个躬……

66. 长江

木船升起了白帆,箭一般地驶出了三峡。江水拍打着船舷,江风吹拂起衣襟。应云卫牵着白白,陈白尘搂着多芬和凯芬,站在船头上,如同雕塑一般。

前方是逐渐宽阔的江面,一轮红日冉冉升起。

【字幕】

献给一个人,

献给一群人;

献给支撑着的,

献给倒下了的。

我们歌,
我们哭,
我们歌颂我们的英雄,
我们春秋我们的贤者。
天快亮,
已经一大段路了,
疲惫了的圣·克里斯多夫回头来望了一眼背上的孩子,
啊,你这累人的
快要到来的明天!

——夏衍、于伶、宋之的

2019深秋于南京秦淮河畔

编后记

那是十年之前——即2012年的春天，赵蘅大姐的新书《宪益舅舅的最后十年》出版了。南京的朋友们为此举办了一个小型的座谈会，主持人邀请我发言。

那天，我是这样说的：书到手后，便整日抱着它阅读，除了去学校上课外，怎么也放不下来。我边看边在想：赵蘅大姐啊，说心里话，今天的年轻人肯定不会去看你的这本书，他们根本不知道杨宪益是何许人；更何况你写的又都是些琐琐碎碎、枯燥无味的事情，丝毫吸引不了他们的眼球。但是不知怎的，书中的每一个字却深深地吸引着我——被称作是"翻译了整个中国"的译界泰斗杨宪益先生活了，他最后的那十年时光活生生地展现在我的眼前！暮年的生活看起来是平缓的、宁静的，一切人生搏斗都已成为久远的历史。但实际上，此间正具有也许是最具人生意味的心灵搏斗，并且从沉静安详中透露出来，使其最后的生命历程犹如缓缓西沉的落日，体现着它的庄严与魅力。

我由衷地佩服赵蘅大姐，她当时就能用日记的形式把它们全部记载下来，一点一滴，一丝一毫，不折不扣，不徐不疾；有时甚至双方没有对话，没有交谈，只是静静地坐着，默默地望着，任思绪飘至遥远的天外。我遗憾，遗憾在杨先生生前我没有见过他，虽然他和父亲是朋友，但我却没有机会走进他的那间位于小金丝胡同里的客厅，让我也感受一下大师的呼吸和心跳，分享一下大师的微笑和沉思。看完这本书后，我如鲠在喉，有两句话非说不可：杨先生走了，他们那一辈的文化人也一个接着一个地走了；他们不仅自己走了，他们更将一个时代全都带走了！

也可能就是从这一刻起吧，我萌生了强烈的写作欲望：拿起笔来，赶快！为那些依然健在的，抑或已经故去的老人，留下他们的身影，留下他们的足迹——那不凡的人生、不朽的才华、不懈的追求、不屈的信念，无不为当今的人们所缺乏，所不足！

那天，在座谈会上，我忍不住讲起了这样一件事情：那是一年之前，我带着两个研究生去拜访杨宪益先生的妹妹杨苡老师，目的是想让他俩真切地感受一下从历史中走来的文化人的精神内核，以便更好地完成自己的毕业论文。哪承想，其中的一个研究生竟提出了这样一个问题——当杨苡老师讲述完抗战爆发后她和她的同学们是如何跟随西南联大转辗到大后方，特别是当她们乘坐的轮船绕道越南而终于登上祖国的领土时，所有人都双膝跪下，高声呼喊："祖国啊，我们终于回来了！"我的那个研究生开口问道："你们那个时候怎么这么爱国啊？"当时的我真叫无地自容，真想狠狠地扇自己几个耳光。

这个故事说明了什么？其一，我这个老师当得相当失职；其二，我教出来的学生相当无知，无知到已经与老一辈文化人断绝了精神上的延续。为此,在那天的座谈会上,我说,我感到肩上的担子很重很重:作为"承上启下"的一代,我们必须"承"得了"上",也"启"得了"下",如今唯一能做的,就是给下一代人多讲一点上一代人的故事,以使他们当年的奋斗、当年的理想、当年的牺牲、当年的奉献,不会被埋没,不会被遗忘。

于是这十年来,我马不停蹄地通过采访,通过追忆,通过实地的探寻,通过资料的搜集,将看到的、听到的、触摸到的、感受到的,一一写了出来(也包括数篇重新修改过的旧稿)。感谢北岳文艺出版社的抬爱与支持,愿意将它们编辑成册并付梓。愿读者朋友们喜欢看它,喜欢读它,从而使上一辈人传承下来的文化的血脉不会中断在我们这辈人的手中!

是为记。

2022年9月,孩子们开学的日子

香雪文丛书目

刘世芬《毛姆VS康德：两杯烈酒》	定价：62.00元
夏　宇《玫瑰余香录》	定价：68.00元
汪兆骞《诗说燕京》	定价：68.00元
方韶毅《一生怀抱几人同——民国学人生平考索》	定价：66.00元
王　晖《箸代笔》	定价：68.00元
周　实《有些话语好像云朵》	定价：58.00元
魏邦良《传奇不远——一代真才一世师》	定价：72.00元
刘鸿伏《屋檐下的南方》	定价：68.00元
苏露锋《士人风骨》	定价：68.00元
高　昌《人间至味淡于诗》	定价：72.00元
邢小群《回首来时路》	定价：78.00元
赵宗彪《史记里的中国》	定价：72.00元
陈　虹《替父亲献上一束鲜花——陈白尘与他的师友们》	定价：78.00元

// 集木工作室

投 稿 邮 箱：jimugongzuoshi@163.com
微信公众号：集木做书